Jeux & Merveilles

Aurélien Loncke

Jeux & Merveilles

Jeux & M

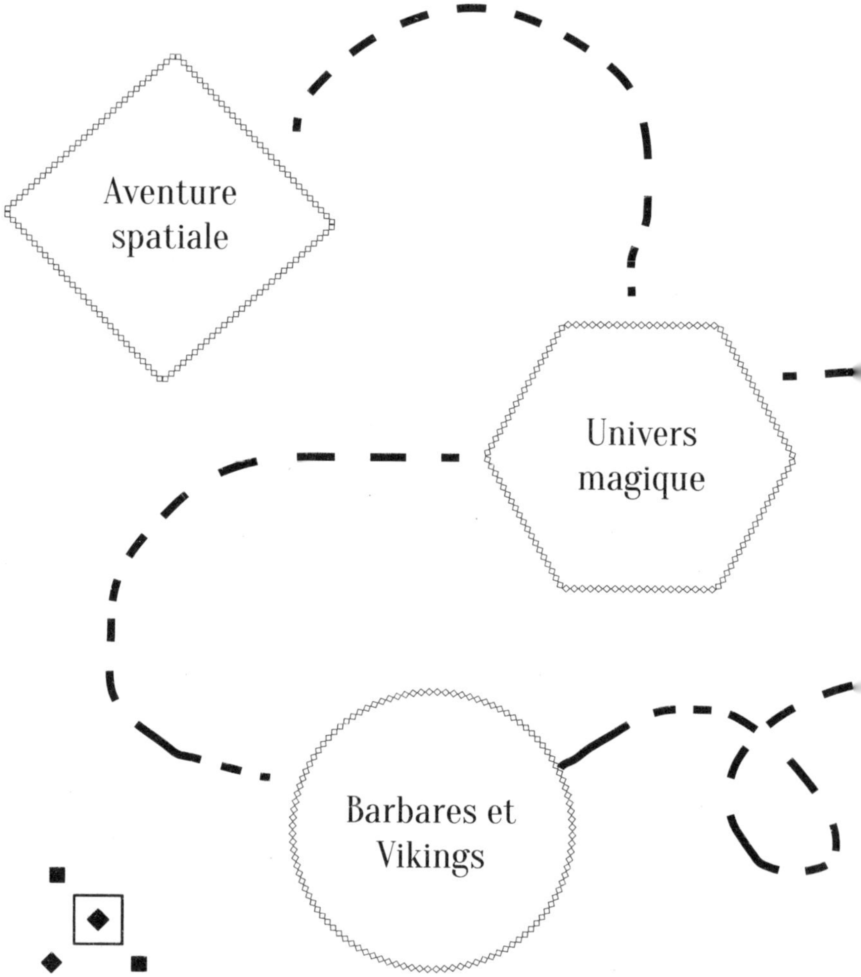

…erveilles

Cap sur la piraterie

Le monde de Neptune

Empire chinois

MERC…
VOT…
UNE S…
SERA…

- Expédition d…
- Aventure spat…
- Dragons, trolls…
- Sorcières et fée…
- Mission en Alas…
- Ambiance détec…
- Les mystères de l…
- Les héros de la m…
- Le monde de Nep…
- Au royaume du ci…

RÈGLE DU JEU
Jeux & Merveilles

Une aventure pour les individus en mal d'émotions nouvelles. Sensations fortes garanties.

Dans l'enveloppe bleue (la Saphir), tu trouveras un document à remplir. La partie commencera aussitôt la Saphir … dans n'importe quelle boîte aux

Du même auteur à *l'école des loisirs*

Collection Neuf

Poils à gratter
Gabbin

La bande à Grimme
La bande à Grimme et les magiciens du monde
La bande à Grimme et la sorcière du Palais-Bonbon

Histoire d'un épouvantail débutant

Collection M+

Le Tropique du Kangourou
Une saison parfaite pour changer

Loi n° 49.956 du 16 juillet 1949 sur les publications
destinées à la jeunesse : avril 2023
Dépôt légal : avril 2023
Imprimé en France par Clerc
à Saint-Amand-Montrond

ISBN 978-2-211-32381-9

Pour ma Laurence bien sûr,
celle sans qui…

« L'aventure est dans chaque souffle de vent. »
Charles Lindbergh, pilote du *Spirit of Saint Louis*

« La vie est un jeu, mon garçon. »
J. D. Salinger, *L'attrape-cœurs*

Les petits bouts de papier

Cela faisait environ trois mille huit cent cinquante jours que Tibotie s'ennuyait ferme dans le manoir de son grand-père, le capitaine Drimme, un navigateur à la retraite. Trois mille huit cent cinquante jours pendant lesquels il ne s'était jamais rien passé de drôle, d'extraordinaire ou de palpitant.

– Je m'ennuie… se lamentait régulièrement ce garçon reconnaissable aux six taches de rousseur sur chacune de ses joues, à ses yeux gourmands et à sa broussaille de mèches follettes pas vraiment brunes, pas vraiment rousses, entre les deux.

Une jolie tête de lutin en somme, mais sans les oreilles pointues ni les malices qui vont avec. Contrairement aux lutins, Tibotie n'était pas du genre fou-fou. Le capitaine le surveillait de près.

Ses journées étaient impeccablement ordonnées : lever, petit-déjeuner, école, goûter, devoirs, un peu de lecture et au lit. Rien d'autre. Le lendemain, rebelote. Pas très passionnant, tout ça. Il aurait volontiers sauté sur n'importe quel petit bout d'aventure qui aurait frappé à la porte, mais rien ni personne ne frappait jamais à la porte : le capitaine détestait les visites et le faisait régulièrement savoir.

Et puis, le trois mille huit cent cinquante et unième jour…

C'était sur le chemin de l'école. Tibotie prenait toujours le même, empruntait constamment le même trottoir, répétait sans cesse les mêmes gestes et les mêmes mots : *Dans la prochaine rue, il m'arrivera* enfin *quelque chose d'imprévu. Dans la prochaine rue, je vivrai* enfin *une grande aventure. Dans la prochaine rue…* Plein d'espoir, il passait doucement d'une rue à la suivante, guettant le moment qui changerait tout pour lui. Bien sûr, rien de spécial ne lui arrivait jamais et, chaque fois, un grand seau de déception se renversait sur lui.

Est-ce qu'il le pensa un peu plus fort ce jour-là ? Il faut croire que oui, car voici ce qui arriva.

Ce n'était pas plus grand qu'un ticket de métro aux bords rognés, ça tourbillonnait dans les airs comme un papillon couleur café, et cela se posa pile sur le nez de Tibotie. Et quelqu'un avait griffonné dessus : « Je suis enfermé dans le Jeu. Aidez-moi ! »

C'est tout. Évidemment, Tibotie n'y prêta guère attention. Être enfermé dans un… jeu ? N'importe quoi ! Après avoir considéré les majuscules tourbillonnantes et les minuscules parfaitement dessinées, il jeta le papier dans le caniveau, grommela un bon coup et fila vers l'école en traînant les pieds, sans se douter que l'Aventure venait bel et bien de frapper à sa porte.

Pendant plusieurs jours, il n'y eut rien d'inhabituel à signaler. Lever, petit-déjeuner, école, goûter, devoirs, un peu de lecture et au lit. Le train-train quotidien, quoi! À ce moment-là, il lisait *Les contes de Pimprenelle*, le dernier livre de Willem Hans, son auteur préféré.

Et puis, un jour très différent des autres, le vent se mit à souffler un peu avant minuit, l'heure où tout est possible. C'était le genre de vent fripon qui soulève les robes et emporte les chapeaux. Et qui peut aussi, à l'occasion, livrer un soupçon de magie…

Après deux slaloms et trois loopings sous la lune, ce vent fila à la vitesse d'une trottinette à l'autre bout de la ville, tout droit vers le manoir Drimme.

Le manoir Drimme, c'était ce bâtiment sévère assis face à la mer, sur une colline aussi verte et ronde qu'une boule de glace à la menthe. La bâtisse était quant à elle tout en angles aigus et en angles droits, avec de longues tourelles qui griffaient les nuages, des cheminées qui poussaient comme des champignons sur le toit, des pierres sombres, des barreaux aux fenêtres, et un petit je-ne-sais-quoi d'inquiétant.

Tibotie vivait ici depuis la mort de ses parents, dix ans plus tôt. Il les avait à peine vus et à peine connus. Il n'avait aucune vidéo d'eux, zéro photo, pas un seul souvenir, rien. Tout ce qu'il savait à leur sujet, c'est que sa mère s'appelait Moïra, son père Timothé. La première était morte en couches, le deuxième avait disparu peu après sa naissance. C'est à peu près tout. Leur allure, leurs passions, leur métier, leurs défauts et leurs qualités, le son de leur voix, et surtout leur disparition, tout ça, on n'en parlait jamais au manoir Drimme. Fait d'os, de chair et de mystère (surtout de mystère), son grand-père se confiait rarement. Pire, il serrait les poings et les dents chaque fois que Tibotie évoquait ses parents. Il devenait tempête en furie. Nom d'une pipe, rien ne l'irritait plus que ça.

– Gamin, ne pose pas de questions ! grognait-il en soufflant tel un buffle prêt à charger. Laisse le passé où il est et bon sang, regarde droit devant ! C'est devant que sont les tempêtes !

Pour combler le vide, Tibotie se racontait bien souvent des histoires sur son père et sa mère. Ça ressemblait tantôt à ceci : « Papa était un célèbre fabricant d'étincelles. Il en mettait partout. Dans les feux d'artifice, dans les ailes des petites fées, dans les yeux des gens heureux. Mais un jour, une grave explosion a déchiqueté son atelier tandis qu'il… »

Et tantôt à cela : « Grande romancière, maman écrivait des aventures palpitantes censées se dérouler aux quatre coins du monde. Un jour, elle a voulu à son tour en vivre une vraie, et elle est partie pour une longue chasse au trésor… »

Ou bien son père devenait chasseur de croque-mitaines (un métier vraiment dangereux) et sa mère une pâtissière de talent. Elle cuisinait de délicieux deux-mille-feuilles, des éclairs à trois étages, des pains au chocolat blanc et des tartelettes aux bonbons. Depuis qu'elle était partie pour l'Amérique du Sud, à la recherche d'un nouvel ingrédient pour concocter un chef-d'œuvre sucré, elle n'avait plus donné signe de vie, mais un jour elle reviendrait…

Tibotie ne manquait pas d'imagination. Mais toute l'imagination du monde, parfois, ça ne suffit pas.

Cette nuit-là donc, le vent eut l'élégance de ne pas venir les mains vides. À force de pirouetter ici et là, il apporta avec lui un peu de poussière, une ou deux plumes de pigeon, quelques feuilles de chêne et un morceau de papier. Un rectangle de parchemin vulgairement déchiré, pour être précis. Le genre de papier un peu ocre, un peu miteux, sur lequel on dessine des cartes au trésor…

D'un soupir froid, il poussa le lambeau de parchemin vers le manoir. Deux pirouettes plus tard, le papier plongea dans l'une des cheminées. Content d'avoir bien visé, le petit blizzard valsa alors autour du bâtiment, en sifflant de joie. Quelques tuiles claquèrent. Quelques volets aussi. Une chouette qui observait la scène comprit qu'il se passait quelque chose et, prudente, partit hululer ailleurs.

Quant au bout de papier, il entama la dernière partie de son voyage : dégringoler le long du conduit de cheminée, celui qui débouchait sur une bibliothèque envahie d'encyclopédies en dix volumes, de manuels noirs aux lettres d'argent, d'ouvrages bruns au titre doré, de livres fins, de livres lourds, poussiéreux, en cuir, aussi vieux que le monde… On aurait dit la bibliothèque d'un sorcier.

Un peu étourdi, un peu soûl, le papier flotta un petit moment au milieu de la pièce, sous un plafond étoilé, peint en bleu et jaune, lorsqu'un courant d'air le propulsa dans le couloir. Sombre, le couloir. Immense et silencieux. Tel un papillon, le parchemin hésita entre voleter à droite et zigzaguer à gauche. Incapable de se décider, il choisit finalement de foncer droit devant lui. En deux glissades magiques, il se faufila par la porte entrouverte menant à la chambre de Tibotie. Celui-ci dormait profondément, des rêves d'aventures plein la tête. C'est justement là, sur sa tête de lutin, que se posa le bout de papier sur lequel était écrit : « Sortez-moi du Jeu ! Venez me chercher ! Pitié ! »

Il n'y avait ni explication, ni signature, ni date, rien d'autre qu'un grand mystère né d'une écriture soignée.

La caresse du papier réveilla Tibotie. Les yeux gonflés, les paupières lourdes, un filet de bave au coin des lèvres, il considéra d'un air stupéfait ce message tombé sur son museau.

– Qu'est-ce que… bâilla-t-il, à moitié endormi.

Il fit des efforts olympiques pour allumer sa lampe et ouvrir un œil, un seul, l'autre refusant obstinément de lever le rideau. L'esprit ramollo, il lut les quelques mots griffonnés.

– Encore ce… jeu ?

Il se passa alors une chose vraiment inhabituelle : les lettres se mirent à frétiller dans un mouvement de clochette. Elles se trémoussèrent l'une après l'autre. Elles prenaient vie. Ces jolies consonnes et ces belles voyelles qui trépidaient, cela évoquait pour Tibotie un train d'autrefois sur le point de démarrer.

Et, en effet, ce « train » démarra.

Soudain, les mots glissèrent pour de vrai vers les bords du papier. Comme ça, d'un coup, zou ! Bien trop surpris pour réagir, Tibotie n'eut pas le temps de dire « Ouf ! » ou « Ben ça alors ! » que chaque mot passa du papier à ses doigts. Le « Sortez-moi » se retrouva sur son pouce gauche, le « du Jeu » sur son index droit…

Tibotie retint un grand cri, lâcha le bout de papier désormais vierge puis secoua si fort ses mains qu'elles faillirent se décrocher de ses bras. Trente secondes de gesticulations plus tard, il mit ses mains l'une à côté de l'autre. Horrifié, il constata que les mots étaient toujours là, aussi tenaces qu'un tatouage.

Un tatouage mouvant.

Le « Venez me chercher ! » patinait à présent sur la deuxième phalange de l'annulaire, le « Pitié ! » faisait du toboggan entre l'index et le pouce…

Ce n'était pas douloureux, au contraire. Les mots laissaient sur leur passage l'impression d'une douce caresse, d'un baiser. Tibotie se calma. La terreur céda du terrain à la curiosité : il contempla un instant ce message voyageur, mais un instant seulement car les mots disparurent d'un coup, à croire que sa peau les avait bus. Tout de suite après, une lueur clignota brièvement dans ses yeux. Tibotie n'eut alors plus qu'une seule idée en tête : retrouver l'auteur de ce message, et l'aider.

Le retrouver et l'aider... Le retrouver et l'aider...

C'est précisément à ce moment-là qu'un drôle de bruit envahit tout le manoir. Ce n'étaient ni les cris du vent, ni les râles de la vieille chaudière, ni même les maladresses d'un cambrioleur. C'était une musique unique en son genre, à la fois étrange et entêtante, et un rien angoissante aussi. Première fois que Tibotie entendait une telle cacophonie. C'était un mélange de tam-tam, de cris sauvages et de grincements de portes rouillées.

Tibotie repensa à cette vieille légende pirate que son grand-père lui avait racontée aux dernières grandes vacances. La légende du *Black Wind*, le sombre navire à l'équipage fou.

– Un air de tam-tam annonçait toujours son arrivée. Mais quand on l'entendait, il était déjà trop tard...

L'espace d'un instant, Tibotie eut l'impression de vivre une légende pirate. Une légende tenace car la musique ne s'essoufflait pas. Elle jouait plus vite, plus fort, et elle venait de...

– Du grenier ?

Autrement dit : l'endroit le plus secret du manoir. Celui où son grand-père entassait une longue vie de souvenirs,

« et gare à toi si je te surprends en train de fouiner dans mes souvenirs ! » menaçait-il à l'occasion.

Les menaces du capitaine n'étant pas à prendre à la légère, Tibotie avait toujours obéi, même si ça le chatouillait parfois d'y monter. Un grenier secret et mystérieux, c'est tellement attirant !

Troublé, Tibotie se leva d'un bond, bien décidé à entendre cette drôle de musique de plus près ; hélas, il glissa sur une chaussette sale, pirouetta en l'air et atterrit sur les fesses. Quand il se releva, l'air de tam-tam avait disparu pour laisser place aux ronflements du grand-père.

À propos de grand-père…

– Raconte-moi cette histoire où Rudyard Tortoga embroche Jack Drodgers sur le pont du *Black Drakkar* en feu ! le supplia Tibotie dès le lendemain, après le traditionnel rôti-sauce-patates du dimanche midi.

Le capitaine Drimme avait une jungle de cheveux salés, une barbe de Père Noël, un labyrinthe de rides autour de ses yeux de goéland, et plus ou moins mille histoires de pirates qui bouillonnaient dans sa cervelle de vieux loup de mer, sous sa casquette de marin. Tibotie en raffolait. Il les aimait plus que tout. Plus que les cadeaux d'anniversaire. Plus que tous les vingt-cinq décembre réunis. C'était sa seule distraction dans la vie. Il faut dire que son bourru de papi les racontait comme s'il les avait vécues. En quatre phrases parfumées à la noix de coco, il emmenait Tibotie ailleurs, très loin, quelque part dans les chaudes Caraïbes, entre deux lagunes, entre deux ports, à l'ombre d'un drapeau à tête de mort. Et Tibotie adorait ça, écouter ces mots lointains clamés par un marin pur jus. Dans sa marmite à histoires, le capitaine n'oubliait jamais de verser un soupçon de vents tièdes, quelques pincées d'épées qui se croisent, une bonne rasade de ces cris de corsaire plus longs qu'une écharpe enroulée quatre fois, le tout agrémenté de rhum à foison. Chaque syllabe ayant trempé dans cette mixture particulière, le récit avait un fameux goût de reviens-y.

– Encore ce bon vieux Tortoga ! bougonna-t-il en s'enfonçant dans son fauteuil préféré, dans le salon, près de la cheminée.

Rudyard Tortoga, c'était le cauchemar des sept mers, un pirate avec les dents limées en pointe. Les marins du monde le craignaient plus que les typhons, la peste à bord ou le kraken.

Jack Drodgers, c'était son pire ennemi.

– Que veux-tu, Tortoga me passionne... répondit Tibotie. À croire que je suis né pour le connaître !

– Réponse en bonne et due forme ! gazouilla le capitaine.

D'une voix abîmée par toutes les pipes fumées du matin au soir depuis l'époque où il n'avait point de barbe, il commença son récit.

– Ça s'est passé sur un superbe trois-mâts, du côté de Cuba, par une nuit de pleine lune ; une lune d'argent si grosse, si proche, qu'il semblait possible d'en cueillir un morceau sans même avoir besoin d'une échelle. Une belle nuit pour attaquer, gamin…

Blotti dans son fauteuil, sa bouffarde de marin vissée dans la barbe, il prenait plaisir à conter. Son œil pétillait comme du cidre. Ses sourcils gigotaient beaucoup.

Les yeux en rondelles de carotte, Tibotie buvait ses paroles comme un corsaire son cruchon de rhum.

– Un rire lugubre s'envola bientôt jusqu'aux étoiles : celui de Tortoga.

– Lugubre comment ?

– Si lugubre que les étoiles ont pâli quand son rire les a frôlées ! Ces froussardes ont cessé de clignoter, ah ! ah ! Tout de suite après, Tortoga s'est jeté sur quatre solides gaillards. Quatre, pas moins. Moins, ce fameux flibustier n'aurait pas trouvé ça drôle. Eh oui ! Tortoga était fort comme ça. Zorro, c'était une pantoufle à côté de lui.

Tandis que le combat à un contre quatre allait commencer, quelque chose attira l'attention de Tibotie. C'était trois fois rien, pourtant…

Dans la cheminée face à lui, un minuscule nuage gris venait de s'élever du tas de cendres. Il aurait juré avoir aperçu quelque chose atterrir dans les poussières d'une bûche consumée.

Pris par son récit, le capitaine n'avait rien remarqué. Il poursuivit.

– Fouetté par les vents du sud, son drapeau se mit à

battre joyeusement. Sais-tu à quoi ressemblait son étendard ? Non ? À une tête de mort aux dents acérées, entourée de trois canons fumants. Quiconque voyait ce drapeau danser au-dessus des flots pouvait serrer les fesses et faire sa prière, tu peux me croire gamin.

– Et ensuite ? demanda Tibotie entre deux discrets coups d'œil vers la cheminée.

– Ce bon vieux Tortoga leva si haut son épée qu'elle faillit couper la lune en deux. Au lieu de ça, elle trancha un bras plus facilement qu'un bûcheron fend sa bûche. Plus que trois adversaires. L'un d'eux, un fourbe nommé La Pince (ainsi nommé car il ne lui restait que deux doigts à la main gauche, le pouce et l'index), tenta de décapiter Tortoga par-derrière. Dommage pour lui, Tortoga fut plus rapide : une vraie flèche ! D'une galipette de son sabre il fit rouler la tête de La Pince jusqu'à l'océan, où elle coula, la bouche grande ouverte de stupeur. Plus que deux. Et ces deux-là tremblaient autant que des feuilles dans la tempête, n'en doute pas !

Le capitaine racontait si bien que Tibotie percevait les claquements du drapeau, le mugissement des vagues, le sifflement des boulets, les cris du vent et des bonshommes qui tombaient comme des quilles. Le problème, c'est qu'il se mit à les entendre *vraiment*. Du moins, le crut-il. Pendant une pincée de secondes, le pavillon de ses oreilles accueillit tout le vacarme d'une vraie bataille navale. Ce cocktail de bruits était trop réel pour être le fruit de son imagination.

Et quand la musique du tam-tam s'ajouta au reste, il comprit qu'il n'avait peut-être pas rêvé, la nuit dernière.

L'étrange musique joua plus fort: les cris sauvages redoublèrent de violence, le rythme des percussions accéléra, le tintement des lames aussi, ratatinant ainsi la voix de son grand-père. Tibotie ferma les yeux et se concentra. « Viens ! » semblait lui dire cet air venu du grenier, le lieu le plus interdit du manoir. « Viens ! » lui disait quelqu'un avec tout le charme d'une sirène.

– Tu m'écoutes ou tu rêvasses ? grogna le capitaine, lequel n'entendait apparemment rien.

Tibotie sursauta. La cacophonie du grenier baissa de volume, mais ne disparut pas totalement.

– Euh… les deux ! Ce que tu me racontes me fait rêvasser, c'est tout.

– Réponse acceptée, gamin !

Le capitaine reprit illico les rênes de son récit. Tibotie s'efforça de l'écouter malgré la présence du tam-tam, tapi quelque part entre ici et le grenier. Pas facile.

D'autant plus difficile qu'un autre nuage en forme de champignon s'éleva bientôt dans la cheminée éteinte, sur le tas de cendres.

Tibotie ne bougea pas (son grand-père n'aurait pas apprécié qu'il se lève au milieu d'une bataille), mais bon sang ce que ça le démangeait d'aller voir ça de plus près.

– Avec son poignard aussi vorace que la canine d'un tigre, continua le capitaine, Tortoga griffa le premier depuis la joue jusqu'au nombril, et l'autre du nombril jusqu'à la joue. Ça rentrait comme dans du beurre… Les sabres se percutaient, les canons tonnaient et les voiles du *Black Drakkar* brûlaient : une torche flottant sur les Caraïbes, mon gars ! Et les flammes grignotèrent ce maudit rafiot jusqu'au dernier copeau de bois. Je m'en souviens comme si c'était…

Le capitaine se mordit la langue, ne termina pas sa phrase, baragouina quelque chose. Tibotie avait l'habitude. *À son âge, on perd un peu la tête…* Rien de grave. Il disait parfois « je » au lieu de « Tortoga ». « J'ai fait ceci… » « J'ai ordonné cela… » Une façon comme une autre de rendre l'histoire un chouïa plus vivante.

– Et Jack Drodgers ?

– Aussi mort qu'un pendu, garçon. Percé par la fine lame de Tortoga. Paix à son âme.

Pris dans son élan, le capitaine raconta comment le *Calicot Bleu* s'égara dans un tourbillon géant, et comment les abysses l'avalèrent. Son brûle-gueule entre les dents, il évoqua un certain Flynne-Jambe-de-bois hurlant de terreur lorsque sa frégate piqua du nez entre les flots, emportant avec elle cinquante hommes d'équipage, vingt caisses de rubis et des tonnes de cris. Les yeux dans le vague, il conta l'expédition de Tortoga sur l'île de Faégatie.

– Dans le but d'y voler le trésor de ses cousins ! Ce fut un bain de sang suivi d'une grosse fiesta sur la plage pour fêter la victoire. T'aurais aimé voir ça !

Alors que Tibotie imaginait les rires des pirates et les

bouteilles de rhum qui s'entrechoquent, un autre bout de papier flotta au-dessus du monticule de cendres et pouf, se posa dessus. Un morceau de parchemin, apparemment. Encore un ! Tibotie respira fort pour calmer son impatience car le capitaine n'arrêtait plus de parler, et pas question de l'interrompre : Tortoga était en train de pendre le gouverneur de Cap Coast à la plus haute vergue de son brick.

– Il n'aurait jamais dû traiter le grand Rudyard Tortoga de « rat des océans ». Jamais !

Il mit tant de conviction à le dire (avec du feu dans les yeux et du tonnerre dans la voix) que, oui, en effet, le gouverneur de Cap Coast n'aurait pas dû l'offenser.

Il expliqua ensuite son départ vers les eaux chinoises.

– Pour y trouver des voiles *particulières*...

Puis il décrivit ses dents limées en pointe.

– Une vraie mâchoire de requin blanc !

Enfin, au bout d'une heure :

– Ces aventures m'ont épuisé... soupira le vieux lascar, ses paupières soudain plus lourdes qu'un boulet de canon.

Tassé dans la tiédeur de son fauteuil, il bâilla comme un hippopotame avant de s'endormir à la vitesse d'un bébé rassasié.

Moment parfait pour fouiller le tas de cendres ! estima Tibotie.

Ses mains s'enfoncèrent bientôt dedans. C'était doux et tiède. Le cœur battant, il en retira vite trois bouts de parchemin.

Sur le premier, quelqu'un avait noté à l'encre noire d'une écriture maintenant familière: «À l'aide! Utilisez le Jeu!» Sur le suivant: «Cherchez le *Reine de Trèfle* et vous me trouverez.» Sur le dernier: «Je vous en supplie!»

Là encore, chaque mot de chaque message se trémoussa sur sa feuille avant de ramper jusqu'à Tibotie, qui ne fit rien pour les en empêcher. Il n'était pas dans son état habituel. Il les laissa rentrer en lui et prendre un peu plus possession de son esprit. Ses yeux clignotèrent un instant. Désormais, toutes ses pensées étaient tournées vers un seul objectif: trouver le *Reine de Trèfle*.

Après avoir absorbé ces messages, il resta un moment sans bouger, sans respirer. Il avait besoin d'un petit temps d'adaptation. Et de réponses. Qui était l'auteur de ces messages? Pourquoi appelait-il à l'aide? De quel jeu parlait-il? C'était quoi, au juste, ce *Reine de Trèfle*? Mais commençons par le commencement: d'où venaient ces bouts de papier? Certainement du toit puisqu'ils avaient glissé le long de la cheminée. C'était pourtant peu probable, vu la hauteur du manoir, les tourelles pointues comme des flèches, l'ardoise glissante des tuiles. Tibotie alla tout de même jeter un coup d'œil dehors, sait-on jamais. Bien sûr, aucun équilibriste à signaler là-haut.

– Faut pourtant bien qu'ils viennent de quelque part…

À son retour, le capitaine ronflait comme une chaudière. Au bout d'un moment, il se mit à parler en dormant, mêlant rêves et souvenirs… Cela lui arrivait souvent.

Tantôt il évoquait des îles cachées et des trésors enfouis, tantôt il bredouillait des noms bizarres du genre Bardabuke ou Big Flint.

– Sûrement d'anciens membres de son équipage…

D'une voix plus grave que d'habitude, il marmonna bientôt quelque chose à propos du grenier. Ce grenier où l'air de tam-tam jouait maintenant à pleine puissance, plus obsédant que jamais. Et d'un maudit coffre dans ce grenier. Et d'un maudit jeu dans ce maudit coffre.

Et Tibotie se sentit soudain attiré par une force magnétique vers ce coffre, tout là-haut…

Dans un grenier, il y a...

Dans le manoir du capitaine Drimme, il y avait deux règles à suivre. La première : ne *jamais* poser de questions. La deuxième : ne *jamais* monter au grenier. Et ne pas toucher au vieux coffre. Sous aucun prétexte. Interdiction absolue.

Une interdiction que ce coquin de Tibotie fit voler en éclats.

Cela avait été plus fort que lui : le grenier l'appelait avec insistance. Tantôt il avait l'impression d'être agrippé par un hameçon qui le tirait vers les derniers étages, tantôt il entendait une voix dans son crâne qui lui susurrait des : « Viens ! » pleins de charme. Seuls les marins ayant succombé aux chants des sirènes pourraient le comprendre.

Bref, Tibotie capitula.

J'y vais et je jette juste un petit coup d'œil. Il n'y a rien de mal à ça...

Rien de mal, en effet.

Je fais quelques pas à l'intérieur. Juste quelques pas. Pour explorer. De toute façon, je ne sais pas à quoi il ressemble, moi, ce fameux coffre...

Mais d'abord, il respira un grand coup avant de passer le seuil du grenier. Son cœur battait fort quand il fit un petit pas de rien du tout pour pénétrer dans la pièce la plus secrète du manoir. Les plus grands voyages commencent toujours par un petit pas de rien du tout.

En règle générale, un grenier c'est : des babioles en piteux état, beaucoup de poussière, des toiles d'araignée en veux-tu en voilà, quelques souvenirs dans des cartons, une ou deux souris.

Ici, point de souris. Ni de vieux cartons, d'ailleurs. À la place du fourbi habituel, une collection d'objets venus d'autres mondes et d'autres époques. Par exemple, une grande peau d'ours, une authentique pirogue indienne, la selle de Buffalo Bill, des étoffes d'Orient, des sabres, des pistolets à un coup, des lances et des mousquetons, un tricorne usé par les batailles, un crâne humain, une vieille lampe à huile et une belle malle d'illusionniste habillée de points d'interrogation. Il y avait aussi une statuette égyptienne, le squelette d'un vélociraptor, un drapeau américain grignoté par la guerre de Sécession, la barre d'un voilier, plusieurs grimoires de sorcière, des boussoles d'autrefois, la cape de Merlin l'Enchanteur, des carnets remplis de mystérieux symboles, un bouclier aux couleurs de Richard Cœur de Lion, quelques tonneaux de rhum, un orgue de cathédrale, une luge d'Alaska et l'arc de Robin des Bois. À droite, une planche en bois avec *La Santa María* inscrit dessus attirait l'œil comme un phare attire les bateaux ; à gauche, c'était une carte du monde datant de 1632 qui captait aussitôt l'attention. Tout autour s'étalait un océan d'objets tous plus anciens les uns que les autres, des coutelas, des heaumes, des globes, de quoi faire blêmir n'importe quel musée digne de ce nom.

Pendant cinq minutes, Tibotie en était resté paralysé d'admiration.

Normalement, un grenier sent la poussière et la naphtaline. Pas celui-là. Il flottait dans ce formidable bric-à-brac un air composé de mille et un parfums, tous agréables d'ailleurs. Ça sentait ici le calumet de la paix, là le poivre noir, un peu plus loin une forêt de sapins... Les narines pleines de ces puissantes odeurs, Tibotie se laissa guider par elles. Vanille... Vent salé... Poisson... Quand le parfum de la poudre à canon lui sauta au nez, il tomba sur un bon vieux coffre au trésor tapi dans l'ombre, tout au fond du fond du grenier, sous une épaisse couverture à carreaux.

Un authentique coffre d'autrefois !

En bois sombre cerclé de fer, avec une poignée d'argent de chaque côté, il était superbe et robuste.

Le genre de coffre qui a dû en connaître, des traversées ! Pourquoi grand-père ne m'en a jamais parlé ?

Le capitaine ne racontait jamais rien sur lui, son passé. « Avant, c'est avant ! disait-il avec son air de bison énervé. Inutile de ressasser. » Sa vie était un bien grand mystère, tout comme l'énigme de ce coffre, et ce qu'il avait dans le ventre. Rien de tel pour susciter l'intérêt d'un garçon en mal de sensations fortes.

Qu'est-ce que je risque à l'ouvrir ? Après tout, je ne suis pas un voleur. Je ne veux rien prendre, juste regarder.

Les ennuis commencent souvent ainsi, avec un « Je veux juste… »

Mais le coffre était aussi fermé qu'une huître, scellé par un cadenas en bel acier qui devait peser un bon kilo à lui tout seul. Impossible de l'ouvrir. Même avec des crochets et des barres en métal, impossible. Tibotie avait essayé.

Alors je dois trouver la clef…

Vu la serrure, c'était sûrement l'une de ces clefs de dix centimètres de long qui ouvraient autrefois les cachots de la Bastille ou de Fort Boyard. Une clef que Tibotie chercha pendant des jours, avant et après l'école, les mercredis, les dimanches, et chaque fois que son grand-père piquait un roupillon. Il inspecta chaque recoin du grenier, soulevant ceci, déplaçant cela, à quatre pattes, le nez dans la poussière… Rien. Zéro clef.

Elle n'est pas ici, conclut-il.

Et pendant ce temps, les « Aidez-moi ! », les « Sortez-moi du Jeu ! » et les « Trouvez le *Reine de Trèfle* et vous me trouverez ! » continuaient de pleuvoir dans la vie de Tibotie.

Découragé à l'idée de fouiller le reste du manoir, il tenta de tirer les vers du nez à son grand-père, comme ça, l'air de rien, avec son regard doux et sa voix d'ange. Un jour, il dit :

– La brocante approche. Et si on faisait le tour de ton grenier pour voir s'il y a quelque chose à vendre ? Tu ne m'as pas parlé d'un vieux coffre, un jour ?

Et le lendemain :

– J'ai une rédaction à faire pour le cours de français. Le sujet, c'est : racontez l'histoire d'un objet qui se transmet de père en fils dans votre famille. C'est un drôlement chouette sujet, je trouve. Et si on parlait de ton coffre ?

Bien essayé. Dommage que son grand-père soit aussi bavard qu'un poisson rouge. Tantôt il avait bredouillé un rapide « Rien de spécial à raconter là-dessus ! », tantôt il avait prétendu que ce coffre était là depuis la nuit des temps, « bien avant que j'emménage ici, fiston ! », que la clef n'avait jamais été fournie avec, que d'ailleurs il s'en fichait car cette grosse malle était sûrement remplie de journaux moisis ou d'un tas de gros chiffons, que ça ne valait pas la peine d'appeler un serrurier pour si peu, « et maintenant, laisse-moi lire la gazette tranquille ! »

Tibotie n'en croyait pas un mot : une pointe d'agacement trahissait la voix du capitaine chaque fois que le coffre se glissait dans la conversation. Première fois qu'il prenait son grand-père en flagrant délit de mensonge. Ce méli-mélo de baratin ne fit que renforcer le prestige du coffre *et* l'intention de Tibotie : en percer le mystère. Pour cela, on en revenait fatalement à la clef.

Où se cache-t-elle ? se demanda-t-il, le nez plongé dans tout ce qui ressemblait à un tiroir.

Dans un manoir bourré de pièces, de couloirs, de coins et de recoins, il y a au moins autant de cachettes possibles que de grains de riz dans un paquet d'un kilo. Plein d'espoir et d'énergie, il inspecta chaque fond de placard, tâta tous les trous de souris de la cave, fouilla toutes les piles de linge, regarda sous la trentaine de tapis.

Rien.

Dans la bibliothèque, il secoua chaque livre pour des prunes : aucune clef à l'intérieur. Seulement des mots et des histoires.

Dans la cuisine, il déplaça les casseroles en cuivre, secoua chaque boîte de conserve, regarda sous l'évier, derrière le frigo, dans les boîtes à sucre et à farine, au-dessus des meubles, partout. Pas l'ombre d'une clef.

Pas mieux dans l'abri de jardin (qui ressemblait à un petit chalet de montagne), entre les brouettes, les tuyaux d'arrosage, les dizaines de pots de fleurs, les pelles et les râteaux.

Idem dans la chambre du capitaine qu'il fouilla trois fois de suite malgré l'angoisse de se faire prendre.

– Autant chercher une puce dans les poils d'un ours ! soupira-t-il, le moral au fin fond des chaussettes, après avoir tâté l'oreiller, inspecté le polochon, regardé sous le matelas et retourné chaque paire de chaussettes.

Il fit tout de même une découverte intéressante dans cette chambre. Il trouva, remisées tout au fond d'une armoire, des frusques d'un autre temps : des chemises à jabot, une paire de bottes en cuir qui montaient jusqu'aux genoux et une vieille veste bleue qui sentait le gros sel. Tibotie se demanda où son aïeul avait déniché ces loques, et pourquoi. Grand-père Drimme n'était en effet pas du genre à fréquenter les bals costumés.

Mais qu'importe ! Les minutes filaient à toute vitesse, et la clef se montrait toujours aussi timide.

De retour dans le vaste hall, Tibotie se posa un instant pour réfléchir.

Concentre-toi, mon gars. Quels endroits as-tu négligés ?

Il passa mentalement en revue tout le manoir. En gros, il avait visité chaque pièce, y compris les toilettes, la buanderie, le placard à balai et le garage. Il avait même jeté un coup d'œil dans le bac d'eau de la cafetière, tâtonné le fond du petit bassin et remonté le seau du puits pour regarder dedans, des fois que.

Là, il désespérait.

Et puis...

Magie du hasard, il posa un jour les yeux sur un article dans le journal, celui qui parlait du vol des perles de la comtesse Mathildina de Halezan. L'affaire de l'année, selon le journaliste.

Avant de se faire prendre par le commissaire Graimet, les voleurs avaient caché les célèbres perles dans un sachet de billes d'un grand magasin de jouets. « La planque idéale ! » avait estimé l'un des coupables, un certain Rondlard. S'il n'avait pas avoué, un gamin serait à l'heure actuelle en train de jouer avec des billes valant plusieurs millions.

– Les meilleures cachettes sont celles que tout le monde voit sans y prêter attention, conclut Tibotie.

Un pas nonchalant après l'autre, le voilà bientôt dans le Petit Salon, où son grand-père passait de nombreuses heures à rêver des jours anciens.

– Sa pièce préférée… gazouilla Tibotie, avec l'impression de tenir là une bonne piste.

Les couleurs prédominantes du Petit Salon étaient le rouille des rideaux, le brun du bois, le rouge des fauteuils et des tapis. Ces couleurs parlaient de grandeur passée, de souvenirs lointains. Même la lumière pâle et poussiéreuse semblait venir d'une autre époque.

Tibotie avança prudemment, en ouvrant de grands yeux de hibou. Un pas après l'autre, il se demanda ce qu'il voyait chaque jour ici sans le regarder vraiment.

Au centre du Petit Salon, il y avait une table robuste accompagnée de ses chaises. Sur la table, une boussole, un compas de marin, une longue-vue en étain et un livre intitulé *L'esprit de conquête, journal de bord*. Rien d'anormal.

Aux murs, quelques tableaux vite inspectés: des voiliers, des ports, des tempêtes… Et, accrochés au-dessus d'une étroite cheminée, un sabre à lame courbe, un tromblon de pirate, un cadran nocturne, le tableau d'un phare et une paire de ciseaux crantés.

Ses sens en alerte, sa cervelle réglée sur le mode détective, Tibotie sursauta. Une paire de ciseaux… ici… étrange ! Le sabre, d'accord. Le tromblon, pas de problème. Le compas et le reste, logique : ça collait avec l'univers de son capitaine de grand-père. Mais les ciseaux ? Ils étaient autant à leur place au-dessus de la cheminée qu'un hippopotame dans un champ de pâquerettes. En se faisant cette réflexion, Tibotie se sentit à deux doigts de percer l'énigme.

Pas moins curieux qu'un autre, il s'approcha lentement, sur la pointe des petons, avec des frissons plein la peau et les yeux plus que jamais grands ouverts. À bien y regarder, non, ce n'était pas une paire de ciseaux crantés. De loin ça faisait illusion, mais de près le doute s'envola aussi vite qu'un moineau : cette paire de ciseaux était aussi vraie qu'une jambe de bois.

– Des clefs ! jubila Tibotie, un grand sourire s'étalant sur son visage rose.

Plus précisément : des clefs jumelles fixées l'une sur l'autre sur un point de pivot.

Craignant une hallucination, il astiqua dix fois ses paupières avec ses poings. Quand il rouvrit les mirettes, les clefs étaient toujours là, avec de longues tiges, de larges anneaux, des pannetons compliqués. Il n'y avait plus qu'à se servir.

Ce qui ne fut pas aussi facile que prévu. N'appréciant pas du tout la visite de Tibotie, le Petit Salon révéla un fichu caractère. En cela, il ressemblait beaucoup à son propriétaire, lequel rouspétait autant que le parquet du Petit Salon qui, lui, avait la fâcheuse manie de faire un bruit de biscuit sec à chaque pas. Ce n'est pas tout. La pendule sonna à toute berzingue (avec vingt minutes d'avance) quand le jeune intrus loucha un peu trop longtemps sur les clefs. Ayant deviné les intentions du garçon, les lieux voulaient lui mettre des bâtons dans les roues. *Baoum... Baoum... Baoum...* fit donc la comtoise, façon à elle de crier : « Au secours ! Au voleur ! »

Après avoir sursauté de tout son corps, Tibotie se dépêcha de lui couper le sifflet en intercalant un livre entre le marteau et la cloche. Il réussit. Il y eut trois *Baoum !,* pas quatre.

– Heureusement qu'il est parfois dur de la feuille, soupira Tibotie en parlant de son ronchon de grand-père.

Le front en nage, il fit ensuite quelques pas vers la grande table avec l'idée d'emprunter une de ses six chaises. Cet aller-retour mit les nerfs du garçon à rude épreuve car le parquet redoubla d'efforts : il grinça, craquela, geignit, tout ça en même temps, lui qui ne couinait jamais sous les pieds du capitaine. Là, il semblait hurler de douleur chaque fois que Tibotie posait un petit bout d'orteil dessus. Pour aller plus vite et alléger la souffrance de ses tympans, Tibotie enchaîna bonds, pirouettes et cabrioles avec l'impression qu'on entendait chacun de ses pas jusqu'en Chine.

Et ce n'était pas fini.

Pendant toute la dernière partie de cette visite au Petit Salon, ce fut complication sur complication. La chaise qui tape des pieds malgré Tibotie dessus… Les clefs qui cliquettent à qui mieux mieux devant sa main tremblante… Tibotie qui heurte du coude ou du poignet de menus objets qui ne se trouvaient pas là trois secondes auparavant : une tabatière, un compas, un pot à crayons… À croire qu'on les avait déplacés là exprès pour le gêner. Plus Tibotie tendait le bras pour saisir les clefs, plus celles-ci s'entrechoquaient, imitant le bruit de deux minuscules épées. C'était hallucinant.

– Ça suffit, oui ? s'énerva-t-il d'un ton sec, si sec que les clefs remuèrent nettement moins fort.

Elles n'étaient pas soudées ensemble, juste posées l'une sur l'autre. Refusant de se laisser attraper, celle du dessus – nettement plus malicieuse que l'autre – plongea dans le vide. Un pied sur sa chaise, un autre dans le vide, Tibotie la rattrapa de justesse. Ouf ! Il jeta ensuite les deux clefs dans sa poche, puis les remplaça avec mille précautions par une grande paire de ciseaux noirs qui dormaient dans un tiroir de son bureau.

– De loin, ça fera illusion…

Cela fait, il remit la chaise en place, essuya la sueur sur ses tempes et quitta cette satanée pièce. Poussé par le souffle de l'aventure, il mit ensuite les voiles, cap sur le grenier.

La règle du Jeu

La première clef refusa clair et net de s'engager dans la serrure du cadenas. Ça bloquait. On aurait dit un cheval freinant des quatre fers devant un obstacle.

– Et zut ! grogna Tibotie avec une bouille de cocker dépressif : lèvre qui pendouille et regard humide.

Il essaya alors la seconde clef, toute pareille à l'autre : mêmes formes, même taille, mêmes couleurs noir, gris, rouille. Sa jumelle. La seule différence, c'était la chaleur qu'elle dégageait. Sous les doigts de Tibotie, elle chauffait autant qu'un front fiévreux.

– Les clefs ne font pas ça d'habitude… sursauta-t-il peu après en sentant, pour de vrai, quelque part dans ce petit bout de métal, une pulsation, puis une autre, puis encore une…

Comme un cœur qui tambourine quand l'émotion est trop grande. Les pulsations à l'intérieur de la clef passèrent la vitesse supérieure quand elle s'approcha de la serrure.

Et le miracle se produisit ! Aucune résistance, cette fois. Aucun frottement. La clef plongea dans le cadenas telle la lame d'un couteau dans du beurre tiède...

... et Tibotie plongea dans un bain d'eau froide. Ça fait toujours ça quand joie et surprise vous tombent dessus : ça vous couvre de frissons.

Au moment du premier tour de clef, un bouquet d'étincelles jaillit brusquement des entrailles de la serrure. Des étincelles jaunes, vertes, cerise, scintillantes. Qui galopèrent aux quatre coins de la pièce. Qui fredonnèrent doucement *frrr*. Qui se volatilisèrent soudain, sans bruit, à la manière d'un feu d'artifice miniature.

– Bon sang de bon sang de bon sang ! s'exclama Tibotie, la bouche fendue jusqu'aux oreilles, heureux comme tout.

Au deuxième tour de clef, rebelote ! Une nouvelle giclée de paillettes sauta hors de la serrure, très vite, très fort, façon bouchon de champagne. Des paillettes vert pomme ce coup-ci. Et bleu azur. Et mauves. Et rose bonbon. Et qui rebondirent sur le plancher comme des billes sur du carrelage.

Au troisième et dernier tour de clef, ce fut une apothéose de couleurs. De la serrure rouillée s'élancèrent des queues de comètes dorées, des flocons d'argent, des gerbes d'étoiles multicolores et ces traînées de poussière que laisse derrière elle la fée Clochette quand elle se dépêche de rejoindre les Enfants Perdus. Tout cela brilla intensément pendant une pincée de secondes, puis clignota dans un ultime *frrr*. C'était merveilleux.

– Bon sang de bon sang… répéta Tibotie, ses yeux comme des roues de bicyclette, après quoi queues de comètes, flocons, étoiles et poussières détalèrent dans toutes les directions, telles des souris poursuivies par un chat.

Tout de suite après, *clic*, la serrure se déverrouilla. Une lueur abricot rayonna par l'entrebâillement.

– Un trésor! supposa Tibotie en imaginant tous les billets de train, de bateau et d'avion qu'il pourrait s'offrir avec un trésor rien qu'à lui. Tous les voyages…

Combien de livres avait-il lus, qui parlaient de chasse au trésor? Combien de films vus? Chaque fois que le héros touchait du doigt le fameux coffre, Tibotie se posait toujours la même question: et moi, à sa place, comment je réagirais?

Et voilà qu'il y était, à sa place. Il ne se serait jamais douté que ça mouillait autant les yeux!

La gorge nouée, la boule au ventre, il souleva le couvercle des deux mains puis plongea son nez dans la lueur.

Ni rubis, ni diamants au fin fond de ce coffre. Et pas la moindre pièce d'or non plus! Juste une boîte en carton carrée, plutôt sombre, pas très fraîche. Habillée de poussière, elle semblait attendre là depuis la nuit des temps.

Sur le coup, quelle déception!

– Tout ça pour *ça*? soupira Tibotie avec le nez de travers et la bouche tordue.

Il soupira si fort qu'il fit danser un drap recouvrant un miroir sur pied, deux mètres plus loin; si fort que l'araignée sur sa toile fila se mettre à l'abri ; si fort qu'il débarrassa la boîte de son pull de poussière. Incroyable mais vrai, celle-ci retrouva en deux secondes le même éclat que ces jolies boîtes exposées en vitrine dans les magasins de jouets, vers Noël.

– La voilà comme neuve ! s'étonna alors Tibotie, le nez déjà moins de travers, la bouche moins tordue.

Elle l'était, en effet. Neuve, colorée, ensorcelante.

Ensorcelante à cause des tas et des tas d'images qui se grimpaient dessus, sur le couvercle. Il y avait, pêle-mêle : un tricorne de la Révolution, un lion majestueux, un illusionniste et son jeu de cartes, un T-rex menaçant, des pingouins à la queue leu leu, la casquette de Sherlock Holmes, Sitting Bull, un clown jongleur, un pharaon, un dragon, les trois caravelles de Christophe Colomb, une diligence du far west, une sirène, tout le peuple de la jungle, Robinson Crusoé, un mage, une fusée spatiale, un chevalier des croisades, des symboles incas, les dunes du Sahara, une cité d'or, un avion à hélices et beaucoup d'autres images qui parlaient d'époques révolues et de lieux oubliés.

Ensorcelante car elle rayonnait autant que la fontaine d'étincelles, deux minutes plus tôt.

Ensorcelante parce que les images s'animaient. Pour de vrai. Le couvercle grouillait de vie. Par exemple, ce tyrannosaure qui régnait sur un coin de la boîte, la gueule grande ouverte, prêt à gober le tigre ou l'Indien à côté de lui. Après deux battements de cils, le voilà relégué plus loin, poussé de là par une diligence du Pony Express et son nuage de poussière. Dix secondes plus tard, un dragon avait pris sa place, à moins que ce ne soit une sorcière sur son balai, ou un Inuit sur sa banquise, ou autre chose car les images remuaient autant que des enfants dans une cour de récréation.

Et au milieu de toute cette folle agitation brillaient trois mots écrits en lettres mauves ici et argentées là (les couleurs du mystère et de la magie) : *« Jeux et Merveilles »*.

Tibotie laissa retomber ses épaules. Ses muscles se décontractèrent.

– Un jeu de société… soupira-t-il.

S'il s'attendait à ça !

Des jeux de société, il en possédait une vingtaine entassés dans un coin de sa chambre. Il n'y touchait plus jamais car, affirmait-il, « j'ai passé l'âge de lancer un dé et de compter les cases ! » Mais pas besoin d'être Einstein pour comprendre que ce jeu-là promettait d'être différent des autres. Il le savait. Il le *sentait. On n'enferme pas sans raison une boîte pareille à triple tour de clef magique dans un vieux coffre pirate !*

En effet. Et quand il lut au verso de la boîte : « ENVIE D'AVENTURES ? », sa curiosité redoubla.

ENVIE D'AVENTURES ?
L'ENNUI VOUS DÉVORE ?
RIEN D'INTÉRESSANT NE VOUS ARRIVE JAMAIS ?
ALORS CE JEU EST FAIT POUR VOUS !
DÉPAYSEMENT GARANTI !
RÈGLE DU JEU À L'INTÉRIEUR !

Comme pour sceller cette promesse, un air lointain et sauvage résonna du fin fond de la boîte. Cet air maintenant familier, Tibotie le reconnut aussitôt.

Tout d'abord, il se demanda si cette boîte en carton était bourrée de puces électroniques, ce qui serait vraiment étonnant vu qu'elle semblait être là depuis un siècle ou deux.

Le rythme entêtant accéléra. Le cœur de Tibotie également. Les images sur le couvercle aussi. La diligence fusait, les caravelles galopaient sur les flots, le dragon pliait et dépliait ses ailes à toute allure… Entre les mains de Tibotie, la boîte semblait dire quelque chose comme : « Ouvre-moi ! Viens jouer ! » Elle le suppliait de tenter l'expérience. Et lui n'avait pas tellement envie de refuser.

Puis, la boîte se tut d'un coup quand les escaliers grincèrent, à la croire pourvue d'oreilles. Quelqu'un montait. Lentement. Cela faisait un bruit de gâteaux secs qu'on écrase du pied.

– Tibotie ! appela le capitaine avec une voix de vieille chaudière qui ronfle. T'es là, fichu gredin ?

Grand-père ? s'étonna le fichu gredin en question. *Il ne vient jamais ici, d'habitude.*

L'émotion lui mit les oreilles en feu. Cet incendie toucha vite ses pommettes.

S'il me trouve en train de fouiner dans son sanctuaire, je suis mort !

Les joues grenadine, il prit vite la boîte sous le bras,

referma doucement le couvercle du coffre, remit le cadenas en place, la couverture aussi, puis il trotta en silence jusqu'à cet authentique tipi sioux posé entre une luge d'Esquimau et un piano à queue.

C'était un tipi fabriqué dans les règles de l'art, avec des peaux de bison posées sur de longues perches en bois appuyées les unes aux autres. Immense, ce tipi arrivé là on se demande bien comment s'élevait jusqu'à la charpente, où dormait un hibou à l'air grognon. Tibotie se retrouva à l'intérieur en trois bonds si discrets que même la souris dans son trou ne les entendit pas.

Quand la porte du grenier s'ouvrit en grinçant autant que le portail rouillé d'un manoir hanté d'Écosse, il avait comme disparu du paysage.

– Gamin ! héla le capitaine d'une voix aussi douce qu'un coup de canon.

En l'absence de réponse, il balaya la pièce de son regard aiguisé.

Malgré la chaleur du tipi, un frisson galopa sur le dos de Tibotie car il perçut, dans la voix de son grand-père, une tonne d'agacement, une rasade de colère, ainsi qu'une bonne dose d'inquiétude.

– T'es là, graine de chenapan ? Si t'es là, dis-le ou alors...

Voix de plus en plus dure, qui n'accepte aucune mutinerie. Voix habituée à mettre à genoux les plus rudes lascars.

Pendant que Tibotie se ratatinait dans le tipi, le capitaine inspecta le grenier. Sans se presser. En soufflant comme un boxeur énervé, et si fort que des vaguelettes d'air aplatissaient les boucles de sa barbe.

Planté au milieu de la pièce, il fixa le coffre. Seulement le coffre. Rien d'autre. *Fermé !* observa-t-il. Rassuré, il fit demi-tour puis se figea net, revint sur ses pas pour inspecter la malle d'illusionniste, au cas où. Personne.

– L'marmot joue sûrement dans le parc… grommela-t-il en se traînant jusqu'à la porte.

Il n'était pas parti depuis trente secondes que Tibotie risqua une tête à l'extérieur pour prendre une goulée d'air frais.

Je suis tranquille pour un moment ! estima-t-il tandis que les escaliers craquaient en sens inverse.

La boîte recommença aussitôt à l'appeler.

« Ouvre-moi ! » suppliait-elle.

Bien sûr, Tibotie céda.

Il eut à peine retiré le couvercle qu'une étincelle mauve s'échappa du jeu et détala à la vitesse d'un lynx, en chantant *wizzz*.

À l'intérieur, surprise : zéro plateau de jeu, aucune carte, pas l'ombre d'un pion ou d'un dé. À la place, une enveloppe bleue aussi lisse que la peau d'une pomme (avec « L'aventure commence » calligraphié dessus), une notice et c'est tout.

Très étonné que ce soit tout, Tibotie resta de longues secondes le nez en l'air, sans bouger, avec des points d'interrogation dans chaque recoin de ses pensées.

Comment jouer sans plateau, pions et tout le tralala ?

Comme en réponse à un coup de sonnette, un courant d'air se faufila dans le grenier, glissa jusqu'au tipi, tourbillonna autour de la boîte puis souleva la notice et la posa pile entre les mains tremblantes de Tibotie, lequel se dépêcha de lire.

RÈGLE DU JEU

JEUX & MERVEILLES

Une aventure pour les individus en mal d'émotions nouvelles. Sensations fortes garanties.

Dans l'enveloppe bleue (la Saphir), tu trouveras un document à remplir. La partie commencera aussitôt la Saphir postée dans n'importe quelle boîte aux lettres, n'importe où sur Terre, à n'importe quelle heure de n'importe quel jour. Ta mission sera alors de retrouver la Rubis, une enveloppe rouge cachée quelque part dans le vaste monde. La partie n'a aucune limite de temps. Elle prendra fin à condition de poster la Rubis dans n'importe quelle boîte aux lettres, et à cette condition uniquement. Voici un indice de départ pour la retrouver : AU PREMIER ABRACADABRA, LÈVE LE DOIGT.

Une fois la partie achevée, tu recevras une nouvelle Saphir dans les plus brefs délais.

Messieurs William Hocus et Bartholomé Pocus, inventeurs de ce Jeu, te souhaitent sincèrement bonne chance.

Tibotie marqua un temps d'arrêt.

– Messieurs Hocus et Pocus, articula-t-il en se gratouillant le menton, au-dessus duquel flottait un sourire moqueur. Drôles de noms...

Drôles ou pas, artistes ou non, il n'avait jamais rien entendu les concernant. Il n'était pas le seul. Apparemment, personne ne les connaissait. Même Internet ignorait tout de ces deux mystérieux bonshommes.

La lecture reprit.

P.-S. : Joueur, prends garde ! Une fois le Jeu commencé, aucun retour en arrière possible. Pour le pire ou le meilleur, que tu le veuilles ou non, tu avanceras comme un pion sur le Plateau.

Si ce Jeu est fort dépaysant, à chaque instant c'est la mort qui t'attend. Les risques y sont nombreux, le danger omniprésent. Note bien que la Rubis ne se laissera pas facilement attraper. Elle préférera t'assassiner.

Si toutefois tu la trouves, deux possibilités s'offriront à toi.

Si tu postes la Rubis intacte, c'est-à-dire fermée, la partie prendra fin. Tu retrouveras ton univers, riche d'avoir vécu une sacrée aventure qui te transformera à coup sûr.

Sache toutefois que cette enveloppe renferme une carte indiquant l'emplacement d'un trésor d'une valeur exceptionnelle. Si tu décides de l'ouvrir, la carte sera à toi, et à

toi le trésor. En revanche, l'enveloppe perdra son pouvoir : il sera inutile de la poster, donc impossible de revenir à la réalité.

Bon courage.

– Étrange, cette règle... estima Tibotie, mais pas autant que l'adresse figurant au centre de la Saphir :

À l'attention de Messieurs
William Hocus & Bartholomé Pocus
Quelque part entre Boston et Pékin,
Oslo et Le Cap

Tibotie lut plusieurs fois de suite cette adresse fantaisiste.

– Je plains le facteur...

Prise d'un frisson, l'enveloppe tressauta entre ses doigts, les saupoudrant de paillettes tièdes et argentées.

– Ouvre-moi *maintenant*! semblait-elle le supplier, ce que le garçon fit illico.

Des étoiles plein les mirettes, il trouva, à l'intérieur, deux fiches en carton bleues, si bleues qu'elles avaient sûrement été découpées dans un beau ciel d'été. Et elles étaient bordées d'arabesques en or imprimées, aurait-on dit, avec des rayons de soleil.

La première fiche clamait ceci : « L'Aventure va bientôt commencer. Choisis bien. » Et la seconde cela :

MERCI DE COCHER VOTRE CHOIX.
UNE SEULE CASE SERA ACCEPTÉE.

- ☐ Expédition dans la jungle
- ☐ Aventure spatiale
- ☐ Dragons, trolls et chevaliers
- ☐ Sorcières et fées
- ☐ Mission en Alaska
- ☐ Ambiance détective privé
- ☐ Les mystères de l'Égypte
- ☐ Les héros de la mythologie
- ☐ Le monde de Neptune
- ☐ Au royaume du cirque
- ☐ Far west sans foi ni loi
- ☐ Les merveilles de la nature
- ☐ Safari sauvage
- ☐ Univers magique
- ☐ Cap sur la piraterie
- ☐ Empire chinois
- ☐ Les gangsters de Chicago
- ☐ Barbares et Vikings
- ☐ Au temps des mammouths
- ☐ Échantillons*

* Échantillons *est un mélange des différents univers proposés par* Jeux et Merveilles. *Dinosaures, ogres, cow-boys, fées, lions et bien d'autres s'y côtoient. Choix parfait pour les enfants particulièrement indécis.*

Tibotie hocha lentement sa tête de lutin. Lui qui n'avait pas touché un jeu de société depuis belle lurette, il se laissa tenter. Difficile de résister. La musique sauvage de la boîte, les étincelles de l'enveloppe, le bout de papier avec « Utilise le Jeu » noté dessus… Tout cela lui disait : « Tu n'es qu'un idiot si tu refuses de jouer ! »

– Maintenant, quel plateau de jeu choisir ?

Car, pour lui, c'était ça : un bon de commande à remplir pour recevoir un plateau de jeu d'un genre particulier.

– Un seul thème, la barbe ! soupira-t-il.

Quel plateau lui plairait vraiment ? Celui avec éléphants, tigres, lianes et compagnie ? Ou celui avec des galaxies, des fusées qui foncent dans ces galaxies et des astéroïdes qui foncent sur ces fusées ? Les deux lui plaisaient. Bref, autant choisir entre un gâteau au chocolat et une glace vanille fraise.

– Bon. Admettons que j'opte pour « Aventure spatiale », dans ce cas adieu dragons, château fort et chevaliers...

Or, le Moyen Âge lui plaisait beaucoup. Ah ! les donjons, les armures d'argent, le *pataclop* des chevaux pendant les tournois... Mais le far west l'intéressait aussi.

– Sympa, la vie de cow-boy !

Galop dans les plaines et colt à la ceinture... Il ferma les yeux un instant, l'esprit perdu au pays des shérifs et des bisons.

Après réflexion, pourquoi ne pas revêtir l'imperméable du détective ?

– Toujours eu envie de mener une enquête, une vraie ! Avec des indices, des suspects, une piste à suivre et tout et tout !

Les mystères, les énigmes, l'ambiance meurtre à minuit... Cela lui donnait de délicieux frissons rien que d'y penser.

– Et zut ! ronchonna-t-il, incapable de se décider, surtout que la beauté de la savane ne le laissait pas non plus indifférent. Et re-zut ! grommela-t-il en tapant si fort du pied que le tipi grelotta.

Une demi-heure passa. Une demi-heure d'hésitations, de va-et-vient d'un thème à l'autre. Choisir entre magiciens, chevaliers, pirates à jambe de bois, explorateurs et le reste, quel casse-tête ! À deux doigts de la migraine, il opta finalement pour « Échantillons ».

On verra bien... se dit-il avec un sourire d'impatience car, au fond, Tibotie aimait bien les surprises.

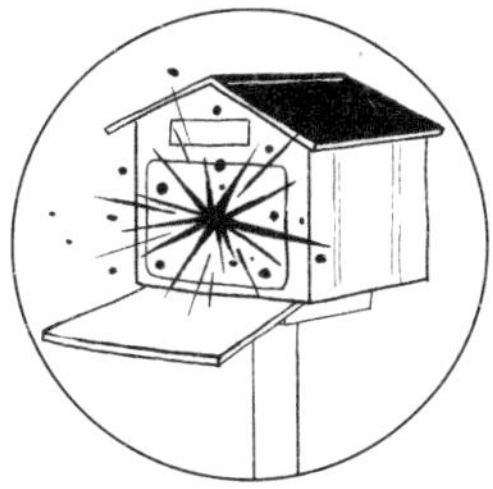

La Saphir

Installé à califourchon sur la rampe d'escalier, Tibotie se laissa glisser jusqu'en bas. Là, il tomba nez à nez sur l'impressionnante grosse trogne du capitaine. Soucieux, apparemment, le capitaine. Préoccupé. Pas loin de se mettre en pétard.

– Je t'ai cherché partout, p'tit galopin ! tonna celui-ci d'une voix aussi dure que la jambe de bois de Red Flynt, celle qu'un charpentier avait sculptée dans un morceau de chêne. Où étais-tu, blanc-bec ? Que faisais-tu ?

Tibotie se ratatina dans ses chaussures. Quand le capitaine braillait sur ce ton, avec de la tempête entre chaque mot, des éclairs entre chaque syllabe, même le plus coriace des gaillards se mettait au garde-à-vous avec une petite goutte de sueur sur la tempe.

Deux gouttes, dans le cas de Tibotie.

Pas question de lui servir un bobard, se dit-il par réflexe, *il le sentirait immédiatement !*

Car son grand-père était un redoutable détecteur de mensonge. Il ne supportait pas qu'on essaie de le doubler. Dans ces cas-là, il se transformait en un genre de tornade, avec des éclats de voix dans tous les sens, des «Je n'accepte pas la désobéissance!» et des punitions jusqu'à la saint-glinglin. Tibotie en savait quelque chose.

Mais pas question non plus de lui parler de la clef prise au mur du Petit Salon, ce serait pis encore.

Je dois naviguer entre mensonge et vérité…

Après trois secondes et demie de cogitation, ce petit malin trouva comment mélanger les deux.

D'abord, une bonne dose de vérité:

– Désolé, j'étais dans le grenier, annonça-t-il avec un sourire banane du plus bel effet, un sourire *charmeur*. Allongé dans le tipi, tranquille… précisa-t-il avec nonchalance, comme il aurait dit: seul sur la plage, entre les palmiers et la mer bleue, à siroter un cocktail de jus de fruits…

– Ce grenier, toujours ce grenier! pesta le capitaine en tapant la rampe d'escalier du poing, en tapant le sol du pied, en affichant une grimace de belle taille, à croire qu'il venait de croquer un oignon enrobé de piment et de moutarde. Pourquoi que t'as pas répondu quand je t'ai appelé? T'es donc devenu sourd, p'tit marsouin?

Sa barbe frémissait de rage.

– Pardon, mais je voulais pas que tu m'obliges à partir. J'étais bien, moi, là-haut…

À croire qu'il en avait trop dans les poumons, le capitaine expira un gros tas d'air par les narines. Pendant une seconde, il ressembla à une cocotte-minute qui évacue le trop-plein de vapeur.

– Gamin, mâchouilla-t-il en baissant d'un ton, ce grenier est plein de souvenirs, des merveilleux, des terribles… Un jour, les terribles ont pris le dessus, conclut-il avec, dans les tourbillons de sa barbe, le plus triste des sourires.

Aussi curieux que vous et moi, Tibotie voulut en savoir plus à propos de ces terribles souvenirs, mais son têtu de grand-père ne prononça pas une syllabe de plus là-dessus. En revanche, il avait très envie d'empêcher une bonne fois pour toutes cette fouine de Tibotie de retourner sous les toits. Tibotie le sentait. Il se dépêcha donc de prendre la parole pour raconter tout et n'importe quoi.

– Ça fait un siècle que ce tipi me fait de l'œil ! balança-t-il avec bonne humeur, histoire de dédramatiser la situation. J'ignorais que c'était si spacieux à l'intérieur. Tu le savais, toi ? Dis, grand-père, si j'étais un Indien, ce serait quoi mon nom ? Marmotte Bavarde ou Hibou Rêveur ? Toi, tu pourrais t'appeler quelque chose comme, hum, voyons… Langue Dorée : tu racontes si bien les histoires !

Le capitaine fronça les sourcils, pas convaincu pour deux sous.

– Ou alors Mille Contes : t'en connais tellement ! À moins que tu préfères...

Tibotie jacassait pour que son grand-père n'ait pas le temps de le questionner à propos du grenier, de son coffre et de *Jeux et Merveilles*.

Ce qu'il ne fit pas. Le vieillard se contenta de planter son regard dans celui de Tibotie, comme pour mieux lire son âme. « Si tu mens, je le saurai ! » semblait-il penser, ses yeux bleus devenant de plus en plus sombres.

– Rien d'autre à m'annoncer, moussaillon ? articula-t-il dès que Tibotie mit un point final à son baratin.

C'était la question piège. Si Tibotie répondait un truc du genre : « Non, rien à ajouter ! », sûr et certain que le détecteur de mensonge s'activerait illico, et l'interrogatoire policier durerait jusqu'à pas d'heure. Il fallait donc improviser une réponse qui tienne la route, et se débrouiller pour que le capitaine y croie.

– Si vraiment tu veux savoir, alors je dois t'avouer un truc : moi aussi, j'essaie d'inventer des histoires. Des histoires de pirates. Comme toi.

Bon comédien, il semblait totalement sincère. Il s'étonnait lui-même.

– Ça n'explique pas le grenier ! postillonna le capitaine, ses joues très rouges sous sa barbe très blanche.

– Si, bien sûr que si ! assura Tibotie. Je trouve mieux l'inspiration là-haut, au chaud, à l'abri du tipi. Bon, d'accord, mes histoires sont moins chouettes que les tiennes, mais je m'entraîne. Un jour, j'en écrirai une belle, tu verras. Une histoire du genre de celles de Tortoga…

C'était à moitié vrai. S'il ne pouvait vivre une grande aventure, il pourrait toujours essayer d'en imaginer.

À propos d'histoires…

– Grand-père, raconte-moi par quelles ruses Tortoga a découvert l'île de Jouvence ! Et comment son voilier a rebondi sur les vagues du Pacifique ! Et pourquoi il a failli mourir dans la forêt aux Sept Mille Oiseaux ! Et pour quelles raisons il a zigouillé trois de ses meilleurs hommes et…

Bref, Tibotie réclamait un récit plus long qu'un cou de girafe.

– Encore ? soupira le capitaine. J'ai déjà narré cette aventure autant de fois qu'il y a de canons sur le *Black Drakkar* !

– Oui, encore ! insista Tibotie avec du miel dans la voix et du velours dans le regard.

Et voilà comment il réussit à désamorcer la colère de son grand-père.

– Dans ce cas… fit le vieil homme en se traînant jusqu'à la bibliothèque, une pièce douillette, tout en bois, qui sentait bon la cire et le parchemin.

Là, il s'enfonça dans le plus moelleux de ses fauteuils, il posa une miette de flamme dans le foyer de sa pipe et fit quelques ronds de fumée vers le plafond.

– Dresse l'oreille et range ta langue, dit-il tout d'abord.

Tibotie obéit. Tandis que les cercles bleus tournaient

comme des roues de charrette, il s'assit sur le plancher, aux pieds de son grand-père, et le récit commença.

Il commença avec une vieille carte aux bords grignotés par les années et les voyages. Une carte avec des latitudes et des longitudes, une rose des vents dessinée en haut à droite et, bien au centre, une île. Et quelque part sur cette île, une croix.

– Cette carte indiquait l'emplacement de l'île de Jouvence et de son butin ! expliqua le capitaine. Un pirate digne de ce nom se serait arraché un œil pour l'avoir. Elle tomba un jour entre les mains de Pratt Jones, le célèbre chasseur de trésors, après un combat de huit heures contre un certain Croche Borgne, une fine lame de Cuba.

– Pourquoi ce nom, Jouvence ?

– Car, tant qu'on reste dessus, paraît que le temps n'existe plus, moussaillon. Suspendu ! Ça laisse une toute petite chance de trouver le trésor.

– Une toute petite chance ? s'étonna Tibotie. C'est tout, malgré l'éternité devant soi ?

Le capitaine ricana.

– Paraît aussi qu'une éternité ne suffit pas. Cette île est telle une lionne : belle et envoûtante quand on la regarde de loin. Mais si on s'en approche trop, elle te taille en pièces !

Il évoqua les lianes ensorcelées, les mouches à sonnette (« plus dangereuses encore que les serpents ! »), le chant mortel des perroquets, le brouillard qui rend fou. Et la

Bête. Et les parfums qui tuent. Et les averses qui durent mille jours et mille nuits, et ceci et cela.

Si j'ignorais que tout cela n'est qu'une histoire, je penserais que cette île existe vraiment... songea Tibotie, sensible à la voix du capitaine et au pouvoir des mots.

Son grand-père énuméra le charme de l'île et ses dangers une heure durant, après quoi la fatigue lui tomba dessus comme un éboulis de roche. Ses lourdes paupières battirent quatre fois et il s'endormit, sa pipe encore à la bouche.

Moment parfait pour poster l'enveloppe ! estima Tibotie.

Avant de partir, il songea aux différents messages reçus ces derniers jours – il en avait maintenant un petit tas tombé du ciel, assez pour remplir une boîte à biscuits. Ces messages se ressemblaient beaucoup. Un coup ils disaient ceci: «Je dois sortir de là», un coup cela: «Cherchez le *Reine de Trèfle*». Le reste du temps, ils suppliaient. Tibotie ne pensait plus qu'à ça, aider l'auteur de ces messages. Et chaque fois que les mots lui rentraient dans la peau, il y pensait un peu plus fort.

Hop, il glissa donc la Saphir dans sa poche.

Hop, il quitta la maison à pas de velours.

Hop, il trotta jusqu'au bout de la rue, vers la boîte aux lettres la plus proche.

Un tambour dans la poitrine, un croissant de lune à la bouche, il posta son précieux courrier.

– La partie va bientôt commencer... gazouilla-t-il.

Bientôt, en effet. Pas tout de suite. Encore un peu de patience. Pour le moment, l'enveloppe tomba en silence dans la boîte, et Tibotie faillit soudain tomber dans les pommes.

– Sombre crétin ! Purée de cervelle ! Demi-maboul ! grogna-t-il soudain, furieux contre lui car il avait oublié de noter son adresse au verso de l'enveloppe. Or, sans adresse, pas de livraison possible.

Il s'en serait arraché les cheveux de colère.

– Je l'aurai jamais, ce plateau de jeu ! gronda-t-il. À moins que… réagit-il, alerté par les cris de souris d'une bicyclette.

Celle d'Ignace Barjabu, le facteur. Un grand dadais doté d'un uniforme trop court d'une taille et d'oreilles trop larges de deux. À chaque coup de pédales, son pantalon remontait jusqu'à mi-mollet, et ses oreilles gigotaient comme drapeaux au vent.

Après avoir livré un paquet ici, deux lettres là et des factures partout ailleurs, il accosta la boîte pour relever le courrier. Tibotie l'accueillit avec un sourire prononcé.

– Salut, cher Ignace. Que je suis content de vous voir, toi et ton bel uniforme ! Tu tombes bien, j'ai besoin de toi.

– Ho ! Ho ! fit le facteur flatté. À ton service, ajouta-t-il en tirant de sa poche une petite clef d'argent. Que puis-je faire pour toi ?

La serrure de la boîte avala la petite clef, et Tibotie avala une noisette de salive.

– Me rendre mon enveloppe ! supplia celui-ci d'une voix caressante. (Ignace tiqua.) Celle que j'ai postée à l'instant. Une enveloppe très bleue, très lumineuse, facile à reconnaître : y a pas deux bleus comme celui-là ! C'est super important.

La clef fit deux pirouettes.

– Pourquoi donc ? se renseigna le facteur.

– Parce que j'ai pas de tête, se désola Tibotie. J'ai oublié d'écrire mon adresse sur une espèce de bon de commande. Pas d'adresse, pas de livraison, tu piges ?

Ignace rajusta sa casquette et lissa ses oreilles en arrière.

– Et toi, dit-il, comprends-tu que je n'ai pas le droit de rendre une lettre mangée par une boîte des Postes ?

– Mouais... fit le garçon à contrecœur.

La porte s'ouvrit. Un petit paquet de lettres glissa vers le bord. Une lueur gigota dans la prunelle de Tibotie.

– Tu peux p't'être faire une exception, ô ! grand Ignace, maître des enveloppes, dieu de la bicyclette ? fredonna-t-il, son regard vadrouillant du facteur à la boîte.

– Non ! s'obstina le dieu de la bicyclette en balançant ses oreilles de gauche à droite.

– Mon bon Ignace, persista Tibotie. Mon très cher ami ! Imagine que mon enveloppe bleue t'échappe des mains. Ça peut arriver... Comme je suis serviable, je te la ramasse et là, j'en profite pour écrire mon adresse ni vu ni connu. Chouette idée, ça, non ?

– NON ! s'acharna Ignace en levant si haut ses épaules et ses bretelles que son pantalon remonta au-dessus de belles chaussettes à carreaux. Pas la peine d'y penser.

– *Pourquoi* tu veux pas m'aider ? rouspéta Tibotie en se fabriquant une voix très, très contrariée.

Ignace ricana.

– Parce que 1°) c'est interdit par le règlement ; et 2°) il n'y a pas plus d'enveloppe bleue là-dedans que de cheveux sous ma casquette !

Casquette qu'il souleva par la visière, dévoilant ainsi une jolie boule de billard.

– Quoi ? s'égosilla Tibotie, un œil sur la boule, un autre sur la boîte. Tu me fais une blague ?

– Regarde toi-même !

Des enveloppes blanches comme neige, des enveloppes marron, des enveloppes de toutes les tailles, certaines écornées, d'autres parfumées, ça oui, il y en avait plein ! En revanche, pas un seul rectangle de papier découpé dans un beau ciel d'été.

– Mais… mais… mais… bégaya Tibotie en fouillant avec des yeux de détective le fin fond de la boîte, le sol, le paquet de lettres et les mains d'Ignace.

Rien.

– Où est-elle ?

Pas ici, en tout cas. Volatilisée. Partie ailleurs, sûrement là où vont les lapins blancs des magiciens…

Soudain, un air de tam-tams

Il paraît que le passage d'une comète annonce un événement important. C'est vrai. Quand Tibotie posta la Saphir, trois étoiles filantes patinèrent dans le ciel, et tout l'univers retint son souffle. Quelque chose allait bientôt commencer...

Pressé de finir sa tournée, Ignace poussa le courrier dans le ventre de sa besace, referma la boîte à triple tour, lança un joyeux « Bien le bonjour au capitaine ! » puis disparut en quatre coups de pédales.

– Je n'y comprends rien de rien ! se lamenta un Tibotie tourneboulé par cette histoire d'enveloppe farceuse. C'est à croire que...

Il ne prononça pas une syllabe de plus : une noix de coco venue d'on ne sait où lui tomba pile sur le crâne. Ça fait mal. Trente-six chandelles dansèrent la farandole autour de sa caboche, puis il s'évanouit au milieu de la rue. La dernière chose qu'il entendit avant de perdre connaissance fut une voix lointaine qui murmurait : « Le joueur avance de quatre cases ».

À partir de là, plus rien ne fut pareil.

Dix minutes ou dix heures plus tard (difficile à dire), il se réveilla ailleurs, très loin, deuxième à gauche vers l'inconnu, troisième à droite vers l'aventure, puis tout droit jusqu'au Jeu où tout est possible !

Le corps tout englué de fatigue, Tibotie entrouvrit une paupière, puis l'autre. Lentement. Difficilement. Avec un gémissement à la bouche, et sur le crâne une bosse de la taille d'un œuf de pigeon.

Plus rien n'était pareil, en effet : une jungle avait poussé dans sa rue, qui n'avait plus rien d'une rue.

– J'hallucine ? se révulsa-t-il après avoir bondi comme un bouchon de mousseux.

Il n'hallucinait pas le moins du monde. Tibotie eut beau astiquer cent fois ses yeux, se pincer fort, se gifler même, le nouveau décor demeura, vert, chaud et terriblement humide.

– Je rêve alors ?

Bien sûr que non. Quand on rêve, on rêve. Il est très rare que l'on prenne cinq minutes au milieu de ses songes pour se dire : « Wouah ! Je suis en train de rêver, là ! Grandiose… »

Tibotie pataugeait bel et bien en pleine jungle. Aucun doute là-dessus. À la place de l'allée du Terrier s'étirait un chemin de terre noir comme du café, tordu comme un serpent, et d'une longueur infinie. Les maisons avaient disparu, remplacées par des kilomètres d'arbres géants, si grands qu'ils touchaient presque le ciel du bout de leurs larges feuilles : peu de lumière pleuvait jusqu'au sol.

Tibotie posa d'abord un regard dubitatif sur un énorme tronc noueux.

– Ici, c'était la maison de la famille Bottero !

Puis sur un rocher de la taille d'un éléphanteau.

– Et là, celle des Berna !

Ce profond changement lui tourna la tête. La jungle était vraiment partout, avec ses lianes pareilles à de gigantesques brins de laine, ses fougères dodues, ses fleurs hippopotamesques, ses dangers tapis à chaque coin de sentier.

À droite, une mygale dévorait tranquillement une souris. À gauche, des yeux de panthère luisaient dans l'ombre. Tout là-haut, perroquets et toucans planaient d'une cime à l'autre tandis qu'un ouistiti se balançait joyeusement de branche en branche. Lorsque Tibotie lâcha un « Oh ! » de surprise, le petit funambule prit la poudre d'escampette en poussant son rire de singe. Dans sa fuite, il décrocha une autre noix de coco.

– Ou alors c'est un cauchemar ! marmonna Tibotie en jetant à présent des regards inquiets vers une plante carnivore, des ronces monstrueuses, des moustiques gros comme trois. Y a quelqu'un ? s'époumona-t-il ensuite, les mains en porte-voix.

Plein d'espoir, il attendit la réponse. Un quart d'heure plus tard, il attendait toujours.

Emmitouflé dans sa peur et sa solitude, il frissonna malgré la chaleur. Tandis que son estomac se contractait douloureusement, des larmes d'inquiétude ne demandèrent qu'à jaillir.

Finalement, il n'y eut ni pleurs ni cris. À la place, Tibotie respira un grand coup (ça sentait bon l'orchidée et la papaye) pour s'éclaircir les idées.

– Est-ce que Jack Drodgers a chouiné quand son bateau a coulé au large de l'île de Janjimu ? Est-ce que Tortoga a sangloté quand il s'est retrouvé seul sur l'île de Crânecrocs ? Je ne crois pas, non ! Ils ont mis une botte devant l'autre et ils ont affronté la vie. Voilà ce qu'ils ont fait...

Et voilà ce qu'il décida de faire lui aussi. Agir. Avancer. Au lieu de rester planté là comme une asperge, il explora les environs. Un peu. Pas question non plus d'aller trop loin pour l'instant : le courage ne doit pas éclipser la prudence. Il se contenta donc de faire cinq pas à droite, dix pas à gauche, de regarder ici, de fouiller là. Il passa devant des empreintes d'ours, une procession de fourmis rouges et une boîte aux lettres dissimulée derrière un manteau de fleurs exotiques. Elle y était autant à sa place qu'un Papou dans un salon de thé, et elle signifiait : « tu es vraiment dans *Jeux et Merveilles*, tout seul, au milieu de nulle part. La partie a commencé. À toi de jouer. » Mais ça, pour l'instant, Tibotie refusait d'y croire.

– Il y a forcément une explication logique…

Au loin, un gorille se frappa la poitrine. Un perroquet chanta « Courrrrage ! » Un capucin poussa une sorte de ricanement. Tout de suite après, un grincement familier s'éleva au fin fond de la jungle. Oreilles dressées, Tibotie crut reconnaître la vilaine musique du vélo d'Ignace Barjabu, et son cœur en joie fit galipette sur galipette dans sa poitrine.

– Ignace ! appela-t-il haut et fort, avec un sourire si large qu'il semblait accroché à ses oreilles, tel un hamac. Je suis ici ! hurla-t-il en agitant si vite ses bras en l'air qu'une compagnie de chauves-souris prit peur et déguerpit.

La joie dura dix secondes, pas une de plus. Le grincement se transforma bientôt en un concert de vieilles casseroles, de grosses caisses et de cymbales. Un boucan à réveiller une momie !

– Ce n'est pas le bruit d'un vélo, ça.

Comprenant qu'il n'y avait pas plus d'Ignace ici que de cocotiers au pôle Nord, l'euphorie de Tibotie se ratatina illico. Aussi joyeux qu'un cercueil, il baissa les bras et attendit. Pas longtemps.

Le ridicule *pouet-pouet* d'un klaxon retentit derrière un épais rideau de feuilles, puis un tacot tremblotant de partout déboula dans le paysage.

Ce pauvre engin, un vieux modèle épileptique des années vingt avec le chiffre *4* peint sur le capot (*Le joueur avance de quatre cases*, songea Tibotie), semblait tenir avec seulement deux vis, trois boulons et beaucoup de chance. Ses portières claquaient un peu, son capot et ses essuie-glaces beaucoup. Son pot d'échappement rotait aux quatre vents. Quant à son moteur à explosion, eh bien, il explosait justement. Un peu trop.

Tibotie s'attendait logiquement à trouver un chauffeur assorti à ce véhicule d'une autre époque usé par les vadrouilles. Un explorateur, par exemple. Un lascar en chemise tachée de sueur, avec une barbe de trois jours, un chapeau d'aventurier et un pistolet six coups à la ceinture. Il se trompait. Derrière le volant se tenait un monsieur tiré à quatre épingles. Tout en lui était aussi pâle qu'une giclée de dentifrice : son teint, ses dents, son costume taillé sur mesure et son chapeau sautillant. Au lieu d'une barbe, il portait une moustache délicatement taillée, et une canne à pommeau remplaçait le revolver. Mais que faisait ici ce modèle d'élégance ?

– 'jour, m'sieur... marmonna Tibotie quand ce gentleman freina devant lui au lieu de passer son chemin, ce qui était fort gentil de sa part.

– Bien le bonjour à vous, mon garçon ! répondit l'homme au chapeau remuant, avec une pointe d'accent anglais sous sa moustache aussi fine qu'un trait de feutre. Belle journée, n'est-ce pas ?

Il parlait comme si tout était normal dans le plus ordinaire des mondes. Normal pour lui, peut-être. Pour Tibotie en revanche, c'était une autre paire de manches. Atterrir soudain au milieu de tarentules, de serpents et d'arbres sans fin, c'était déstabilisant. Ça lui donnait l'impression de ne plus rien comprendre à rien.

– Voui... mentit un Tibotie trempé de sueur.

– Si je peux toutefois vous donner un conseil de bon aloi, cher inconnu, c'est de monter à bord de *La Belle Ricocheuse* (c'était le nom du tacot) séance tenante, dans les plus brefs délais et sans tarder ! Mon jeune ami, j'ai le grand regret de vous informer que la tribu des Mangkouzis suit mes traces.

« Et alors ? semblait dire le regard tout rond de Tibotie. C'est quoi le problème ? » Il le disait si fort que l'homme s'empressa d'éclairer sa lanterne.

– Pour le dire clair et net, cette tribu de sauvages veut me bouffer ! précisa-t-il avec une petite grimace qui chiffonna sa fragile moustache. Si elle vous attrape aussi, croyez-moi : vous serez changé en brochettes avant le coucher du soleil.

C'était vrai. Malgré la cacophonie du tacot, on pouvait entendre un mélange de tam-tams furieux et de cris guerriers. Ils ressemblaient beaucoup à ceux qui venaient du grenier ces derniers temps. *Sûrement les Mange-soucis !* conclut Tibotie, qui n'avait pas pour ambition de finir en merguez pour barbares.

Bonne nouvelle : il décida de fuir illico ce danger. Mauvaise nouvelle : au lieu de rejoindre le gentleman dans sa voiture, il déguerpit à grandes enjambées parmi le labyrinthe de troncs. Tout seul. Sans arme. À ce moment précis, n'ayant confiance en rien ni personne, il estimait que c'était la meilleure chose à faire. Bien sûr, il se trompait. Mais quand tout est nouveau, comment y voir clair ?

– Pauvre enfant... se désola le conducteur. À peine arrivé, il tire les mauvaises cartes.

Comme il avait bon cœur, il décida de l'aider. *La Belle Ricocheuse* rattrapa Tibotie en trois tours de roues et quatre pets de moteur. Quand le klaxon libéra un tonitruant *pouet-pouet*, Tibotie se prit les pieds dans une racine, tomba et se retrouva le bec dans une flaque de boue.

– Jeune homme, ne soyez pas stupide ! le supplia l'homme. Sans moi, vous n'avez aucune chance : ces Mangkouzis connaissent cette jungle comme moi le contenu de ma garde-robe. Venez !

Il lui tendit une main amie. Tibotie la saisit. Il fut surpris de sentir la chaleur de sa peau, la pression de ses doigts.

– Alors tout est vrai ? demanda-t-il, comme s'il en doutait encore.

– Tout, absolument tout. *Pour le pire ou le meilleur, que tu le veuilles ou non,* ajouta-t-il, citant ainsi une partie de la règle du Jeu. Maintenant, venez.

Quand une flèche empoisonnée se planta à trente centimètres de lui, Tibotie comprit que la seule règle qui comptait désormais était celle de *Jeux et Merveilles.*

Si ce Jeu est fort dépaysant, à chaque instant c'est la mort qui t'attend. Les risques y sont nombreux, le danger omniprésent.

Soit je gagne, soit je perds tout, songea Tibotie avec la désagréable sensation que des tas de sauterelles s'agitaient dans son ventre. Ni une ni deux, il bondit dans la voiture, laquelle bondit en avant.

– Sage décision, articula le monsieur en soulevant d'une main gantée son chapeau flambant neuf.

Quand Tibotie fut bien installé, le conducteur passa la première vitesse et en route vers l'inconnu !

– Oh ! fit celui-ci en mimant la consternation. Quel grossier personnage je fais : j'ai oublié de me présenter. Je me nomme Verne Rowling. Plus précisément : Verne Matthew Perceval Rowling. Mes étudiants m'appellent professeur Rowling – j'enseigne à l'université, mais là n'est pas le sujet. Pour mon banquier et ma boulangère, je suis M. Rowling ; pour maman, son petit sucre d'orge. Mais vous, jeune homme, dites simplement, hum... voyons voir... Mon héros !

Tibotie se demanda s'il était sérieux. Il ne l'était pas. Malgré les Mangkouzis à ses trousses, *Petit sucre d'orge* essayait juste de garder bonne humeur et optimisme. Tout content de sa blague, le professeur se gondola de rire. Fouetté par les va-et-vient de sa glotte, son nœud papillon battit doucement des ailes. La voiture fit quelques embardées à cause des coups de volant provoqués par ce fou rire teinté d'accent anglais. Mais quand une autre flèche siffla à seulement un doigt de son chapeau, le professeur retrouva d'un coup son sérieux et appuya plus fort sur le champignon.

– Saperlipopette, quels athlètes ces Mangkouzis ! reconnut-il en tapotant avec un mouchoir plié en quatre une goutte de sueur récalcitrante. Ils battraient un jaguar à la course !

Ce qui n'avait rien de très rassurant, sa *Belle Ricocheuse* filant à peine plus vite qu'un poney au galop.

– Pourquoi veulent-ils vous zigouiller ? se renseigna Tibotie.

Mal à l'aise, le professeur toussota.

– Peut-être sont-ils fatigués de manger toute l'année du pâté de singe, des chips de tarentule et du piranha bouilli ! Dès qu'un nouveau plat se présente, hop, ils sautent sur l'occasion. Cela peut se comprendre.

– Vous leur avez volé quelque chose, c'est ça ?

Dans les films, les tribus sauvages détestent qu'on lorgne sur leurs statuettes sacrées. Ça les rend dingues.

– Diantre ! s'offusqua Rowling. Je suis professeur en civilisation perdue, pas voleur ! J'ai juste voulu leur poser une ou deux questions, voilà tout… expédia-t-il. C'est pour un livre que je rédige en ce moment.

À propos de questions, il en avait toute une charrette qui lui venait à l'esprit.

– Mon jeune ami, étanchez donc ma grande curiosité. Que diable fait un garçon de votre âge au milieu de mille dangers ? Avez-vous perdu l'esprit ? Où sont vos parents ? Ont-ils également perdu tout sens commun pour vous laisser baguenauder de la sorte en territoire mangkouzien ?

Et pour l'amour du ciel, vous a-t-on donné un nom à votre naissance ?

Il parlait comme s'il était dans un salon de thé moelleux, le journal du jour posé sur les genoux et une tasse en porcelaine à la main. Les Mangkouzis ? Il essayait de les oublier cinq minutes.

– Baissez la tête ! gazouilla-t-il toutefois, deux secondes avant qu'un javelot survole Tibotie.

Par certains côtés, le professeur Rowling avait des manières de chevalier servant. Certes, un chevalier avec une drôle de monture et une drôle d'armure, mais un chevalier quand même.

Si Tibotie ne se sentait pas en sécurité ici, au moins commençait-il à se sentir en confiance avec le professeur. Il essaya donc de répondre à tout. D'abord, il affirma qu'il n'avait pas perdu l'esprit. « Du moins, je ne crois pas ! » Ce point étant éclairci, il expliqua en trois phrases tristounettes qu'il avait juste posté une enveloppe bleue (« bleue comme la mer des Caraïbes ! »), après quoi, *bing*, il avait reçu un coup sur la tête. « À cause d'une stupide histoire de noix de coco dont je vous passe les détails. » Il précisa qu'à son réveil il était ici, tout seul. Sans famille.

– Nom d'une encyclopédie en quinze volumes, la Saphir fait toujours ça ! ricana le professeur.

– Vous connaissez la Saphir ? s'exclama Tibotie.

Depuis le début, son esprit refusait de croire au pouvoir d'une enveloppe magique. *Ce n'est pas possible !* hurlait-il au nom de la logique et de la raison. Pourtant, tout l'amenait petit à petit à envisager le contraire.

– Quelle question! rétorqua le professeur. Qui ne connaît pas la Saphir? demanda-t-il, tout comme il aurait dit: qui ne connaît pas le Petit Chaperon rouge?

Tibotie profita de l'occasion pour glaner quelques renseignements.

– Pouvez-vous me dire *où* nous sommes, s'il vous plaît?

– Nous sommes très précisément au centre du Plateau, quelque part dans la jungle d'Higrad.

– Le... Plateau?

– Mon pauvre ami, vous avez la cervelle bien peu remplie! rouspéta le professeur. Le Plateau, c'est là où nous sommes: un continent qui s'étire depuis les rives turquoise de l'Ouest où nagent les sirènes, jusqu'aux montagnes brunes de l'Est où vivent les dragons, et du Nord glacé jusqu'au Sud brûlant. Entre ces quatre points cardinaux, il y a la Cascade à l'envers, la plaine des quatre armées, la forêt des Goudwins, le Loch vert, le fleuve qui pirouette, le désert des mille grottes, le château de Tiraziel, le far west d'un côté, le port de l'autre, les volcans, le rocher en forme de crâne, le palais de Bradamar et tout le tralala. C'est ça, le Plateau, et vous marchez dessus. Trêve de plaisanterie, que comptez-vous faire maintenant, jeune homme?

– Que voulez-vous dire?

– Je veux dire: quel est votre plan d'action? Votre prochaine destination ? Avez-vous une piste pour retrouver la Rubis ? Un contact ?

– J'ai un indice, c'est tout. Je viens juste d'arriver, vous savez !

– Pas assez ! affirma Rowling. Il faut d'autres indices. La Rubis est coriace : elle ne se laisse pas attraper si facilement. La trouver est une grande aventure *et* une sorte d'enquête. Et pour résoudre une enquête, il faut…

– … des indices, compléta Tibotie. Mais je ne cherche pas la Rubis, moi, dit-il, ce qui étonna beaucoup le professeur.

– Tant mieux, lança-t-il, car vous ne la trouverez pas dans cette jungle : j'ai déjà cherché.

– Ah ! fit Tibotie, amusé par l'image de M. Verne Matthew Perceval Rowling autoproclamé explorateur et aventurier : ça ne collait pas vraiment avec le costume impeccable, le nœud papillon et la fine moustache. Maintenant, je comprends mieux la fureur des Mangkouzis ! ajouta-t-il.

Un peu gêné, le professeur rajusta son nœud papillon.

– Mais alors que cherchez-vous, jeune voyageur ? Car vous cherchez bien quelque chose, n'est-ce pas ?

– Le *Reine de Trèfle*, répondit Tibotie en espérant que le professeur puisse l'aider.

– C'est quoi, ça, le *Reine de Trèfle* ?

– Je l'ignore, mais c'est ce que je cherche.

Au même moment, une tripotée de flèches tomba

autour du tacot. L'une d'elles frôla un pneu, une autre raya la carrosserie. Les suivantes sifflèrent comme des serpents très près de leurs oreilles.

– Plus vite ! supplia Tibotie.

Loin derrière, les cris gagnaient du terrain. Loin devant, la lisière apparut enfin.

– Bientôt sauvés ! jubila le professeur. Les Mangkouzis craignent plus que tout les Esprits de la plaine. Ils pensent que la forêt les protège : ils ne la quittent jamais.

Pressé d'en finir, il écrasa la pédale d'accélérateur. La voiture poussée à fond mangea les derniers mètres en couinant, en brimbalant à tout va, en vomissant des cumulonimbus de fumée par le capot entrouvert, et des moutons noirs par le tuyau d'échappement.

– Diable, une visite chez le docteur s'impose ! plaisanta le professeur en s'adressant à *La Belle Ricocheuse*.

Rebelote : son rire qui explose, son nœud papillon qui gigote et la guimbarde qui zigzague.

Quand celle-ci reprit enfin la route en ligne droite, cinquante longs mètres plus loin, Tibotie se décida à poser la question qui lui brûlait les lèvres depuis cinq minutes.

– Comment faire pour trouver des renseignements sur ce truc, le *Reine de Trèfle* ? Où aller ? Qui questionner ?

Plus chevalier servant que jamais, le professeur plissa les yeux, signe chez lui d'une intense réflexion.

– Mon garçon, je connais deux personnes qui pourraient vous faire avancer de plusieurs cases d'un coup.

Tibotie retrouva une miette d'espoir et un début de sourire.

– La première, c'est la Sorcière. On l'appelle ainsi car elle sait un peu prédire l'avenir. Elle voit des *choses*...

– Ah ! fit Tibotie. Et où habite-t-elle ? Pas dans une vieille chaumière au fond d'une forêt hantée, j'espère...

– C'est bien le problème, soupira le professeur. On ignore où elle vit. C'est elle qui vous trouve, pas l'inverse. Quand elle vous apparaît au cours d'une partie, hop, vous savez un peu mieux quelle direction prendre. Elle ressemble à une carte bonus, si vous voyez ce que je veux dire. Elle fait gagner beaucoup de temps. Hélas, elle ne se montre pas souvent, la coquine.

– Et zut ! grogna Tibotie.

– Heureusement pour vous, mon jeune ami, il y a une deuxième possibilité : c'est Mme Bilb...

Le passage soudain d'une hachette rudimentaire coupa le nom en deux. Le professeur sursauta.

– Attachez vos ceintures !

À cause d'une nouvelle salve de flèches, le tacot vira de bord et slaloma entre les fleurs et les palmiers. Chaque fois que ses roues à peine plus larges qu'un éclair au chocolat roulaient dans un trou ou sur une racine, *La Belle Ricocheuse* gigotait comme un flan. Rien de bien méchant. Tibotie commençait à s'habituer aux secousses et aux brusques changements de direction. En revanche, quelque chose trancha net le rire du professeur, et cela était par contre fort inquiétant.

– M'sieur Rowling? dit Tibotie tandis que la guimbarde déviait dangereusement à gauche. Vous allez bien, m'sieur Rowling?

Pas un mot ne sortit de la bouche tordue du professeur, pas un son. Sa poitrine se bomba, ses yeux s'arrondirent, et chaque trait de son visage se tendit comme un arc. Quand il lâcha le volant, la voiture fonça droit vers une fourmilière de belle taille. Cette bosse de terre secoua joliment le tacot, lequel perdit un enjoliveur dans l'histoire, et le professeur son joli chapeau.

Une fine flèche de sarbacane était plantée dans la nuque du professeur comme un clou dans un mur. Empoisonnée, la flèche. Mortelle. Le *m'sieur Rowling* n'avait plus qu'un filet de minutes à vivre, et les Mangkouzis gagnaient encore du terrain.

D'un rapide coup d'œil en arrière, Tibotie vit toute une collection de Papous galoper sur le chemin, bondir au-dessus des pierres et des plantes, slalomer entre les troncs et se balancer au bout de lianes. Peinturlurés des orteils jusqu'à la racine des cheveux, ils poussaient des rugissements à faire pâlir un lion.

Pas pressé de finir dans leur assiette, Tibotie passa sa jambe gauche par-dessus le levier d'embrayage, puis il appuya de toute sa semelle sur le champignon.

– On va bientôt quitter la forêt, annonça-t-il, la voix étranglée par une bonne dose de panique. Tenez bon!

– Poche... murmura le professeur d'une voix aussi

fragile qu'un château de cartes en plein vent. Poche... indice...

Plus que vingt mètres jusqu'à la lisière.

La tête rentrée dans les épaules, les yeux mi-clos, Tibotie roulait un peu à l'aveuglette. *Pourvu qu'on ne percute pas un baobab !*

– Poche, répéta difficilement le professeur.

Douze mètres...

Jouant le tout pour le tout, les Mangkouzis lancèrent toutes les armes à leur disposition. Fléchettes, lances, haches, silex : ce fut une pluie de trucs qui piquent et de machins qui tranchent. Tibotie les évita uniquement par miracle, chance et quelques slaloms involontaires.

Cinq...

Les dernières grandes feuilles de la jungle s'écartèrent et le tacot bondit dans la lumière rousse d'un monde nouveau. Adieu, la forêt tropicale. Bonjour, le désert californien.

La Belle Ricocheuse roulait à présent dans un vrai décor de western. Peu d'herbe, pas d'arbres, un océan de poussière... Et tout là-bas, juste devant l'horizon, un authentique train à vapeur galopait vers l'ouest.

Comme prévu, les Mangkouzis ne posèrent pas un orteil au-delà de la forêt. Bien à l'abri de la végétation, ils regardèrent filer le tacot en priant pour que les Esprits de la jungle soient plus généreux la prochaine fois.

– Poche ! insista le professeur avec toute l'énergie qui lui restait. Indice...

S'estimant hors de portée des sarbacanes et des javelots, Tibotie se gara près d'un rocher ocre, en forme de poire renversée, et poncé par des siècles et des siècles de vents secs.

Même à l'arrêt, le moteur ronflait, fumait, bondissait sous le maigre capot. Impossible de s'entendre ! Tibotie coupa donc le contact. Le tintamarre mourut d'un coup. Un peu de calme, enfin.

– Je vous écoute, profes… commença Tibotie, mais l'émotion lui coupa le sifflet.

Le professeur Rowling avait certes les yeux grands ouverts, mais le tam-tam de son cœur ne battait plus.

Nicholas Gazame, à votre service

Tibotie connaissait le professeur Rowling depuis quand ? Vingt-cinq minutes environ ? Moins, peut-être. Même pas la durée d'un dessin animé le matin ! Ce fut pourtant le temps nécessaire au jeu pour faucher le seul ami que Tibotie avait ici.

– Ce n'est pas un jeu, c'est une machine à broyer ! estima celui-ci, au bord de la nausée. Qu'est-ce que j'ai fait pour mériter ça ?

Bouleversé, triste, furieux, tout ça en même temps, il poussa un cri gros comme quatre. Ce cri rebondit sur le flanc des montagnes rouges et des collines assorties. Un coyote, au loin, lui fit écho.

– J'aurais mieux fait de me casser une guibolle au lieu de poster la Saphir !

Sous un énorme soleil citron, il épongea ensuite une grosse larme blottie au coin de son œil bleu, puis une autre, et encore une. Il eut du mal à fermer le robinet. Certaines larmes ne s'effacent pas si facilement.

– Merci de vous être arrêté pour moi, professeur. Sans vous…

Sans lui, Tibotie serait cuit dans une marmite, découpé en petits morceaux, cuisiné avec des herbes et du curry puis dégusté à l'heure de l'apéro par des Mangkouzis tatoués de partout.

Sans lui, il était à nouveau très seul, paumé au milieu du désert.

Est-ce que Tortoga a sangloté quand… se répéta-t-il pour se donner du courage, car l'appel du *Reine de Trèfle* était toujours aussi puissant.

Avant d'envisager la suite, il retira la fléchette empoisonnée avec prudence, la brisa en deux, la jeta au loin.

– Pauvre Rowling…

La grande aiguille de sa montre se promena à cinq reprises autour du cadran avant qu'il ne se décide à fouiller les poches du professeur. Pour y trouver quoi ? Un portefeuille, une petite clef dorée, un mouchoir et c'est tout. Et dans le portefeuille, pas grand-chose. Une carte d'identité, un peu d'argent, l'adresse d'un hôtel (*Le Hibou Ronfleur*, à Riqueberg) et un bout de papier plié en quatre, avec ces quelques mots écrits à l'encre rouge : *Indice # 2. Le coffre à jouets, rue Dame-de-Cœur à Riqueberg. Mme Bilbotte.*

– Ça me fait une belle jambe ! rouspéta Tibotie. Je ne sais même pas où ça se perche, moi, la rue Dame-de-Cœur à Riqueberg ! Je ne sais même pas comment y aller, moi, à Riqueberg !

Il n'y avait ni route ni panneau dans ce désert ocre, ni personne à qui demander son chemin. Il n'y avait que des cailloux brûlés et rebrûlés par le soleil, et quelques buissons si maigrelets qu'ils offraient à peine plus d'ombre que les poils d'un balai-brosse. Tibotie regrettait presque l'humidité de la jungle, ses fleurs parfumées, ses oiseaux multicolores.

– Et maintenant je fais quoi, je vais où ?

Beauté du hasard, le sifflement du train à vapeur lui souffla la réponse.

C'était un train avec huit wagons tirés par une locomotive aussi noire qu'un bison. Elle était dotée d'une cheminée énorme, en forme de V, dont la principale occupation dans la vie était de cracher autant de fumée qu'un volcan à son réveil. Ce gros tchou-tchou de far west qui traversait le désert à vive allure, c'était un peu le train de l'aventure pour Tibotie, celui qui allait d'une contrée indienne à une mine d'or, d'un fort à un saloon. Bref, Tibotie mourait d'envie de monter à bord.

En général, les trains vont d'une ville à une autre. En général, on sait lesquelles. Tibotie ignorait complètement où filait ce train, et pour tout dire il s'en fichait royalement.

– N'importe où, ce sera toujours mieux qu'ici.

Ici, autrement dit au pays de la soif, des coyotes et des crotales. Mais encore fallait-il rattraper ce train et pouvoir y monter ! Ce n'était pas gagné : la locomotive filait vers l'ouest à la vitesse d'un boulet de canon.

– Cette guimbarde à bout de souffle ne pourra jamais la rattraper ! regretta Tibotie en jetant un regard dépité à *La Belle Ricocheuse.*

À bout de souffle, d'accord, mais peut-être pas encore bonne pour la casse.

– Avec un peu de chance, elle va tenir jusqu'à la prochaine gare. Avec *beaucoup* de chance, le rapide aura une heure d'arrêt...

... et Tibotie le temps de le rejoindre.

C'était sa seule option pour le moment.

Pressé, il écarta le professeur et se mit au volant. Ce geste lui fit horreur. Il aurait voulu l'enterrer dans les règles de l'art, bricoler une stèle et dire quelques mots, mais le temps filait à toute vitesse, et le train filait plus vite encore. Sous ce soleil de plomb, sans une goutte d'eau, Tibotie ne tiendrait pas longtemps. Au-dessus de lui, des vautours planaient déjà.

Hélas, trois fois hélas, la guimbarde refusa de redémarrer. Malgré les dix tours de clef, les coups de poing contre le volant, les menaces, les « Par pitié, démarre ! », elle refusa. Mais ce n'était pas complètement sa faute : une flèche mangkouzie avait percé son réservoir.

Cette fois, la situation était désespérée.

Dans les vastes plaines de l'Ouest, il y a des cow-boys, des Sioux, quelques cactus… Il y a aussi des vendeurs itinérants. Pour les reconnaître, facile : ils portent souvent un costume sombre, un élégant gibus et un sourire d'honnête homme. Leur unique cheval tire un chariot en bois avec une publicité vantant les mérites d'élixirs miracles, des trucs du genre : « Avec la potion du Docteur Mazbrouf, fini les migraines, maux de ventre et jambes lourdes. Elle guérit tout, absolument tout. 1 $ le flacon ! »

Pas d'élixir fantastique avec le chariot que voici, mais une pancarte annonçant :

NICHOLAS « ABRACADABRA » GAZAME
– MAGICIEN –

Les lettres étaient peintes en rouge pivoine sur un fond bleu de Chine, sauf « Abracadabra » composé avec, semble-t-il, un mélange de poussière d'étoile et de poussière de fée, sans doute pour mieux attirer l'œil. Ce fut le cas. Tibotie planta son regard sur ce mot et l'indice numéro un lui revint illico en tête : « Au premier abracadabra, lève le doigt ».

Ce qu'il fit sans une miette d'hésitation. Son index s'envola brusquement, une vraie flèche ! Comme en réponse à un coup de sonnette, le chariot changea soudain de cap et rejoignit Tibotie en trente tours de roues.

Un drôle de bonhomme, ce magicien, avec son costume bigarré, son regard plus noir qu'un cul de chaudron, sa barbichette en forme de dent de requin, sans oublier les *6* brodés partout sur sa redingote, et le traditionnel haut-de-forme des prestidigitateurs : un chapeau tellement profond qu'on pourrait facilement y ranger une colombe, deux lapins et trois bouquets de fleurs.

Avec, aussi, des bretelles violettes. Et des chaussettes dépareillées, l'une vert menthe, l'autre grenadine. Et un sourire épanoui aux lèvres. Et qui menait son cheval à la baguette – une baguette d'illusionniste bien sûr, laquelle allait tantôt à droite, tantôt à gauche, et que le canasson suivait aveuglément.

– Par Merlin, qu'est-ce que le vent m'amène là ? clama le magicien. Tout seul en plein désert ? Sous ce colossal soleil ?

Tibotie n'eut pas le temps de dire bonjour que l'illusionniste leva haut sa main gauche. Celle-ci pirouetta un instant dans les airs, sous les rayons brûlants, en alternant vitesse et lenteur. À la fin de cette cabriole, miracle, une gourde d'eau tenait en équilibre au centre de sa paume.

– Bois mon garçon, ou tu vas te flétrir comme une rose par un jour de canicule.

Joues rouges et dos trempé de sueur, Tibotie vida la gourde en quatre gorgées. La meilleure eau de sa vie ! Pas trop fraîche ni trop tiède, juste parfaite, avec un arrière-goût de menthe sauvage et de citron vert.

– Merci ! lança l'assoiffé en s'essuyant les babines du revers de la manche.

– De rien, jeune étranger. Je n'ai jamais laissé quelqu'un mourir de soif, je ne vais pas commencer aujourd'hui. Qui est-ce ? demanda-t-il ensuite en indiquant le professeur d'un petit coup de menton.

Tibotie lui expliqua tout.

– Ces Mangkouzis ne changeront décidément jamais ! déplora le magicien avant de passer à autre chose.

D'un geste vif, il souleva son chapeau qu'il tapota du bout de sa baguette. Apparemment chatouilleux, l'ensorcelé chapeau tremblota un peu, puis un tantinet plus. À force de se gondoler, il cracha un nuage de merveilleux papillons arrivés là on se demande bien comment. Des mauves, des jaunes, des verts… Quand ces papillons furent tous dispersés, l'enchanteur plongea la main dans le fin fond de son haut-de-forme. Son bras s'y enfonça jusqu'au coude, façon Mary Poppins. Pour y cueillir quoi ? Une lampe ? Un miroir ? Un portemanteau ? Non. Juste un beignet chocolat-noisette dodu à souhait avec, dessus, une pluie de sucre arc-en-ciel.

Content de ce petit miracle, il sauta hors de son chariot et mit pied à terre, entouré d'étincelles rouges et or.

– Mange ! dit-il avec un large sourire de comédien.

Son estomac étant aussi vide que la cervelle d'un troll, Tibotie obéit de bon cœur. Le beignet fut englouti en quelques coups de canines, et les présentations faites dans la foulée.

– Nicholas Gazame, pour te servir !

De nouveau il souleva son chapeau. De nouveau, un geyser de papillons.

– Tibotie Drimme, enchanté. Et… merci.

– Drimme ? fit le magicien mi-surpris, mi-amusé.

Il fouilla un instant dans sa mémoire pleine de tiroirs plus ou moins profonds dans lesquels il rangeait ses tours et ses meilleurs souvenirs. Ouvrir le bon tiroir lui demanda quelques secondes.

– J'ai connu un Drillmme quelque chose autrefois. Je l'ai rencontré ici même, pile-poil au même endroit, il y a bien… pff… au moins dix ans de cela. Par Houdini, ce pauvre bougre était aussi perdu que toi. Il cherchait de l'aide également. Un drôle de bonhomme !

– Il était de passage, comme moi ? se renseigna Tibotie.

Ça l'intéressait d'en savoir plus sur d'autres joueurs avant lui. Où étaient-ils allés ? Qu'avaient-ils fait ? Avaient-ils gagné ou non la partie ?

– Il me semble que oui, en effet, approuva Gazame. Il te ressemblait assez : il ouvrait de grands yeux partout et posait des tas de questions.

Tibotie esquissa un sourire désolé.

– Je crois me souvenir qu'il voulait rejoindre le port de Petite Tortue.

En disant cela, Gazame fit une légère grimace. Apparemment, les mots « Petite Tortue » lui laissaient un goût désagréable sur la langue.

– Ça se trouve tout là-bas, en pays pirate… précisa-t-il.

– En pays pirate ? réagit Tibotie, ses yeux aussi ronds que des O majuscules. Vraiment ?

– Vraiment.

– Et vous l'y avez emmené ?

– Je l'ai déposé juste à côté.

– C'est loin ?

Au lieu de répondre tout de suite, le magicien tira de son oreille non pas un ruban, non pas deux rubans, mais une pipe à long bec qu'il emboucha avec gourmandise. D'un claquement de doigts, une flamme en forme d'amande apparut au bout de son index, une belle flamme qui se déhanchait sur l'ongle. Après avoir allumé sa pipe avec, Nicholas Gazame aspira plusieurs bouffées. Quand ses joues furent pleines de fumée, il recracha le tout avec lenteur et précision, un soupir ici, un souffle là… Un voilier miniature flotta bientôt au-dessus de Tibotie.

– *Très* loin, répondit-il enfin. Plusieurs jours de chariot.

Tiens… Le bateau de fumée ne venait-il pas de cracher un boulet de canon ? Tibotie aurait juré que oui.

– Si tu veux mon avis, ajouta le magicien, il faut être fou ou inconscient pour traînasser au milieu de ce coupe-gorge qu'est Petite Tortue ! Y a rien que des sanguinaires sans foi ni loi, là-bas. Ou alors, faut avoir une solide raison. Par Merlin, je n'y retournerai jamais.

Tandis que Tibotie imaginait ce port plein de rhum, d'eau salée et de forbans, un souffle d'air emporta loin le voilier.

Gazame le tira de ses rêveries.

– Et toi, d'où viens-tu ?

– Je viens de…

Tibotie hésita. Comment expliquer ?

– De l'autre monde ? supposa Gazame.

– Vous le connaissez ? s'écria Tibotie.

– Disons que j'en ai déjà entendu parler… avoua le magicien avec, au bout de la pipe, une étoile filante de fumée.

L'étoile s'envola. Tibotie avait soudain très envie de parler.

– Pourquoi et comment suis-je arrivé ici ? demanda-t-il. Vous le savez ?

De la pipe s'éleva, cette fois, un gros point d'interrogation.

– Hum… hum… fit Gazame. Mon garçon, n'as-tu jamais eu l'impression que le Jeu t'appelait ?

Tibotie reconnut que ce Jeu l'avait en effet appelé, à sa façon. Attiré, plutôt. Et même, pris au piège.

– Je pense, continua le magicien, que ce Jeu *renifle* les individus en mal d'aventures. Surtout les enfants. Normalement, tous les enfants jouent. C'est leur manière à eux d'embellir le monde. Ils imaginent chaque jour mille histoires, devenant tour à tour chasseurs d'ogres, dompteurs de licornes, explorateurs de cités englouties ou vétérinaires pour dragons. Ils passent d'un univers à l'autre avec une étonnante facilité. Le temps d'avaler une tartine à la confiture d'abricots, hop, ils changent de costume pour devenir chevaliers en route pour les croisades, aventuriers intergalactiques, pirates ou Esquimaux. Il y a aussi les batailles de boules de neige, les cabanes dans les arbres, l'attaque de la diligence, la princesse en danger, un, deux, trois soleil !, le goûter sur l'herbe avec fourmis, coccinelles et papillons, touché c'est toi le loup… Et voilà pourquoi les enfants portent, bien étalé sur la peau, le délicieux parfum des jeux et de l'insouciance. Pour s'en assurer, il suffit de les renifler, le soir, juste avant l'heure du bain, quand ils ont sur eux l'odeur de Barbe Noire, de d'Artagnan, du roi de Pétaouchnok, et qu'il faut chaque jour reconstruire. Ces enfants-là, le Jeu ne les *appelle* jamais… conclut le magicien.

Tout de suite après, il cracha un nuage de fumée en forme de… nuage, tout simplement. Rien de spectaculaire. Tibotie ressentit une légère déception. Pas longtemps : du nuage dégringola bientôt moult flocons.

– À ma connaissance, le Jeu ne s'intéresse qu'à deux sortes d'individus, continua Gazame : ceux qui s'ennuient profondément, et ceux qui se sentent seuls…

Normal qu'il m'ait appelé ! se dit Tibotie. J'entre dans les deux catégories…

– Voilà qui répond à ta question : « Pourquoi ? »

Chaque flocon se divisa en trois, puis en six. C'était beau. Une mini tempête de neige blanchit un tout petit bout de désert.

– Et maintenant que je sais d'où tu viens, vas-tu me dire où tu comptes aller ?

– Je voulais prendre ce train…

… celui qui filait vers l'horizon. Il était maintenant trop loin pour le rattraper.

Déçu, Tibotie poussa un soupir de dix mètres de long.

– Pourquoi donc ? lui demanda Gazame.

– Je dois absolument aller à… Ripebourg… Riteberk… Un nom comme ça.

– Riqueberg ?

– Oui ! Vous connaissez aussi ?

– Un peu. J'y vais de temps en temps. L'une des meilleures boutiques de magie au monde se trouve là-bas.

– C'est loin ?

– À une journée de train d'ici.

– Et en chariot ?

– Le triple, voire plus. Ça dépend.

– De quoi ?

– Des Sioux, des bandits de grand chemin, de mon cheval. Sans parler des tyrannosaures qui traînent parfois dans les parages…

(Quand le Jeu était en mode *Échantillons*, les « pions » avaient tendance à se mélanger ; il était ainsi possible de croiser un dinosaure au far west, une fusée spatiale chez les Romains ou un détective privé enquêtant sur la disparition d'un dragon.)

Tibotie réfléchit.

– Tout d'abord, est-ce que ce train va par le plus grand des hasards jusqu'à Riqueberg ?

– Tout à fait. Il file droit dessus.

Excellente nouvelle. Tibotie se gonfla d'espoir.

– S'arrête-t-il en chemin pour prendre d'autres passagers ?

– Jamais de la vie !

L'excès de joie de Tibotie retomba comme un soufflé.

– Il part de A, fonce jusqu'à B et ne se repose pas une seconde en route, expliqua Gazame. Les voyageurs paient leur ticket assez cher pour qu'il ne flâne pas de petite gare en petite gare.

Donc impossible de le rattraper. Ce n'était certes pas la fin du monde, mais Tibotie était triste de devoir jeter à la poubelle la possibilité de voyager dans un authentique mastodonte à vapeur.

– Tant pis, marmonna-t-il, la bouche en cul de poule.

Il lui faudrait par conséquent passer trois jours sur un chariot cahotant, les fesses posées sur une dure planche en bois, à condition bien sûr que Nicholas Gazame aille à Riqueberg et accepte de l'emmener.

– Hélas, je n'y vais pas, regretta le magicien. À mi-chemin je vais bifurquer à l'ouest, direction Tricks Hollow. Mais je peux te rapprocher, ajouta-t-il, et de sa pipe s'échappa un renard.

– C'est mieux que rien, soupira Tibotie. Ah ! si seulement votre baguette était vraiment magique…

– Mon jeune ami, clama Gazame, tu as une piètre idée du pouvoir des magiciens.

Le renard se sauva en trois bonds tandis que le magicien barbotait dans ses pensées. Une idée tout à coup lui vint, qu'il manifesta par un claquement de doigts. Tout de suite après ce petit *clac*, une boulette de fumée mauve s'éleva au-dessus du pouce.

– Je veux bien t'aider, annonça-t-il. Je le peux, contrairement à ce que tu sembles croire.

Tibotie soupira d'aise.

– À une condition, ajouta Gazame.

Tibotie soupira d'inquiétude.

– Laquelle ?

– Je vais te poser une devinette. Si tu trouves la réponse, je te fais avancer de plusieurs cases.

– Et dans le cas contraire ?

– Tu passeras ton tour pendant un long moment, tout seul dans ce désert.

Et de sa pipe à bec fin, il souffla, cette fois, un vautour planant au-dessus d'une charogne. Tibotie en eut un violent frisson.

– Es-tu prêt ? demanda Gazame.

Nerveux, Tibotie inspira un grand coup. Ce n'est pas qu'il était mauvais en devinette, mais disons qu'il n'en raffolait pas non plus.

– Je vous écoute, dit-il.

– Parfait, sourit le magicien. Voici l'énigme :

Le matin il est en terre,
À midi il dort au soleil,
Le soir il est habillé de bois,
Et le lendemain de verre.
Qu'est-ce que c'est ?

Tibotie entra aussitôt en pleine réflexion. Il se gratta le sommet du crâne. Tous les nombreux petits rouages de sa cervelle s'activèrent, et une minute passa.

– Alors ? demanda Gazame en soufflant de sa pipe des points d'interrogation.

Alors rien. Pas le moindre bout de début de solution en vue. Tibotie gratta plus fort, les yeux plissés par une grande concentration, et puis…

Allez savoir pourquoi ou comment, mais l'un des rouages fit soudain apparaître l'image de son grand-père. Plus précisément, l'image de son grand-père installé dans son fauteuil préféré, devant la cheminée, avec un verre de vin à la main. Dans la tête de Tibotie, cela fit comme une ampoule qui s'allume. Un immense sourire illumina son visage.

– C'est le vin ! s'exclama-t-il, rayonnant de joie, et c'était en effet la bonne réponse.

Le vin qui naît dans les vignes, que l'on fait mûrir dans des fûts en chêne avant de le verser dans de beaux verres en cristal.

– Bravo ! fit le magicien, ni content ni déçu. Chose promise, chose due, dit-il ensuite.

Il tira sur une cordelette violette qui pendouillait sur le côté. Le *cric-crac* d'un mécanisme se fit alors entendre, puis la carriole se métamorphosa en deux temps trois mouvements. Elle s'ouvrit de partout. Le toit se ratatina, la porte s'abaissa comme un pont-levis, les planches s'écartèrent. En quelques battements de cils, le bric-à-brac du prestidigitateur apparut au grand air.

Il y avait de tout dans ce chariot unique en son genre. Dés pipés, manuels de sortilèges poussiéreux, kilomètres de foulards multicolores et soyeux, boules de cristal ensorcelées, boîtes à triple fond, jeux de cartes truqués, anneaux en métal censés être inviolables, capes pleines de poches, baguettes magiques et chapeaux disponibles en trois tailles et cinq coloris. Et au milieu de ce bazar magique trônait une véritable malle d'illusionniste. Un bijou couleur jus de myrtille parsemé de spirales et d'étoiles, le tout recouvert de poudre d'argent. Les étoiles scintillaient comme des vraies.

Nicholas Gazame claqua à nouveau des doigts, et la porte de la malle s'ouvrit. D'un coup. En grand.

– Mon garçon, je ne chercherai pas à te vendre quoi que ce soit : je ne suis ni colporteur de boutons, ni marchand de marmites.

Il retourna les poches de son pantalon, fit tomber un mouchoir, un bout de crayon et un geyser d'étincelles. Les étincelles filèrent aux quatre points cardinaux en sifflant de bonheur.

– Moi, mon seul plaisir dans la vie, c'est de saupoudrer un peu de magie ici et là…

Il semblait sincère.

D'un geste élégant, il pria Tibotie de bien vouloir s'installer dans la malle toute capitonnée de soie rose, probablement très confortable.

– Quand je serai là-dedans, vous n'allez pas me scier ou quelque chose dans ce genre ?

– Par tous les enchanteurs, pas de scies ni d'épées chez moi ! assura Gazame. Je ne pratique pas cette sorte de magie, je te le promets.

Rassuré, Tibotie accepta et tout alla ensuite très vite. D'abord, Gazame s'adressa à un public constitué d'une vipère, d'un lézard et de deux vautours, comme s'il était en pleine représentation.

– Mesdames, mesdemoiselles, messieurs, et vous les enfants, vous allez assister au plus incroyable tour jamais réalisé dans cet hémisphère…

Tandis qu'il récitait son boniment de prestidigitateur, Tibotie mit un pied dans la malle, puis l'autre.

– Sachez que cette malle très spéciale a le don de…

Le magicien marqua une pause, l'air de chercher l'inspiration.

– … de transformer quiconque rentre dedans en pot de chambre ! clama-t-il.

– Hein ? En quoi ? réagit Tibotie avec un mouvement de recul.

Quand il lut dans les yeux de Gazame que tout cela n'était qu'une bonne blague, il se détendit.

– Excuse-moi ! dit le magicien en épongeant une grosse larme due au fou rire. Oh ! ta tête quand j'ai parlé du pot de chambre…

Content que ce soit une plaisanterie, Tibotie se blottit contre le moelleux capitonnage de la malle.

– Ne t'inquiète pas mon garçon, tout va très bien se passer, ajouta Gazame avant de rabattre la porte.

Il lança ensuite un bel Abracadabra et…

À bord du Wild West Express

… et Tibotie se retrouva soudain plongé dans une nuit plus noire qu'un bout de charbon.

– M'sieur Gazame ? appela-t-il au bout d'un moment, avec la sensation d'être dans un four et de manquer d'air.

Rien. Pas un mot, pas un bruit. Juste de violentes secousses qui secouaient la malle et son locataire. À force de ballotter, celle-ci tomba sur le côté.

– Sortez-moi d'là ! hurla Tibotie.

Couché sur son bras gauche, il avait un peu l'impression d'être dans le ventre d'une baleine.

– Ohé !

Personne ne lui répondit. Gorge sèche et dos trempé de sueur, il tenta de s'extirper de ce fourneau capitonné. Apparemment, quelque chose bloquait l'ouverture. Il attaqua donc la porte à grands coups de pieds. Après plusieurs chocs, celle-ci s'entrouvrit enfin. La main de Tibotie en sortit aussitôt, suivie du bras qui va avec, puis du corps qui y est rattaché. À quatre pattes, il se dépêcha de ramper hors de

la malle pour respirer un air un peu plus frais, mais pas beaucoup plus.

– Mais… s'étonna-t-il en découvrant un tout nouveau décor.

Il venait certes de sortir d'une malle, mais pas de celle de l'illusionniste : une malle de voyageur, large, profonde, rectangulaire, couleur café. Une malle parmi des dizaines d'autres stockées dans un wagon. Des grosses, des petites, des neuves, des cabossées, des en cuir ou en métal, avec ou sans cadenas, avec ou sans étiquettes collées dessus… Quelques-unes avaient sans doute déjà voyagé à bord de lointaines diligences, de beaux bateaux à vapeur, sans oublier les plus célèbres trains du Jeu : le Transplateaunien, le Merveilles-Express, le Magic Zephyr… Les secousses, c'était cela : les trépidations d'un train au grand galop.

– Si je m'attendais à ça !

Il commençait à comprendre que tout était possible, dans *Jeux et Merveilles*. Absolument tout.

Après avoir remis ses idées en ordre et la malle à sa place, il hésita entre : 1°) attendre sagement ici avec des valises et des bagages pour unique compagnie, éviter le contrôleur et ne sortir qu'au prochain arrêt ; 2°) visiter le wagon suivant pour voir à quoi ressemble un authentique train de western.

Quitte à me catapulter dans un train, je suppose que m'sieur Gazame m'a propulsé dans celui qui fonce à travers le far west. C'est bien gentil de sa part.

Pendant une pincée de secondes, il dut choisir entre la prudence et la curiosité. Il choisit vite : à son âge, on ignore facilement la prudence.

Cinq minutes plus tard, il sauta sur la première place libre, juste à l'entrée du wagon. Il s'installa discrètement près d'un monsieur dont les formes évoquaient une barrique, le teint une tranche de viande crue, et l'allure celle d'un homme d'affaires trop bien nourri. Il ne chercha pas plus loin. Avec *son* accoutrement (jean, chemise, baskets), inutile de se faire remarquer dans un wagon surgi du passé, occupé par des gens habillés à la mode d'autrefois.

– Si je m'attendais à ça ! répéta-t-il tout bas, en jetant partout des regards gourmands.

Ce wagon d'époque était tout à fait comme il se l'imaginait : simple et confortable. Avec des lampes en cuivre au plafond et de la moquette épaisse au sol. Entre les deux, des coussins bouffis recouvraient des banquettes en bois sombre taillées dans les meilleurs bois. Sur ces banquettes voyageaient des messieurs en veston et chapeau, des dames en robe à froufrous et des marmots aux allures de Tom Sawyer. Comme lui, ils ne tenaient pas en place, sautant sur leur siège, courant dans l'allée, multipliant les farces… Ainsi, un homme serait bientôt surpris d'enfiler un chapeau fourré de gelée de groseille, et une dame horrifiée de constater qu'un pan de sa robe est collé à la banquette avec de la résine de pomme de pin. À part ça, rien à signaler. Les dames agitaient un éventail pour se rafraîchir. Les hommes

fumaient pipe ou cigare en lisant les journaux, *La gazette du Wild West Express*, *L'Union Paper*, *Le quotidien du Tchoutchou*…

Dans les *Papiers du Plateau*, il était écrit :

L'OMBRE DE TORTOGA

D'après plusieurs témoins, des bateaux pirates ont été aperçus au milieu des brumes, au large de Petite Tortue. Des rumeurs concernant le retour du sanguinaire capitaine Rudyard Tortoga circulent. D'ailleurs quelqu'un affirme avoir vu le célèbre drapeau rouge flotter en haut d'un grand mât…

On racontait de plus en plus que Tortoga était là, quelque part, attendant le bon moment pour revenir. On en parlait dans les tavernes :

– Il prépare un mauvais coup, disait-on ici.

– Il reviendra plus fort et cruel que jamais ! affirmait-on là. Vous verrez…

On en discutait dans la rue :

– J'ai peur rien que de penser à lui…

– S'il revient un jour montrer le bout de ses dents pointues, j'irai vivre au fond des bois, c'est comme je vous le dis !

On en parlait dans le train :

– Cela ne dit rien qui vaille… soupira le lecteur de ce journal.

Si Tibotie avait aperçu cet article parlant de Tortoga, il en aurait fait une syncope, mais ce ne fut pas le cas. Son voisin lisait une autre feuille de chou, le *Daily Wonderland*, qui affichait ce jour-là ce gros titre en première page :

TENTATIVE DE VOL DANS LE CÉLÈBRE MAGASIN DE MME BILBOTTE.

Deux fois ! songea Tibotie avec, dans le ventre, comme une nuée de petits papillons qui gigotent. *Deux fois que je croise le nom de Bilbotte…*

La Bilbotte de l'indice #2.

Il aurait volontiers dévoré le reste de l'article, hélas son voisin tourna une page, puis une autre, et se plongea dans un reportage intitulé : **LE PROBLÈME CHEYENNE**.

Depuis maintenant deux ans, le chef Cheyenne Plume d'Aigle refuse de s'installer sur d'autres terres, et ce malgré les offres généreuses venues de Washington. « Notre terre être sacrée. Pas partir. Jamais ! » a déclaré Plume d'Aigle, déclenchant ainsi la fureur du gouverneur Mickey Trumpie. « Pas question de laisser ces sauvages vivre un jour de plus sur un territoire si riche en or ! » a immédiatement réagi celui-ci. Une heure plus tard, le général Cluster M.Tolkien acceptait la délicate mission de chasser ces têtus de Peaux-Rouges une bonne fois pour toutes.

Les 150 hommes placés sous ses ordres ont héroïquement fait face à la sauvagerie extraordinaire des Cheyennes, lesquels seront bientôt expulsés vers des terres cultivables situées à 200 miles au nord de Fort Marsh, où ils sont actuellement retenus prisonniers. « La prospection va enfin pouvoir commencer ! » s'est aussitôt réjoui le gouverneur en se frottant les mains.

Seule ombre au tableau, une poignée de Cheyennes ont réussi à prendre la fuite, dont Plume d'Aigle. Le célèbre chasseur de primes Fénimore Barrie a été engagé pour les retrouver. Des ripostes sont à prévoir…

– Maudits barbares ! grogna l'homme au journal.

Cette espèce d'ours tourna la page en grommelant une insulte après l'autre (toutes tournées vers Plume d'Aigle), puis il plongea ses gros yeux de vache dans l'ennuyeuse rubrique nécrologique.

– Pardon, monsieur… marmonna timidement Tibotie. Puis-je vous emprunter la page au sujet de cette histoire de cambriolage, s'il vous plaît ?

Son voisin se tourna vers lui, retroussa ses lèvres et dit d'un air mécontent :

– Et pourquoi cela ?

Il ne semblait pas d'un naturel particulièrement généreux. Pour qu'il accepte de céder une page de son journal, il exigeait une solide raison.

– Cette Mme Bilbotte est ma… tante, bluffa Tibotie. Je m'en vais justement la voir et voilà que je tombe sur cet article si inquiétant. Oh ! monsieur, si seulement vous aviez la bonté de…

Pour parvenir à ses fins, il décida de mettre la patience de son voisin à rude épreuve. Il pleurnicha pour de faux, reniflant de toute la force de ses narines, ce qui était vraiment désagréable à entendre. Il se moucha en faisant des bruits de trompette mal embouchée. Il alterna hoquets et raclements de gorge. Il était insupportable.

– Tenez ! grogna finalement l'homme en lui jetant la feuille sur les genoux.

Tibotie cessa aussitôt de geindre et, sourire aux lèvres, se jeta dans la lecture de l'article.

Une enquête est lancée pour comprendre pourquoi on a voulu cambrioler *Le Coffre à Jouets d'Alice*, le célèbre magasin de Mme Bilbotte. C'est un grand mystère car personne n'a touché au tiroir-caisse. Mme Bilbotte elle-même déclare que rien n'a été volé. « Absolument rien ! Pas même un sachet de billes-puces ! » a-t-elle précisé.

Il n'en demeure pas moins que la porte d'entrée de sa boutique a été forcée, et que quelqu'un cherchait bel et bien quelque chose…

Tibotie se demanda pourquoi le professeur Rowling lui avait parlé de cette Mme Bilbotte. Comment une simple marchande pourrait-elle le faire avancer de plusieurs cases ? Possédait-elle un objet de valeur ? Accepterait-elle de l'aider ?

– Je le saurai quand je la verrai…

D'un soupir, il tourna la tête vers la fenêtre. Le voyage était agréable, les paysages magnifiques. Le désert ocre laissa bientôt place à des prairies vertes et fleuries. Quelques ballottements plus loin, des collines boisées se mirent à pousser, des rivières à serpenter entre les sapins et les rochers. Des pygargues à tête blanche glissaient sous les nuages. Des biches trottinaient d'un bosquet à l'autre. Les culs blancs des lapins bondissaient de pissenlits en pâquerettes.

– Billet, s'il vous plaît ! exigea soudain une grosse voix surgie de nulle part.

C'était celle du contrôleur, un monsieur bleu de partout : le bleu foncé de son uniforme, le bleu violet de sa casquette, le bleu clair de ses yeux.

En le voyant, Tibotie sursauta de tout son corps, fit craquer la banquette, vira livide en deux coups de cuillère à pot : il voyageait en toute illégalité.

S'il avait pu, il serait retourné dans le wagon rempli de malles pour se cacher dans la sienne, et adieu la compagnie ! Mais le contrôleur lui bloquait le passage. Impossible de passer. Tel le pickpocket pris en flagrant délit, Tibotie se résigna donc à l'honnêteté. Pas le choix.

– J'ai pas de billet, m'sieur... marmonna-t-il, joues roses et voix imbibée de regrets.

– Un passager clandestin ! réagit aussitôt son voisin, la barrique.

Contrarié d'avoir un resquilleur à ses côtés, il se tassa le plus loin possible de Tibotie en le dévisageant comme s'il avait la peste, la rage et le choléra, tout ça en même temps. Mort de honte, le « pesteux » baissa la tête, le regard scotché sur ses baskets.

– Jetez-le hors du train ! réclama ensuite l'homme en se servant de son journal comme d'un bouclier. Mettez-lui les menottes ! Enfermez-le dans la soute à charbon ! Appliquez le règlement, quoi !

Quand ça l'arrangeait, le contrôleur faisait semblant d'avoir les oreilles aussi bouchées qu'un vieux lavabo. Là, il fit semblant d'avoir les oreilles aussi bouchées qu'un *très* vieux lavabo. Mettre des menottes à un gosse ? Le balancer comme un déchet hors du train en marche ? Et puis quoi encore ? Incapable de méchanceté, il rajusta sa casquette, se racla la gorge et dit :

– Avez-vous au moins fouillé vos poches, jeune homme ?

Tibotie releva sa frimousse au ralenti. Il reprenait lentement mais sûrement des couleurs. Le contrôleur lui décocha ensuite un mystérieux clin d'œil. Un clin d'œil *complice* qui signifiait quelque chose du genre : « Fais-moi confiance et retourne tes poches. On ne va pas laisser ta saucisse de voisin triompher ! »

Qu'est-ce que j'ai à perdre ? pensa Tibotie avant de se lancer dans l'exploration de chacune de ses poches. La gauche d'abord, la droite ensuite. Rien. Poche arrière gauche, idem. Poche arrière droite…

Du bout des doigts, il sentit la douceur d'un papier glacé. Il tira dessus. C'était un ticket officiel édité par la Wild West Express Company ; un ticket doré avec, imprimée dessus, l'image de la locomotive : ses pistons, sa cloche d'argent, sa cheminée, son énorme chaudière, son phare avant, le nombre *12* gravé sur son nez…

Un aller simple pour Riqueberg.

– Pas si clandestin que ça, remarqua le contrôleur en fronçant les sourcils devant l'homme au journal, lequel se ratatina sous son chapeau sans piper mot.

Aussi vif qu'un écureuil, le contrôleur saisit le ticket tendu par Tibotie, le poinçonna, griffonna quelque chose dessus avant de le rendre à son propriétaire. Curieux comme un pou, ce dernier se dépêcha de lire ce qui ressemblait à un indice : Toque en rond pour entrer.

Quand Tibotie leva le museau pour demander des précisions, surprise, le contrôleur n'était plus là : disparu comme une bulle de savon ! Il n'eut pas vraiment le temps de s'en étonner. Tout de suite après, des coups de feu retentirent, au moins cinq ou six de ces explosions qui annoncent souvent le pillage d'une banque. Pris de panique, le train accéléra. Une fontaine d'étincelles se mélangea à la fumée noire…

– Des Cheyennes ! décréta illico l'homme au journal sans même prendre la peine de regarder par la fenêtre. Ces sauvages nous attaquent !

Par effet de contagion, tout le wagon hurla. Les hommes hurlèrent des insultes anti-Peaux-Rouges, les dames hurlèrent de peur. Quelques mômes hurlèrent de joie.

– Chic ! gazouilla l'un d'eux. On va enfin voir des Cheyennes de près.

Sauf qu'il n'y avait pas l'ombre d'un Cheyenne, d'un Sioux ou d'un Apache dans celle du train. Il n'y avait que les cris de guerre et les PAN ! PAN ! des frères Colton, quatre coquins armés jusqu'aux dents (moisies, les dents) qui menaient une belle vie de bandits de grand chemin.

– Des visages pâles ! ricana assez fort Tibotie pour que tout le monde l'entende, et surtout l'homme au journal. Allergique aux brigands sans foi ni loi, celui-ci se mit à trembler de partout, des joues, du ventre et des fesses. Ce n'était vraiment pas une bonne journée pour lui.

– On avait bien besoin de ça ! rouspéta un gentleman habillé comme un banquier de New York.

Il parlait des revolvers des frères Colton, les plus bavards de l'Ouest. Ces canailles étaient connues pour attaquer n'importe qui, n'importe quoi, du moment qu'il y avait quelques billets à glaner. Quand leurs armes chantaient en chœur, impossible de les faire taire.

Pendant un instant, une rafale de balles ricocha sur la cuirasse du train. L'une d'elles transperça une vitre. Celle-ci éclata en mille morceaux, et un enfant éclata en sanglots.

– Nous devons réagir ! supplia une dame, les mains collées à son collier de perles.

– Allons trouver le contrôleur, proposa un monsieur avec une montre en or glissée dans la poche de son gilet. Qu'il aille ordonner au conducteur de pousser sa machine à fond !

Mais le contrôleur avait disparu. Introuvable ! Quant à la locomotive, elle progressait à présent entre rochers et collines, un endroit riche en zigzags. Bref, elle ne pouvait pas aller plus vite que ça au risque de sortir de ses rails. Les frères Colton le savaient bien. Ils avaient choisi cet endroit exprès. Dans moins de cinq minutes, leurs chevaux rattraperaient le dernier wagon, et…

– … et ils vont monter à l'abordage ! paniqua une maman poule tout en serrant ses deux poussins contre elle.

Il fallait donc faire quelque chose. Pas le choix.

S'ils bloquent le Wild West Express, songea Tibotie, *mes projets tombent à l'eau…*

– De toute façon, nous n'avons pas d'armes ! signala un

petit monsieur qui ressemblait à une quille : corps mince et grosse tête. Il n'y a que d'honnêtes gens dans ce train, des marchands, des hommes d'affaires, des familles sans histoire…

C'était vrai. En fait, seul un garçon haut comme trois pommes était prêt à se battre.

– S'ils approchent, je leur fais un nombril au milieu du front ! clama-t-il en exhibant un vieux lance-pierre.

– Jimmy, silence ! le réprimanda sa mère, une dame avec des dents de cheval.

En guise de punition, elle confisqua son joujou. Le petit Jimmy se mit alors en mode pleurnichard. Pas longtemps.

Tibotie se remémora l'une des batailles navales les plus impressionnantes à sa connaissance. D'un côté, il y avait le *Dragon des mers*, un sloop bourré de canons, de boulets robustes et de pirates aussi sauvages que des orques ; de l'autre le *Quitte ou double*, un navire qui avait livré un terrible combat la veille, et qui n'avait plus un seul boulet pour se défendre. Mais son équipage était aussi courageux que son capitaine était malin.

– On n'a plus de boulets, et alors ? avait dit celui-ci pour motiver ses troupes. On va se servir de ce qu'on a à bord : canifs, fourchettes, clous, arêtes de poissons… bourrez la gueule des canons avec tout ce que vous trouverez !

Tibotie décida de faire pareil : se servir de tout ce qu'il trouverait à bord.

– À condition de bien viser, dit-il à Jimmy, je pense

pouvoir en assommer un ou deux avec ton lance-pierre. Tu serais OK pour me le prêter ?

Sur la bouille du garçon, un sourire remplaça les grimaces.

– L'élastique est puissant, il peut faire du dégât. C'est d'accord.

Sa maman soupira.

– Si ça peut vous faire plaisir, prenez-le ! proféra-t-elle.

– Merci, m'dame ! gazouilla Tibotie.

– Ça ne marchera jamais ! pronostiqua un passager dont la bouche ne devait pas souvent sourire. Des cailloux contre des armes à feu, quelle blague !

– C'est toujours mieux que d'attendre sans rien faire, rétorqua Tibotie. Et puis, d'abord, je n'ai pas l'intention de catapulter des cailloux, mais des boulons : ça fait beaucoup plus mal.

Dans un train, les boulons ne manquent pas.

– Bêtise ! vociféra le grincheux. Les frères Colton seront à bord avant que tu aies le temps de faire ta cueillette de boulons.

Comme pour lui donner tort, la locomotive profita d'une ligne droite pour se dégourdir les pattes. La tribu Colton perdit ainsi du terrain, et le grincheux une bonne occasion de se taire.

– Ce n'est que partie remise ! grogna celui-ci. S'ils veulent monter, ils monteront.

– À moins de transformer les escaliers en toboggan ! réagit Tibotie avec, en tête, un chouette plan.

Il repensa à ce fameux jour où il avait glissé sur une flaque d'huile dans la cuisine, et à sa douleur lorsqu'il avait atterri sur les fesses. Cela lui donna une idée.

– Excusez-moi, dit-il peu après à la maman poule. Tout à l'heure, je vous ai vue préparer des sandwichs à la marmelade d'orange. En avez-vous encore par hasard ?

– Des sandwichs ? s'étonna la dame, l'air de penser : « réclamer un sandwich dans un moment pareil, quel toupet ! »

– Non, madame. De la marmelade. J'en ai besoin pour tendre un piège.

– Soit, capitula la dame sans chercher à comprendre.

Ah ! la jeunesse et ses drôles de lubies... pensa-t-elle.

– Il me reste un peu de beurre et une lichette de miel, si vous voulez.

– Super ! gazouilla Tibotie. Je prends le tout.

Deux bonds de cabri plus tard, le voilà occupé à badigeonner aussi vite et discrètement que possible les marches de l'escalier situé en queue de train, ainsi que les rampes et le garde-fou. Il étala du beurre ici (que la chaleur transforma en huile), il tartina du miel là... quand une détonation retentit soudain. Une balle siffla à quelques centimètres de son oreille gauche. Affolé, Tibotie se jeta aussitôt à plat ventre. Lancés au triple galop, les frères Colton refusaient de tirer un trait sur ce train rempli de portefeuilles grassouillets.

– Pan ! Pan ! faisaient les pistolets.

– Ya ! Ya ! faisaient les bandits avec des grimaces de trolls.

Ah ! ces grimaces…

Ça me rappelle la première fois où j'ai goûté de la moutarde extra-forte, songea Tibotie. Il repensa à sa langue en feu, au volcan dans sa gorge, aux larmes chaudes dans ses yeux. Horrible. Mais ce souvenir lui donna une autre chouette idée.

Il trotta jusqu'au wagon-restaurant, où il trouva facilement moutarde, poivre, piment, oignons, ainsi que des petits sacs en papier. Il eut tout juste le temps de remplir un sac avec ces ingrédients réduits en purée. Un seul. À cause d'une série de virages, le train ralentit de nouveau. Les « Ya ! » des frères Colton se rapprochèrent. À bord, l'angoisse monta d'un cran.

– Ils sont là ! vociféra le banquier de New York.

Ils galopaient à seulement un jet de pierre du train, avec leur tignasse au vent et leur vilaine tête de pirate.

L'aîné des Colton arriva le premier.

– À nous la fortune ! s'égosilla-t-il, histoire de motiver les troupes.

Après avoir rangé fusil et revolver, il passa ses jambes du même côté de son cheval. Sa main droite tenait toujours les rênes, la gauche s'apprêtait à saisir la rambarde badigeonnée. Une fois à hauteur du wagon, il sauta. Tibotie le laissa faire, un sourire en coin.

Au concours du plus beau gadin, l'aîné des Colton aurait remporté la médaille d'or des vols planés. À force de pédaler sur les escaliers recouverts d'huile et de confiture, ce grand imbécile glissa brutalement en arrière. Les quatre fers en l'air, il tomba dans les cailloux en hurlant de rage et de douleur.

– Et d'un ! se félicita Tibotie.

Le deuxième Colton à tenter l'abordage avait plus d'armes sur lui que de dents dans sa bouche : c'était le résultat d'une longue vie de bagarres dans les saloons. Chaussé d'énormes éperons, il frappa si fort sa monture qu'elle accéléra comme une voiture de course. Pas longtemps. Un boulon fit bientôt sauter les deux dernières dents de son cavalier. Ça fait mal. Le choc de l'impact propulsa le voyou en arrière. Bon débarras.

– Et de deux !

Se croyant plus malin qu'eux, le troisième frère traversa la voie pour attaquer le train par la gauche.

Je m'en vais tous les changer en passoires ! se promit-il, sûr et certain de ne pas tomber dans les mêmes pièges.

Tête rentrée dans les épaules, il évita un boulon. Profitant d'un nouveau ralentissement de la locomotive, il put galoper jusqu'à un escalier « propre », sans une goutte de marmelade dessus.

– À moi le pactole ! jubila-t-il.

Sa victoire dura deux secondes, pas trois. Il eut à peine le temps d'ouvrir la portière du wagon qu'une espèce de tarte à la crème lui explosa en plein nez. À la place de la crème, une bouillie irritante noya ses yeux, envahit ses narines, coula dans sa gorge. Bref, il eut un peu l'impression d'avaler une purée de flammes, de ronces et d'orties. Bien sûr, cette dégustation s'acheva par une chute en arrière. Un cactus dodu le rattrapa dans ses bras.

– Et de trois!

Pas bête, le quatrième capitula.

Il cracha et fit volte-face.

Il y eut alors des hourras dans le train. Des bravos. Des «Merci, jeune homme!» Flatté, Tibotie rougit une fois ou deux. La dame aux dents de cheval répéta ô combien elle avait bien fait d'offrir ce lance-pierre à son fils. La maman poule vanta la qualité de ses produits. Au milieu de tout ça, une vieille dame arrivée de nulle part s'approcha de Tibotie. Ridée comme un pruneau, sans dents, un peu bossue, son menton ressemblait à un sabot, son nez à un bec de corbeau, et sa voix à un violon mal accordé.

– Choisis, garçon! dit-elle sèchement, sans un «Bonjour» ni un «Bravo», tout en déployant un éventail de cartes sous le nez de Tibotie.

Pas des petites cartes de poker: de grandes cartes de tarot sombres et mystérieuses et bordées d'enluminures cuivrées.

Tibotie les contempla un petit moment, assez pour voir ces enluminures onduler et gigoter comme des tas de minuscules serpents. Voilà qu'à présent elles se trémoussaient!

À moins que ce ne soit une hallucination provoquée par les mouvements du train? songea Tibotie.

– Allez, choisis-en une ! Pour récompenser ta bravoure, je t'offre un bout de ton avenir. Je t'offre un… raccourci.

Tibotie comprit alors qu'il avait devant lui la Sorcière. La *carte bonus*, comme l'appelait le professeur Rowling.

– Un… un bout de mon… a… avenir ? bégaya-t-il. Pour de vrai ?

En guise de réponse, la Sorcière émit un léger rire qui ressemblait aux couinements d'une souris.

– Choisis !

Tibotie obtempéra. Pour mieux laisser le hasard choisir pour lui, il ferma les yeux, tourna une fois sur lui-même, tendit le bras et…

… et la carte qu'il piocha représentait une dame très belle, très pâle, très mystérieuse ; une dame qui le regardait droit dans les yeux. Elle le regardait *vraiment*. Elle l'observait même quand Tibotie déplaçait la carte d'un côté ou de l'autre, vers le haut ou vers le bas. Et ses longs cheveux blonds ondulaient doucement, comme si la dame se trouvait sous l'eau ; mais ils ondulaient plus vite quand il déplaçait rapidement la carte.

– La Sirène ! annonça la Sorcière d'une voix grinçante, ses gros yeux jaunes tournés vers Tibotie. Intéressant…

– C'est bon signe, ça ?

La Sorcière prit son temps avant de répondre :

– Pour qui aime les flots, oui.

Elle caressa ensuite les trois poils noirs sur son menton et ne dit plus rien pendant quelques secondes. Elle attendait.

– C’est tout ? osa demander Tibotie au bout d’un moment.

– Tss… tss… fit la Sorcière en pivotant lentement sa tête de droite à gauche.

Ce n’était pas tout, en effet. La carte émit bientôt un léger bruit, une sorte de timide glouglou. Ensuite, incroyable mais vrai, la Sirène ouvrit la bouche. De sa bouche garnie de canines sortit une boule de lumière dorée. Et dans cette boule se mirent à flotter l’un après l’autre ces mots : « La tête dans les nuages, tu trouveras une direction. Au fil de l’eau, tu trouveras qui tu cherches. »

Ce message demeura une dizaine de secondes, après quoi chaque mot sembla couler au fin fond de la boule lumineuse.

– N’oublie pas, dit la Sorcière de sa voix rouillée. Au fil de l’eau…

Puis elle tourna les talons et, sans dire un mot, elle *disparut* dans le wagon suivant.

La locomotive reprit bientôt son rythme normal. Une heure plus tard, une ville se profila à l’horizon. Le train ralentit, son sifflet retentit, annonçant l’entrée en gare, voie *16*.

Un coquin nommé Tom

Une vraie fourmilière, cette gare. Les gens allaient et venaient dans toutes les directions imaginables, prenant un train, quittant un train… Ils avaient les bras chargés de bagages, de paquets, de bébés gazouillant. Certains flânaient, d'autres couraient.

– Le Wild Adventure Railway, départ prévu à 16 h 12, va partir dans trois minutes ! hurla le chef de gare entre deux coups de sifflet.

L'agitation redoubla. Les retardataires pressèrent le pas. Des « Bon voyage et à bientôt ! » résonnèrent dans tout le hall. Et ça se bousculait ! Et ça papotait ! Il y avait également foule autour du kiosque à gazettes. On venait lire les gros titres :

LE RETOUR DU ROI DES PIRATES ?

UN DRAPEAU PIRATE APERCU ENTRE LES FLOTS

PETITE TORTUE SE RÉVEILLE

Au milieu de tout ce mouvement, le regard de Tibotie se posa *par hasard* sur un drôle de loustic. Maigre comme une ficelle, fagoté avec des fripes qui avaient dû en habiller dix avant lui, il virevoltait sans gêne d'une poche à l'autre. Première fois que Tibotie voyait un pickpocket à l'œuvre. Celui-ci avait un nez retroussé (et plutôt sale), des cheveux qui semblaient avoir subi l'explosion d'un bâton de dynamite, des mains rapides comme l'éclair, et bien peu de chance ce jour-là. Le voleur ne récolta aucun portefeuille dodu, seulement du vent et des mouchoirs sales. Et, au bout d'un moment, une violente paire de claques.

– Au voleur ! s'écria le propriétaire de la dernière poche visitée, un monsieur raide de partout.

Sa colonne vertébrale était aussi droite qu'un i majuscule ; ses moustaches ressemblaient à des baguettes de tambour, ses bras à des rames, ses jambes à des roseaux, et ses cheveux coupés court aux poils d'un balai-brosse. Quant à son regard, il était aussi piquant qu'une baïonnette. Foudroyé par ces yeux haineux, le garçon blêmit. Après les deux claques, il rosit.

– Sale petite vermine ! tempêta le fabricant de baffes.

Sa voix de stentor rebondit dans le hall de la gare. Des centaines de regards pivotèrent illico vers le jeune détrousseur.

Ce garçon étant moitié mouche, moitié poisson, il zigzagua sans problème entre les uns et les autres. Il glissait. Impossible de l'attraper. Quelqu'un faillit pourtant réussir.

– Je vais te faire passer l'envie de recommencer ! beugla l'agent de sécurité de la gare, un géant en uniforme avec des bras comme des cuisses, une moustache en guidon de vélo et une tête de boucher charcutier.

S'il l'attrape, il le tue ! supposa Tibotie.

– Si je t'attrape, je te tue ! confirma l'agent.

Tibotie eut pitié de ce pickpocket criant famine. *Il n'a pas besoin d'aller en prison ou au cimetière, mais au restaurant*, estima-t-il. Il décida donc de l'aider. Comment ? En faisant l'air de rien un croche-pied au géant en uniforme. Sa chute fut spectaculaire. Stoppé net en plein élan, il plana sur deux mètres avant de s'étaler à plat ventre au milieu du hall. Il était si massif que son atterrissage fit trembler les murs de la gare, les robes, les chapeaux, ainsi que la grosse bedaine de certains messieurs. Le jeune barboteur en profita pour voler vers la sortie. Au passage, il lança un clin d'œil reconnaissant à son sauveur.

Tibotie prit peu après le même chemin. Pressé de laisser derrière lui *et* l'agitation de la gare *et* la fureur de l'agent de sécurité, il poussa une vaste porte tourniquet et se retrouva au milieu de la charmante rue Gobe-sous. Avec ses boutiques colorées, ses enseignes en fer, ses vieux pavés et ses maisons un peu tordues et très fleuries, elle semblait tout droit sortie d'un conte de Grimm. Tibotie soupira de plaisir.

Devant lui, à gauche, il y avait *Boutons et Boutons*, un magasin qui vendait des boutons en or, en argent, en cuivre, en forme de flocon, de fleur, de lapin, de chou de Bruxelles, de ce que vous voulez ; à droite, c'était *Le Petit Mousse*, une auberge aussi minuscule que bruyante. Quand sa porte en bois s'ouvrit, des éclats de rire s'échappèrent, accompagnés d'une forte odeur de bière et d'un air d'accordéon.

Un peu plus loin, c'était *Bougies de-ci de-là*. En vitrine, au moins cent cinquante petites flammes dansaient sur des cierges, des chandelles et des chauffe-plats parfumés à la violette, à la mandarine, au sapin ou à la saucisse grillée. Cette boutique illuminait la moitié de la rue à elle toute seule ! C'était joli. Tout le quartier était ravissant. Tibotie se demandait ce que cet endroit apparemment normal lui réservait comme surprise, quand soudain…

– Merci, l'ami ! gazouilla quelqu'un.

Il se retourna, cligna trois fois des paupières et reconnut le pickpocket. Par réflexe, il palpa ses poches. Rien ne manquait.

– Pas de panique ! rigola le garçon. Tu m'as sauvé la vie, je t'en dois une. Sans toi, l'autre féroce m'aurait jeté à la fourrière.

L'émotion lui avait donné quelques couleurs. Une légère tache rose flottait sur ses joues, et ses yeux pétillaient comme du champagne. Bref, il avait meilleure mine.

– Merci pour le coup de patte de tout à l'heure, poursuivit-il. J'apprécie fort, camarade. L'entraide, on la trouve pas souvent dans les rues.

Pour fêter ça, il mordit dans un croissant chipé deux minutes plus tôt à la boulangerie *Pépites et Miettes*.

– Ça vaut pas une dinde rôtie avec des patates, mais ça te bouche un creux quand même, déclara-t-il en mastiquant de bon cœur. T'en veux une lichette ?

De la part d'un maigrelet qui n'avait que la peau sur les os, c'était très généreux. Bien que gourmand, Tibotie déclina l'offre. *Il en a plus besoin que moi*, estima-t-il.

– Je te louche dessus depuis un brin de temps, continua le barboteur. Faut qu'on cause sérieux.

Tibotie n'eut pas le temps de demander : « Qu'on cause de quoi ? » Les joues gavées de croissant, l'autre baragouina :

– Toi, bonhomme, avec tes fripes à la mode d'autre part, je parie que t'es pas d'ici. T'as l'air aussi à l'aise dans ces rues qu'une enclume dans une boîte d'œufs. Corrige-moi si j'fais erreur, mais tu sembles chercher quelque chose ou quelqu'un, je me goure ?

Pas idiot, ce garçon. Il avait l'œil et du raisonnement. Tibotie confirma d'un hochement de tête.

– Moi, je connais ce bled comme la poche de mon voisin, affirma le maigrichon. Demande-moi où c'est que tu veux mener tes galoches et je fais le guide. Bon sang, je te dois bien ça ! On sera quittes quand t'auras déniché ce que tu convoites, parole de Vice-versa !

– Vice-versa ? réagit Tibotie.

– C'est comme ça qu'on m'appelle d'où c'est que je viens.

Ce lascar surgi de nulle part qui propose son aide sans rien réclamer en retour, c'était trop beau pour être vrai. Tibotie recula un peu. Simple réflexe de garçon méfiant. L'autre s'en aperçut aussitôt.

– T'as rien à craindre de moi, frangin ! Je m'intéresse qu'à ceux de la haute avec des gros biftons plein les poches.

Ce qui ne l'empêchait pas de regarder Tibotie avec des yeux de rapace affamé. Simple réflexe de garçon des rues.

– J'ai de l'honneur quand je veux, affirma-t-il, histoire de redorer son blason. Si je te dis que je veux juste t'aider, tu peux me croire, collègue !

Dans son regard, les bulles de champagne pétillèrent plus fort.

– Juste t'aider, insista-t-il avec un doux sourire. Alors, tu cherches quoi ?

Charmé, Tibotie céda.

– Un magasin de jouets, rue Dame-de-Cœur.

Le sourire du pickpocket s'épanouit subitement d'une oreille à l'autre. On aurait dit que rien n'aurait pu lui faire plus plaisir que cette réponse.

– Me dis pas que tu louches sur la boutique de cette dame Boulotte dont les journaux causent tant ?

– Bilbotte, rectifia Tibotie. Pas Boulotte. Et oui, c'est bien cette boutique-là que je cherche.

– Celle qu'on a voulu cambrioler y a peu ? articula le garçon. Celle qu'on raconte qu'elle cache un trésor ? Cette boutique-ci ? Vraiment ?

– Oui, oui... répondit Tibotie, un peu mal à l'aise par les yeux de plus en plus affamés du détrousseur.

– Ça alors ! Entre nous, avoue que c'est *bizarre*...

– Comment ça ?

– Cambrioler une bijouterie, d'accord ! Une banque, OK ! Mais un magasin de jouets ?

– Bizarre, en effet... admit Tibotie.

– Si un gang de sales mioches avait fait le coup, y z'auraient piqué quelques babioles. Or, c'est pas le cas. Si, à la place des sales mioches, c'étaient d'affreux jojos, y z'auraient lorgné sur la caisse. Or, y manque pas une piécette, d'après les journaux. Donc, moi j'dis qu'ils cherchaient autre chose qui se cache entre les quatre murs de ce paradis des joujoux !

Il s'approcha ensuite de Tibotie et dit à voix basse :

– Et toi, mon gaillard, je parie ma main droite que tu sais quelque chose à propos de ce cambriolage mystère. Je me trompe, frangin ?

Tibotie secoua la tête de droite à gauche.

– Désolé pour ta main droite car je ne sais vraiment rien de rien là-dessus. Et ça ne m'intéresse pas. Je viens juste rendre visite à Mme Bilbotte, qui est une très bonne amie d'un ami à moi. Un ami qui vient de décéder. Je suis là pour lui annoncer la mauvaise nouvelle. Voilà, c'est tout. Tu sais où elle se trouve ?

Le garçon ne répondit pas tout de suite. Le regard dans le vide, il semblait réfléchir.

– Hou ! Hou ! fit Tibotie pour le réveiller (ce qui fonctionna à merveille : l'autre sursauta). Tu peux m'indiquer la direction, s'il te plaît ?

– C'est plus au nord, à dix rues d'ici. Si tu veux, je t'emmène.

Tibotie accepta à condition qu'il ne l'assomme pas de questions sur Bilbotte, son magasin et les gros titres dans les journaux.

– Parfait ! se réjouit le jeune pickpocket. Au fait, je me présente : mon vrai nom, c'est Tom Finnot.

Il allait ajouter : « Enchanté de te connaître » ou quelque chose de ce genre. Quelque chose de gentil. Et il voulut serrer la main de son sauveur, mais un invité surprise l'en empêcha : l'agent de sécurité de la gare ! Humilié, rancunier, au bord de l'explosion, ce grand bonhomme voulait sa vengeance. Ayant suivi la piste du voleur, il déboula d'un coup, aussi rapide qu'un tigre en chasse. Tom n'eut pas le temps de dire ouf que l'autre lui sautait dessus par-derrière.

– Je te tiens, mon gaillard ! rugit le gardien en agrippant l'épaule de Tom. Je vais t'envoyer au bagne pour au moins vingt ans.

Pas pressé de croupir au bagne de Kasscaillasse, Tom se délesta vite de sa veste trouée. Vite, c'est bien le mot. Un éclair met plus de temps que ça à disparaître !

Libre, Tom fila comme une souris de grenier. Tibotie l'imita et galopa, mais côté opposé. Question de prudence. *Ce Vice-versa attire les ennuis, on dirait. Pas besoin de ça aujourd'hui*... Il s'éloigna donc de lui, fonça vers un parfum sucré. Et tant pis s'il perdait le meilleur guide de la ville...

Atchoum

Seul, perdu, affamé, Tibotie erra une heure durant de rues en ruelles. Il longea bientôt *Les Jardins du père Léon*, un primeur dont l'étal proposait des raisins gros comme des abricots, des cerises grosses comme des pommes, et ne parlons pas des pastèques ! Juste en face, au numéro *20*, il y avait le *Palais Gretel*, une belle confiserie plantée entre deux réverbères en forme de sucre d'orge. Ce paradis des bonbons avait pour enseigne un berlingot géant, et dans sa vitrine un trésor de friandises. Pas de rubis, d'émeraudes ou de diamants dans ce trésor-là, mais des piles de calissons, des pyramides de papillotes, des monts de sucettes arc-en-ciel et des rangées de dragées multicolores, de pains d'épices, de nougats, de chocolats craquants… Jolis bouts de sucre ! Beaux à regarder, bons à sentir, ils donnaient très faim.

Aussi gourmand que vous et moi, Tibotie écarquilla des yeux de la taille de ces pastilles à la menthe étalées en vitrine. La langue entre les dents, il décida d'aller voir ça de plus près. C'était bon d'oublier le Jeu cinq minutes. La porte de la confiserie s'ouvrit pile au moment où il allait entrer. Une clochette carillonna gaiement, *dring-lin-gue-lin-dring*, puis des parfums de cassis, de caramel, de melon et de bergamote se faufilèrent dans la rue, et toute la rue se lécha les babines.

Tandis que le ventre de Tibotie gargouillait de partout, une dame tirée à quatre épingles quitta la confiserie dans un nuage de vanille.

Robe violette fermée par des boutons à tête de hibou, gants mirabelle, chapeau abricot, bottines à lacets couleur jus de pruneau, une étoile dans chaque œil et deux bouts d'or aux oreilles, elle était élégante et le savait parfaitement.

– Madame Bilbotte… minauda d'une voix plus sucrée que ses calissons le propriétaire de la boutique, un gentleman comme on n'en fait plus.

Et de trois ! se dit Tibotie en oubliant d'un coup sa faim de loup.

Bilbotte. Ce nom aperçu dans les affaires du professeur Rowling et retrouvé plus tard en première page du *Daily Wonderland*, il pouvait à présent mettre un visage dessus. *Et ce n'est certainement pas une coïncidence !* se dit-il. Dans *Jeux et Merveilles*, les coïncidences n'existaient pas.

– Permettez-moi de vous dire que vous êtes divine à croquer aujourd'hui ! ajouta le fabricant de bonbons.

Le nez de poupée de madame Bilbotte se froissa un peu.

– C'est toujours un bonheur de vous voir, continua

le confiseur. Des comme vous, il n'y en a pas deux ! Au revoir, madame Bilbotte. À très bientôt !

– Monsieur Gretel… soupira entre-temps Mme Bilbotte en se parant d'un sourire parfait : un large quartier de pomme avec, entre ses lèvres à la fraise, une belle rangée de perles. Vous êtes un incorrigible flatteur, ajouta-t-elle en pensant que, ma foi, il n'avait pas tort.

Tout de suite après, elle se jeta dans la rue Dame-de-Cœur, un petit sachet sucré entre les mains. Tibotie décida de la suivre. Cinq minutes plus tard, il comprit que oui, en effet, des comme elle, il n'y en avait pas deux.

Il le comprit lorsqu'un courant d'air siffla souffla autour de ce drôle de bout de femme.

D'habitude, vents, brouillards et giboulées s'écartaient toujours devant Mme Bilbotte. Question de respect. La preuve, quelques battements de cils plus tôt, quand une calèche avait roulé dans une grosse flaque : au lieu d'éclabousser Mme Bilbotte, les gouttes avaient bondi autour d'elle, pas *sur* elle. Question de respect. Mais ça, le courant d'air s'en moquait bien.

C'était l'un de ces vents qui vous poussent dans le dos par surprise. L'un de ces vents tombés du pôle Nord qui vous enrhument en un seul souffle. Un vent comme ça.

Celui-ci tournicota longuement autour de Mme Bilbotte et de personne d'autre. Il souleva les pans de sa robe, poussa son chapeau et rafraîchit ses joues. Il aurait voulu l'agacer ou attirer son attention qu'il ne s'y serait pas pris autrement.

– ATCHOUM ! fit Mme Bilbotte, et son nez rose se mit à fuir. ATCHOUM ! refit-elle, et des étincelles jaillirent des plis de sa robe.

C'étaient de mignonnes petites étincelles, de minuscules étoiles lavande.

– Un rhume ? se désola-t-elle en reniflant trois fois.

Elle joua ensuite de la trompette dans un joli mouchoir brodé à ses initiales, *A. B.*, puis expédia un autre *atchoum* gros comme quatre, et il se passa une chose bizarre : toute la rue grelotta. Pour de vrai. Quelques réverbères clignotèrent avant de s'éteindre, soufflés comme des bougies d'anniversaire. Quelques volets claquèrent. Deux ou trois chats prirent la poudre d'escampette, et le soleil tira un nuage vers lui.

– C'est *moi* qui ai fait ça ?

Un peu inquiète, un peu honteuse, elle fila.

Chaque maison sur son chemin semblait s'être pomponnée pour l'occasion. Pas une tache sur les fenêtres, pas une tuile de travers. La couleur des murs n'avait jamais autant brillé.

Devant *Tombez dans la tasse* (un salon de thé où les clients savouraient des boissons à la noisette, aux fruits rouges, au caramel...), Mme Bilbotte éternua encore. Résultat : les cafés se transformèrent en soupe de chou farci, les thés en jus de chaussette et les chocolats chauds en une bouillie d'anchois.

Deux réverbères plus loin, rebelote devant le salon de coiffure *Boucles d'Or*.

– AAATCHOUM !

Les cheveux courts se dressèrent comme les poils d'un balai sur la tête des clients ; les cheveux longs tire-bouchonnèrent comme des queues de cochon !

Encore plus loin, les aiguilles de l'horlogerie *Crocodile et Lapin blanc* reculèrent d'un quart de tour, et la boutique trembla, secouée par les sonneries de mille et un réveils, coucous et pendules.

Elle dérégla ensuite l'enseigne de *La Maison qui beugle*, un magasin de musique. Cette enseigne, c'était une grosse trompette qui crachait des *do*, *ré*, *mi*, *fa*, *sol*, lesquels s'envolaient puis explosaient comme des bulles de savon, en fredonnant. Quand elle éternua, les notes de musique chantèrent faux, et mieux valait alors se boucher les oreilles.

Toujours plus loin, autre *atchoum*, autre catastrophe. Une belle maison frissonna de la cave au grenier, ce qui fit claquer portes, volets, chatière et toutes les tuiles. Soucieuse de ne pas s'enrhumer à son tour, la maison d'en face alluma sa cheminée. Sa voisine l'imita, puis la voisine de sa voisine et ainsi de suite dans tout le quartier, et tout le quartier sembla fumer la pipe.

Bref, ce fut catastrophe sur catastrophe tout le long de la rue. Mme Bilbotte ne savait plus où se mettre.

– C'est *vraiment* moi qui ai fait ça ?

Même chose devant *Baguettes et Chapeaux, accessoires pour magiciens et chefs d'orchestre.*

Sûrement la boutique dont parlait Nicholas Gazame, songea Tibotie.

Des chauves-souris jaillirent en panique de hauts-de-forme plus noirs qu'une nuit sans étoiles, et Mme Bilbotte prit honteusement ses jambes à son cou.

– Je ne m'enrhume presque jamais... renifla-t-elle, toute chagrinée de causer tant de dégâts. La dernière fois c'était...

C'était dix ans plus tôt. Elle s'en souvenait. Un beau jeune homme était entré dans sa boutique. *Il cherchait un cadeau pour son fils,* et *il cherchait la Rubis*. Il avait à peine chantonné : « Bonjour, madame ! » que le nez de Mme Bilbotte avait commencé à fuir, sa gorge à la gratter, ses yeux à larmoyer. Comme aujourd'hui.

– Comme aujourd'hui... répéta-t-elle, songeuse.

Mme Bilbotte comprit alors deux choses : que ses rhumes la prévenaient toujours d'un événement important, et qu'elle aurait sûrement de la visite bientôt.

– Encore un *joueur*, grimaça-t-elle.

Tout de suite après, elle éternua.

Dans la rue Dame-de-Cœur, les passants commençaient à la regarder comme ils regarderaient un éléphant en tutu rose.

– Et assez de ce nez en panne ! Assez d'éternuer tous les cinq pas ! Assez de semer la pagaille !

Et elle ajouta un *atchoum*, et le chapeau épinard d'une certaine Mme Perle sauta plus haut qu'un kangourou. Confuse,

Mme Bilbotte s'excusa, ramassa le chapeau, s'excusa encore, remit le vaste chapeau sur la grosse tête de l'énorme dame, pensa que cette horreur lui allait fort bien, s'excusa de nouveau puis déguerpit à toute allure et même plus vite que ça.

Tibotie eut bien du mal à la suivre. D'ailleurs, même l'ombre de Mme Bilbotte eut du mal à la suivre.

Car si vos yeux avaient été braqués sur elle quand elle claqua des doigts, vous auriez vu un feu d'artifice miniature jaillir de son pouce, virevolter joyeusement autour de l'ongle, retomber en chuchotant *frrr*, puis rebondir autour de ses souliers comme des billes sur du carrelage, après quoi un vent magique la souleva de quelques centimètres, trois et demi pour être précis. Tibotie n'en loupa pas la plus petite miette.

– *26*, rue Dame-de-Cœur! dit-elle ensuite, semblant s'adresser à un chauffeur de taxi.

Et hop, le vent l'emporta.

Montre à gousset et bulles de savon

Le vent poussa jusqu'au *26*, rue Dame-de-Cœur, une colonie de feuilles mortes, deux pigeons, un vieux journal et une dame aux allures de boulette de papier froissé : Mme Bilbotte.

Froissé, en effet : cheveux en bataille, vêtements en désordre et sourcils froncés. Le voyage sur le dos du vent l'avait un peu malmenée.

J'ai l'air d'une fleur fanée ! pesta la dame-boulette.

Tout rentra dans l'ordre après avoir tapoté son chignon raplapla, arrangé sa robe de travers et rangé une mèche de cheveux rebelle derrière l'oreille.

– Et voilà ! gazouilla-t-elle, contente du résultat.

Et contente de retrouver son cher magasin !

Ce jour-là, dans sa vitrine inondée d'une belle lumière couleur miel, une poupée aux cheveux d'or admirait une lionne à bascule qui regardait un robot intergalactique, lequel contemplait une toupie argentée jamais fatiguée de tourner. Il y avait aussi une locomotive qui crachait des bulles cerise, une fusée spatiale qui toussait des nuages citron, un bateau pirate qui vomissait des boulets en mousse. Mille autres articles trônaient dans cette vaste vitrine, comme par exemple des oiseaux télécommandés, des chaussures-fusées, des trottinettes sans roues…

Au-dessus de la vitrine s'étalait une enseigne pas comme les autres : une hotte gavée de paquets multicolores et brillants ; et au-dessus de cette hotte, le nom du magasin : *Le Coffre à Jouets d'Alice*, écrit avec des lettres découpées dans une aurore boréale. Des vaguelettes de vert tendre, de rose pastel et de mandarine ondulaient du *L* jusqu'au *e*. C'était beau. Bouche bée, Tibotie admira le tout pendant cinq minutes, et peut-être même six.

Pendant ce temps, Mme Bilbotte ouvrit la porte. Pas besoin de clef pour ça. Elle claqua des doigts et la porte s'ouvrit.

– *Drin-lin-gue-lin-dring !* chantonna la clochette à l'entrée.

Traduction : quel plaisir de vous revoir, chère Alice Bilbotte.

– Merci beaucoup, répondit celle-ci avec une seule idée en tête : se réchauffer avec un bon thé à la cannelle.

Mais d'abord elle tapa dans ses mains. Deux fois. Très vite. Le grand lustre s'alluma aussitôt, éclaboussant d'or le magasin.

La porte se referma. *Drin-gue-lin*… Dans le même temps, une curieuse horloge se réveilla. Ses aiguilles tordues gigotèrent soit dans un sens, soit dans l'autre, tantôt rapides et tantôt lentes. Elles firent au moins dix fois le tour du cadran avant d'arrêter de courir. Aucun chiffre à signaler sur ce cadran, mais ce genre d'inscriptions : « Grosse foule en prévision » – « Vent de nord : couvrez-vous ! » – « Brosser les peluches » – « Encore mille choses à faire »…

Il y avait au total soixante inscriptions qui parlaient de tout sauf du temps qui passe. C'était une horloge comme ça.

Au bout d'un moment, les aiguilles se jetèrent sur « Visite imminente » comme des lions sur une proie.

– Parfait ! se réjouit Mme Bilbotte avant de vaquer à ses occupations.

L'œil collé à la vitrine, Tibotie assista alors à un bien singulier spectacle.

Quand la dame balaya la salle du regard, les jouets frémirent. Pour de vrai. Les ballons rebondirent, les balançoires se balancèrent, les dinosaures en plastique rugirent, un peu, pas trop, et les voitures miniatures vrombirent. Et quand elle claqua des doigts, une salade d'étincelles valsa autour de son pouce. Dehors, Tibotie se trémoussa comme s'il avait vu passer un ange. Sauf que les anges ne portent en général pas un chignon de la taille d'un ballon de rugby, ne vendent pas de joujoux, ne répandent pas de tourbillons de paillettes de-ci de-là. Alice Bilbotte, si.

Les paillettes filèrent aux quatre coins du magasin, et là…

Les jouets posés par terre, oubliés dans un coin ou partis en promenade dans le rayon d'à côté retournèrent à leur place. *Le Coffre à Jouets d'Alice* redevint propre et bien tenu au lieu de ressembler à une chambre d'enfants turbulents.

Mme Bilbotte agita ensuite son index, et une pyramide de boîtes de Shabadablocs (des jeux de construction délirants) s'éleva d'un coup d'un seul, comme par magie.

D'une pirouette de la main gauche, elle mit en rayon la collection entière des aventures d'Ary Baldabra, des pavés de quatre cents pages qui se vendaient comme des petits pains. Même chose avec les Fluo-folio, des livres imprimés à l'encre phosphorescente pour lire même la nuit ou sous les draps. D'un moulinet de sa main droite, ils s'échappèrent d'un carton et gagnèrent leur présentoir en quelques battements de pages.

Alice Bilbotte empila ensuite des boîtes de pâte à modeler comestible goût cerise, pomme, menthe, banane ou orange, au choix, pour pouvoir enfin jouer avec la nourriture. Elle rangea les Badabing-badaboum (des feux d'artifice bourrés de friandises), les Frisbees Hurleurs (« Brille comme une étoile, fonce comme une fusée ! » affirmait la publicité, et c'était bien vrai), les Bombachatouilles, les Malice-mélasses, et d'autres jouets dingues qui n'existaient que chez elle.

Avec le sachet acheté au *Palais Gretel*, elle remplit un bocal en verre posé sur le comptoir, près de la caisse enregistreuse, une énorme machine dotée d'une profusion de touches rondes et dorées.

Avec des cubes en bois, elle écrivit les deux règles du magasin. La première :

ICI,
âME D'ENFANT
OBLIGATOIRE.

La deuxième :

AMUSEZ-VOUS DIX FOIS
PLUTÔT QU'UNE!

– Voilà, se félicita Alice Bilbotte. Tout est en ordre. Mon visiteur peut entrer.

Tout de suite après, la porte s'ouvrit tandis que le vent poussait Tibotie à l'intérieur.

Surprise par cette entrée brutale, la clochette se trémoussa de droite à gauche et de gauche à droite, et de plus en plus à gauche et de plus en plus à droite, en éparpillant loin ses *Drin-gue-lin* cristallins.

– B'jour, fit timidement Tibotie.

Au milieu de tant de joujoux, sa tête tournait un peu.

À droite, il y avait… mais c'était encore plus beau à gauche. Et tout là-bas, pile au centre du magasin, un authentique carrousel tournait lentement. C'était un manège à deux étages avec un chapeau pointu rayé bleu et mauve, des barres torsadées comme des bâtons de guimauve, et trois petites notes de musique pour égayer le tout.

– Un tour acheté, deux tours offerts ! gazouilla Mme Bilbotte en guise de bienvenue.

Quand elle se planta devant lui, Tibotie repensa au compliment du confiseur : « Vous êtes divine à croquer. » À croquer, c'est bien le mot. Ses dents blanches évoquaient des dragées, son chignon une brioche chaude, ses joues des pommes d'amour.

– Si tu m'achètes un jouet, c'est deux tours offerts également ! ajouta-t-elle en lui soufflant au nez son haleine à la violette.

– C'est très gentil de votre part, m'dame ! soupira Tibotie. Mais, euh... pas aujourd'hui, se désola-t-il. Un autre jour, peut-être.

Ce qui vexa terriblement Mme Bilbotte.

– Pas aujourd'hui ? s'étonna-t-elle en roulant des yeux catastrophés.

Poings sur les hanches et bouche pincée, elle n'était pas contente du tout.

– D'habitude, les enfants galopent à volonté ici ! déclara-t-elle en balayant son vaste magasin du regard. Ils courent partout, touchent à tout, font les fous. Leurs grandes mirettes sont remplies d'étoiles quand ils montent sur les Vélos-rapidos, quand ils glissent sur les Tobog-Géants ou voyagent en Comète-trottinette... Ils jouent, quoi !

Toi, non : tu parais aussi intéressé par mes jouets qu'un tigre par une assiette d'huîtres. Pourquoi ?

À sa façon de croiser les bras, de lever le sourcil droit jusqu'au milieu du front et de taper du pied avec impatience, aucun doute possible : elle voulait une réponse *maintenant*. Docile, Tibotie obtempéra.

– Votre magasin est vraiment superbe et vos jouets incroyables, dit-il, aussi sincère qu'un témoin à la barre. Il suffit de les caresser du regard pour en être convaincu.

– J'aime mieux ça, soupira-t-elle.

Son chignon gigota de satisfaction.

– Seulement voilà, ajouta Tibotie, pour le moment, je cherche un indice.

– Tiens donc ! ricana Alice Bilbotte, laquelle comprenait maintenant mieux le pourquoi de son rhume.

Rassurée, elle ôta les poings de ses hanches. Elle défroissa ses lèvres. Elle fit redescendre son sourcil droit de plusieurs étages. Elle ricana :

– Un indice pour trouver cette bonne vieille Rubis, je suppose ?

Dans *Jeux et Merveilles*, beaucoup cherchaient la Rubis, laquelle rimait avec : fortune et gloire. Tibotie ne faisant jamais rien comme tout le monde, il suivait une autre piste.

– Pas du tout, rectifia celui-ci. Je veux qu'on m'aide à retrouver le *Reine de Trèfle*.

Mme Bilbotte ouvrit de grands yeux de poisson hors de l'eau.

– C’est quoi ce truc, le… *Reine de Trèfle* ?

– Je l’ignore, madame. Je le saurai quand je l’aurai trouvé.

Étonnée par la requête de ce garçon, elle lui lança le genre de regard qui signifie : tu es vraiment un drôle de zigoto, toi !

– Mais pourquoi cherches-tu quelque chose dont tu ne sais rien à part le nom ?

Tibotie sentit qu’elle ne se contenterait pas d’une réponse lapidaire. Il prit donc une grande bouffée d’air et conta toute l’histoire : les petits bouts de papier, les mots qui lui rentrent dans la peau, ce désir fou de retrouver le *Reine de Trèfle* pour sauver l’auteur des messages. Il lui parla bien sûr aussi du jeu trouvé dans le grenier, du magicien Nicholas Gazame, de la prophétie de la Sorcière…

Mme Bilbotte l’écouta attentivement.

– Qu’a dit exactement la Sorcière ?

– Quelque chose comme : la tête dans les nuages, tu trouveras ton chemin.

– Parfait. Cependant, cela ne m’explique pas pourquoi tu cherches cet indice *ici* ?

– Oh ! fit Tibotie. J’allais oublier : c’est un ami qui m’a conseillé de venir chez vous, à cette adresse.

– Un ami ? s’étonna Alice Bilbotte. Quel ami ?

– Le professeur Rowling.

L’effet fut immédiat. Le masque de sévérité de Mme Bilbotte fondit comme neige au soleil d’Acapulco. Son sourire à la fraise s’épanouit à nouveau. Son regard s’attendrit. Apparemment, Alice Bilbotte et Verne Rowling se connaissaient bien. Mieux, ils s'appréciaient.

– Si c'est Verne qui t'envoie, alors ça va ! clama-t-elle. À cet instant, son regard, son sourire, ses gestes de la main, tout disait : les amis de mes amis sont mes amis, sois donc le bienvenu chez moi ! Comment va ce cher professeur ? demanda-t-elle ensuite en tapotant, sur son crâne, un ananas de cheveux.

Tibotie avala une noisette de salive. Il n'avait encore jamais annoncé de mauvaise nouvelle à personne. C'était sur le point de changer. Le hic, c'est que signaler le décès de quelqu'un, cela ne s'apprend pas à l'école. C'est un exercice délicat. Il faut prendre une mine de cocker triste, il faut peser ses mots, ne pas être brutal…

Tibotie décida de s'appliquer. Hélas, malgré toute sa bonne volonté et beaucoup d'efforts, il fit tout le contraire.

– L'est mort ! balança-t-il, pressé d'en finir. Zigouillé par une flèche de Mangkouzi. Vous ne le reverrez plus jamais, désolé.

Le chagrin s'abattit sur Alice Bilbotte comme le filet sur le papillon.

– Comment ? Que dis-tu ?

Une vague d'émotion lava le rose de ses joues. Ses yeux ne pétillèrent plus. Son chignon se raplatit.

– Que s'est-il passé ? demanda-t-elle avec des larmes prêtes à jaillir.

Tibotie se lança dans un récit peuplé de Mangkouzis.

– Le professeur Rowling m'a sauvé la vie, conclut-il. Avant de pousser son dernier soupir, il m'a donné votre nom et votre adresse, conclut-il. Il *voulait* que je trouve l'indice. Il a dit que vous pouviez me faire avancer de plusieurs cases.

Alice Bilbotte réfléchit.

– Tu mens ! articula-t-elle en giflant Tibotie du regard.

Glacial, ce regard. Intimidant. En une seconde, la gentille fée était devenue sorcière.

– Jamais de la vie ! se rebella Tibotie qui voulait bien qu'on le traite d'empoté, d'andouille, de cervelle de piaf, de ce qu'on veut, mais pas de menteur.

Horrifié, il recula d'un pas.

– Je te dis que si ! insista Alice. Verne était un homme prudent et organisé, un professeur respectable ! Pas le genre de gugusse à salir son beau costume immaculé dans les jungles ! Moi, je pense que tu es un pickpocket et que tu lui as volé son portefeuille avant de galoper jusqu'ici pour me ramollir le cœur avec ton histoire à faire pleurer dans les chaumières !

– Non, non et non ! se défendit avec rage Tibotie.

À part la clef du coffre de son grand-père, il n'avait jamais rien volé de toute sa vie. Ça le rendait dingue que l'on s'imagine le contraire.

– Je ne connais qu'une seule façon de savoir si tu dis vrai... annonça Mme Bilbotte.

Après avoir remis d'aplomb son chignon (lequel pendouillait de façon ridicule sur le côté), elle dégaina de sa poche une étrange montre à gousset. Aussi étincelante qu'un petit soleil, celle-ci jeta quelques rayons blonds au visage de sa propriétaire.

D'un léger coup de pouce, *clic*, Alice Bilbotte fit sauter le couvercle en cuivre. Elle tapota du doigt le cadran en cristal. Elle prononça quelques mots dans une langue étrange, un mélange de latin, de papou et de sioux.

– Mmm… marmonna-t-elle dans la foulée avec des manières de diseuse de bonne aventure, un œil sur Tibotie et l'autre sur cette montre spéciale.

Trois aiguilles y planaient au-dessus de chiffres, de lettres et de symboles énigmatiques éparpillés sur tout le cadran. Une grande aiguille en argent, une petite tordue comme un z, et une très fine trotteuse en or.

– C'est quoi, cette tocante ? demanda Tibotie, le regard cloué dessus.

Alice Bilbotte remua le bout de son nez rose.

– Une sorte de détecteur, expliqua-t-elle en ralentissant sur le mot « détecteur », histoire de lui donner une saveur toute particulière. La grande aiguille indique le chemin de la vérité. La petite, la taille du mensonge. Et la trotteuse compte sûrement autre chose que les secondes. Quant aux inscriptions, ça, c'est mon affaire.

On n'en saurait pas plus.

Pour mieux admirer l'objet, Tibotie se rapprocha un peu, étira son cou, plissa ses yeux de fouine.

Pendant une pincée de secondes, les aiguilles tournèrent

comme des folles en égrenant de-ci de-là de légers déclics. Vingt tours de cadran plus tard, elles se jetèrent sur un chiffre, une lettre et un symbole comme le chat sur la souris, et ne bougèrent plus d'un atome.

Alice Bilbotte prit son temps pour décrypter la réponse de la montre. Elle hocha mystérieusement la tête, telle la voyante qu'elle était un peu, puis se para d'un vaste sourire.

– La montre a parlé ! annonça-t-elle.

Son chignon parut dès lors plus blond, plus rond, et ses joues retrouvèrent leur teinte de pétale de rose.

– Je dis la vérité ? s'assura Tibotie.

– Tout à fait, mon garçon. À présent, je te crois : mon détecteur ne se trompe *jamais*.

Et cela changeait tout. Puisque son ami Verne lui envoyait ce garçon, elle était maintenant prête à lui confier l'indice. Ou, plutôt, le chemin vers cet indice.

– Sauf que ce n'est pas vraiment un indice, rectifia Alice Bilbotte. C'est plutôt un objet.

– Quel genre d'objet ?

– Le genre unique et précieux. Précieux au point qu'on a récemment voulu me le voler.

D'où l'article dans le journal…

– Qui que soient ces voleurs, ils n'avaient aucune chance de le trouver ! Il est très bien gardé, vois-tu ?

Non, Tibotie ne voyait pas très bien.

– Je vais essayer de t'expliquer, dit Alice. Dans la même famille que cette montre, je demande sa cousine : la boussole. Attention ! Pas une vulgaire boussole qui indique le nord. Des comme ça, on en trouve même sur le plus miteux des voiliers. Celle dont je te parle montre le chemin de ce que tu désires le plus. Il n'en existe qu'une, et par pitié ne me demande pas pourquoi j'en suis la gardienne : ce serait trop long à t'expliquer ! Quoi qu'il en soit, bien des malandrins ont tenté de me la ravir quand j'avais le dos tourné.

Tout bas, elle ajouta :

– Ils le regrettent bien, maintenant.

Ça, oui ! Alice Bilbotte était capable de transformer le pire lascar en crapaud verruqueux.

– J'ignore ce qu'est le *Reine de Trèfle*, et où tu peux le trouver. En revanche, cette boussole le sait. Si tu t'y prends bien, elle t'indiquera le chemin.

– Pile ce qu'il me fallait ! jubila Tibotie.

Une pensée ratatina toutefois son enthousiasme. Quelque chose clochait. Si Mme Bilbotte possédait *vraiment* une telle boussole, pourquoi ne s'en était-elle pas servi pour trouver la Rubis ?

– Parce que ma vie me plaît ainsi, le renseigna-t-elle – à croire qu'elle lisait dans ses pensées, ce qui était certainement le cas. Tu m'imagines galoper à travers le monde, à la recherche d'une enveloppe rouge ? Je préfère mille fois mon magasin parfaitement parfait !

Elle tapota de nouveau son chignon ; c'était un tic. Elle ôta de sa robe une boulette de poussière imaginaire. Puis dit :

– Et maintenant, suis-moi !

Alice devant, Tibotie derrière, ils traversèrent le rayon des robots qui se transforment en tout et n'importe quoi. Ils passèrent devant les peluches moelleuses, puis devant les cerceaux qui clignotent. Ils longèrent les gros bouquets de ballons de baudruche verts, rouges, jaunes, à pois ou à rayures... Là, une affiche clamait: «Enfants de moins de 20 kg, attention! Risque d'envol par grand vent!» Ce conseil faisait beaucoup rire les parents à une époque. Personne ne le prenait au sérieux jusqu'au jour où... Mais ça, c'est une autre histoire.

Au centre du magasin, Alice Bilbotte pila net devant son carrousel.

– Monte sur cette merveille! ordonna-t-elle avec ce sourire ensoleillé qu'affichent en général les gagnants du Loto.

Une merveille, en effet. Avec des chevaux, des licornes et des pégases qui montent et qui descendent. Avec aussi un grand dragon vert, un avion à hélice bâti pour explorer le monde, le tapis volant d'Aladin (sans Aladin), un voilier, une fusée rouge et blanc... Et une centaine d'ampoules qui clignotaient sur le bord du chapeau! Et des musiques joyeuses qui s'envolaient! Pour résumer, c'était le roi des carrousels.

Tibotie déclina pourtant l'invitation.

– J'ai passé l'âge de faire du manège, vous savez.

En réaction, Mme Bilbotte lui jeta un regard terrible. Ah! ce regard... Deux braises! Et son chignon gigota de colère.

– Tu refuses? gronda-t-elle d'une voix aigre, le genre

de voix qu'ont les sorcières capables de vous faire cracher des limaces rien qu'en levant le petit doigt.

– C'est obligé ? se radoucit illico Tibotie. Après tout, c'est jamais qu'un gros tourniquet avec des loupiottes !

Là, Alice secoua la tête de droite à gauche, l'air de se dire : « Quel ignare, celui-là ! » Un peu honteux, Tibotie se ratatina dans ses chaussures.

– Ne *jamais* se fier aux apparences ! lui conseilla-t-elle. Ce dont on a l'air et ce que nous sommes réellement, voilà deux choses bien différentes, souvent contradictoires et parfois surprenantes. Les simples manèges ont peut-être leur secret… ajouta-t-elle avec un soupçon de mystère dans le regard.

Pas vraiment convaincu, Tibotie fit la moue. *Si cette girouette fait autre chose que de valser comme une essoreuse à salade, je veux bien manger mes godasses !* pensa-t-il.

– Dans ce cas, bon appétit ! ricana Alice avec malice, ce qui frigorifia le râleur.

– Si on ne peut plus penser tranquille… grommela-t-il, aussi pâle qu'un verre de lait, en posant un orteil sur le carrousel.

– Bienvenue à bord de *Bulles de savon* !

– Pourquoi ce nom ? questionna Tibotie en s'installant non pas sur un cheval, non pas sur le dragon, mais sur le voilier.

– Parce que ! martela Alice, laquelle détestait expliquer les choses. Tu comprendras bientôt, ajouta-t-elle en actionnant un grand levier noir et blanc.

Le carrousel bleu et mauve démarra lentement. Pendant cinq ou six tours d'échauffement, rien de passionnant à noter. Le calme plat. Tibotie bâilla. Mais quand Alice abaissa un autre levier rouge et vert, aussi tordu qu'un serpent en fuite, un long sifflement de bouilloire retentit, toutes les ampoules du manège clignotèrent comme si elles avaient une poussière dans l'œil, et *Bulles de savon* accéléra subitement. Une vraie toupie habillée d'éclairs !

Du vent plein les oreilles, des frissons plein le ventre, Tibotie s'agrippa au mât de toutes ses forces, secoué par les terribles tremblements du manège. Sa tête cogna plusieurs fois la barre torsadée, ses cheveux volèrent en tous sens. À cause du vent tantôt brûlant, tantôt glacial, il eut beaucoup de mal à garder les yeux ouverts. D'après lui, ça ne serait pas pire au cœur d'une tornade.

– Fais confiance à la voix ! lui cria Alice juste avant qu'un tourbillon d'étincelles bleu et mauve n'entoure le manège. Une fois là-haut, présente mes amitiés à Emélius Nimbes !

Là-haut ? Emélius Nimbes ? Mais de quoi parlait-elle ?

Tibotie n'eut pas le temps de lui demander. Le manège tourna soudain si vite que tout devint flou, les jouets, les rayons, Mme Bilbotte, tout ! Puis tout devint blanc ! Le magasin fut comme gommé du paysage en trois battements de cils. Et sur cette immense page blanche, un nouveau décor s'esquissa peu à peu. À croire que le carrousel voyageait loin d'ici, porté par le vent. Comme une bulle de savon…

Le nuage d'Emélius Nimbes

Un bref *drin-gue-lin*… Un lointain « Bon voyage ! »… Quelques miettes d'étincelles…

Une fois le calme revenu, Tibotie ouvrit un œil, puis l'autre. *Le Coffre à Jouets d'Alice* avait disparu, remplacé par une sombre ruelle moyenâgeuse.

Aucun joyeux joujou ici. Pas de douces illuminations, ni de bocal à bonbons. Et zéro gentille note de musique pour amuser l'oreille. À la place, obscurité, miaulements et ombres suspectes. Le manège était maintenant planté sur un tapis de pavés gris souris, entre deux rangées de murs en grosses pierres à peine éclairées par un bout de lanterne.

Un pur coupe-gorge… pensa Tibotie, imaginant déjà tire-laine et assassins surgir d'une flaque d'ombre.

Aucun assassin ne lui sauta dessus. Les ombres, en revanche…

Au début il n'y en eut qu'une, en forme d'énorme rat, puis deux, puis cinq, puis dix, qui évoquaient une chauve-souris, un loup, un personnage aux doigts crochus…

– Madame Bilbotte, pourquoi m'avoir envoyé ici ? murmura Tibotie entre deux claquements de molaires.

La silhouette du rat trottina d'un mur sale à l'autre. Celle de la chauve-souris glissa sur les tuiles à la manière d'un vautour. Le loup afficha des crocs de la taille d'une baguette de pain. Quant aux doigts crochus, peints à l'encre de Chine, ils tentèrent d'agripper Tibotie par les cheveux, les épaules, les chevilles, un peu partout. Mort d'angoisse, Tibotie prit ses jambes à son cou et fila droit devant.

La ruelle lugubre déboucha sur une autre plus inquiétante encore. Les murs étaient plus gris, avec de grosses toiles d'araignée accrochées ici et là, et les pavés plus froids. Une vieille pancarte en bois bousculée par le vent indiquait : « Rue des Dalles ».

Soudain, quelle animation ! Le vent qui siffle des musiques lugubres... Les volets qui claquent... Les ombres qui tourbillonnent... Et là, n'était-ce pas le rire d'une sorcière ? Tibotie accéléra l'allure en voyant des yeux rouges clignoter dans l'obscurité. Du moins, il essaya : pas facile de galoper quand les murs se mettent à bouger pour de vrai. Ils coulissaient et pivotaient pour transformer les ruelles en culs-de-sac, ou inversement. Des murs qui rampent au sol, cela fait un bruit horrible !

Trouver la sortie de ce labyrinthe semblait tout à fait impossible. Tibotie n'avait aucune chance de réussir. Pendant de longues minutes, il essaya quand même, tournant à droite, filant à gauche, multipliant les demi-tours… C'était épuisant. Malgré ses jambes aussi molles que des scoubidous, il persévéra. Mais plus il se hâtait, plus les murs rampaient au sol, redessinant sans cesse ce lugubre dédale. Quand Tibotie croyait apercevoir enfin une lueur indiquant sûrement une issue, hop, un mur se déplaçait aussitôt pour lui barrer le passage, et il fallait tout recommencer. C'était désespérant. Plus d'une fois, il eut envie de crier. Et les ombres le poursuivaient toujours.

Tout changea quand une voix portée par le vent murmura à son oreille : « Laisse le cauchemar t'approcher pour l'apprivoiser. »

Tibotie sursauta. *Sûrement la voix dont parlait Mme Bilbotte…* Voix qui répéta son message, « Laisse le cauchemar… » avant de s'éteindre.

À bout de souffle, Tibotie s'arrêta net. *Laisse le cauchemar t'approcher…* se dit-il, et c'est ce qu'il fit. Au lieu de fuir ombres, cris et lueurs rouges, il les laissa venir à lui. Le corps secoué de frissons, il les laissa l'entourer, et…

… et son immobilité triompha du labyrinthe. Au bout d'une minute, les ombres s'éclipsèrent enfin, les yeux rouges s'éteignirent, les cris et chuchotements s'estompèrent. Et les murs cessèrent tous de glisser. Tous, sauf un. Celui-ci remua une dernière fois pour révéler un réverbère à tête d'or sur lequel était fixé un panneau. Sur ce panneau, deux flèches. Celle qui indiquait la gauche portait l'inscription : PARC OÙ TOUT EST POSSIBLE, et celle tournée vers le cœur du labyrinthe : LE PIRE ENDROIT AU MONDE. UN PIED LÀ-BAS ET C'EST MILLE SOUFFRANCES ASSURÉES.

Tibotie prit donc à gauche, vers d'autres ruelles aussi tordues que des spaghettis trop cuits. Elles avaient pour nom rue du Veilleur-de-Nuit, rue Casse-Noisette, rue des Fables, et elles étaient à peu près aussi animées que le fin fond du Sahara. Pas un bruit, pas une âme.

Rue Mange-Moi, rue Wonka…

Les réverbères étaient de plus en plus nombreux, la lumière abondante.

Rue Blanche-Neige…

Les maisons étaient joyeuses et colorées.

Tout au bout de ce long chemin, il y avait une impasse terminée par une porte ronde, en bois, verrouillée à double tour. Une porte aussi ridée qu'une vieille coquille de noix. Une porte sans poignée ni serrure, mais une porte tout de même. En y collant l'oreille, Tibotie pouvait entendre une joyeuse rumeur juste derrière.

– Ohé ! appela-t-il.

Aucune réponse.

Il frappa la porte des deux poings. Il frappa *et* supplia qu'on lui ouvre.

Pas mieux.

Il tenta alors de l'ouvrir de force mais faillit se déboîter l'épaule. À bout de patience, il sortit de ses gonds, rouspéta un bon coup et gesticula tant et si bien que le billet de train sortit de sa poche, pirouetta en l'air et retomba au sol, côté pile. Comme par hasard.

– « Toque en rond pour entrer », lut Tibotie avec un sourire de soulagement et une pensée amicale pour le contrôleur.

Son poing dessina donc un cercle sur la porte, petit coup par petit coup. Quand il eut fini, *clac*, la porte s'ouvrit sur un endroit enchanteur.

Une allée de cailloux blancs comme sel courait vers une large grille couleur chocolat, laquelle s'ouvrit en grand, comme par magie. Juste derrière, une sorte de parc aussi vaste que mille parcs cousus ensemble accueillit Tibotie avec un petit feu d'artifice. Mille parcs piochés partout dans le vaste monde, semblait-il, et collés au hasard les uns aux autres. On pouvait ainsi traverser un bout d'Afrique puis grelotter cinq minutes plus tard dans un décor sibérien, ou longer le lagon des sirènes, ou subir une averse tropicale, ou passer sous une aurore boréale. C'était merveilleux.

Un pas après l'autre, Tibotie découvrit le caractère espiègle de ce parc. Ainsi, il n'était pas rare de voir les arbres d'ici changer de couleur dans la même journée, passant soudain du vert tendre à la peau de citrouille. Idem pour les fleurs qui changeaient de robe autant de fois qu'une princesse tatillonne avant l'heure du bal. Les tulipes devenaient ainsi des jonquilles, les jonquilles des roses, les roses des pivoines… Quant aux saisons, c'est simple, elles aimaient défiler dans le désordre, ce qui explique pourquoi les températures faisaient sans cesse le yo-yo.

Il faisait jour ici, et nuit juste à côté. Aussi ronde qu'un monocle, la lune était si grosse, si proche, que Tibotie crut possible d'effleurer cette gigantesque tarte à la crème, et peut-être même d'arracher un morceau de sa meringue. D'ailleurs, il essaya. Il leva le bras, il sauta en l'air et fut à seulement deux doigts de l'effleurer : dès qu'il s'en approchait, la lune reculait un peu. Quand il voulut l'attraper par surprise, elle se montra plus rapide que lui.

Lassé de ce jeu, Tibotie avança. Sur son chemin, il croisa : une fontaine d'où jaillissait une eau pleine d'étoiles, un nuage formant le nombre *30*, des fées valsant avec des papillons.

Plus loin, un bouquet de panneaux indiquait une multitude de destinations insolites : PIROUETTES DE MONTGOLFIÈRE – LÀ OÙ LE VRAI EST FAUX ET INVERSEMENT – PROMENADE EN CERF-VOLANT – LE MARCHÉ AUX ŒUFS DE DRAGONS…

– Très intéressant, mais rien sur la fameuse boussole ! constata Tibotie.

Rien, c'est vrai. En revanche, juste en dessous de PROMENADE EN CERF-VOLANT, il lut, écrit en lettres si petites qu'il faudrait presque superposer trois paires de lunettes pour les déchiffrer : « et visite à M. Emélius Nimbes ».

– L'ami de Mme Bilbotte !

Sachant bien que rien ne se faisait ou ne se disait par hasard dans *Jeux et Merveilles*, Tibotie prit cette direction sans une miette d'hésitation, et tant pis pour le marché aux œufs de dragons.

En chemin, il traversa un océan de fleurs : des pâquerettes, des primevères, des marguerites… Une pancarte disait : « Si vous cueillez une fleur, merci d'en replanter deux ». Vu qu'il y avait plus de fleurs que de gazon, on devait en cueillir souvent.

Il traversa ensuite le ZOO SENS DESSUS DESSOUS, un jardin qui devait son nom aux animaux sculptés avec fantaisie dans des tas et des tas de buissons, peut-être cinquante, peut-être cent, peut-être plus.

Ici, la girafe mesurait moins d'un mètre mais le lapin plus de deux, et la coccinelle presque autant. L'éléphant, le T-rex et l'écureuil avaient la même taille. En revanche, la souris était à ce point géante qu'elle galopait derrière un chat pris de panique. Un ours était entouré d'abeilles grosses comme des moutons. Plus loin, un lion fuyait devant une libellule hippopotamesque. Encore plus loin, un rhinocéros dormait dans la niche d'un chien, lequel jouait à la baballe avec des crocodiles. Toujours plus loin, Tibotie accosta un troupeau de cerfs-volants.

– En v'là une curiosité ! lâcha-t-il, ces cerfs-volants étant tous plus originaux les uns que les autres, rien à voir avec ces petits losanges colorés que les mômes ont souvent du mal à faire voler.

Devant lui flottaient des espèces de libellules munies de trois paires d'élytres, des vis aériennes plus grandes qu'un parachute, des structures imitant les silhouettes d'aigle, d'ornithoptère et de ptérodactyle, des ailes de quadriplan commandées par une armée de ficelles, des papillons géants, des ballons dirigeables aplatis, des hélices compliquées, des voilures en forme de tornade, des bouquets d'ailerons articulés, de tout.

L'ensemble se balançait doucement au bout de cordes argentées. Ces cordes pendouillaient dans le vide, nouées à rien du tout, et les cerfs-volants n'en profitaient même pas pour se sauver ! Ils attendaient sagement, ondulant comme de longs brins d'herbe sous la caresse du vent.

Une affiche disait :

Tirez trois fois sur la corde pour démarrer.
Merci de remettre les cerfs-volants
à leur place après chaque utilisation.
Nous vous souhaitons une agréable promenade.

Tibotie attendit un peu.

– Monsieur Nimbes ? appela-t-il plusieurs fois.

Personne ne lui répondit.

Tibotie n'avait jamais joué au cerf-volant avant. À bien y réfléchir, il n'avait jamais joué à rien. L'occasion était trop belle. Il opta pour un modèle relativement simple, vert et blanc, plus grand qu'un parasol, plus léger qu'une plume, et taillé pour évoquer soit un boomerang, soit de fines ailes d'hirondelle. Il était terminé par plusieurs longs rubans garnis de nœuds papillon colorés.

Après avoir solidement agrippé la ficelle des deux mains, il tira trois fois dessus tel le sonneur de cloches de Notre-Dame. Aucune cloche ne retentit bien sûr ; en revanche, des petits grelots tintèrent gaiement, et un vent de sud se leva.

Ce vent chaud parfumé à la lavande pirouetta autour de Tibotie, de la ficelle, du cerf-volant, lequel frétilla un peu, puis un peu plus, et encore, et encore, jusqu'au décollage. Et quel décollage ! D'une puissante pichenette du vent, le cerf-volant monta jusqu'à mi-ciel à la vitesse d'un ascenseur, et un gros cri monta dans la gorge de Tibotie.

Huit mètres plus bas, le parc rapetissa d'un coup. Deux mètres plus haut, les grelots chantaient. Entre les deux, terrorisé à l'idée de tomber, de s'écraser au sol, de finir en purée, Tibotie suait des gouttes grosses comme des raisins.

– Ah ! hurla-t-il, ballotté à droite. Oh ! gueula-t-il, ballotté à gauche. Au secours ! beuglait-il le reste du temps, secoué par les cabrioles des vents autour de lui.

Ses mains étaient moites, ses dents jouaient des castagnettes, et le cerf-volant grimpait toujours. Il regretta énormément d'avoir empoigné sa ficelle.

– La plus grosse erreur de toute ma vie ! se reprocha-t-il, sûr et certain de lâcher prise d'un moment à l'autre. Quel idiot je fais ! En plus, ce n'est certainement pas *ici* que je vais croiser Nimbes !

Or, sans Nimbes, pas de boussole. Sans boussole, peu de chance de trouver le *Reine de Trèfle*. Totalement désespéré et mort d'angoisse, Tibotie poussa un mélange de soupir et de sanglot.

Mais il retrouva le sourire un peu plus loin, en traversant un nuage aussi moelleux qu'un doudou réconfortant, et tiède, et sucré.

– Pas mauvais, estima-t-il en mastiquant une boulette de ce nuage au petit goût de meringue.

Il contempla ensuite le passage d'une tripotée d'oies, de cygnes et de canards. Ces grands voyageurs poussaient l'air du bout des ailes tout comme les pagaies poussent l'eau, et glissaient sur le ciel tels des dauphins. C'était beau. Tibotie ne les lâcha pas du regard.

– Merci, répondit-il par réflexe lorsqu'une grosse voix lui souhaita bonne promenade.

S'attendant à tout sauf à ça, il sursauta et se retourna pour voir qui lui parlait, mais ne vit personne. Pendant une demi-seconde d'étourderie, il fit la chose la plus stupide à faire à ce moment-là : lâcher la ficelle. La demi-seconde suivante, aspiré par le vide, il tomba tel un morceau de plomb, en hurlant comme un coq.

Par quel miracle réussit-il à saisir le bout d'un de ces rubans qui flottaient derrière le cerf-volant ? En tout cas, il s'y agrippa in extremis.

– Bougre d'andouille ! Cervelle de poulpe ! Triple crétin ! se réprimanda-t-il, sa vie ne tenant plus qu'à un bout de tissu pas plus large qu'un éclair au chocolat.

Il se serait bien donné une paire de claques en guise de punition, mais il avait trop besoin de ses deux mains.

– Magnifique cerf-volant ! s'écria peu après la voix.

La même. Puissante. La voix d'un trombone.

– Bien le bonjour à cette chère Mme Bilbotte, ajouta une autre voix, fluette comme un air de pipeau.

Pour Tibotie, rebelote : le cou qui s'étire dans tous les sens et les yeux qui fouillent partout pour des prunes.

Rêve ? Folie ? Hallucination ? se demanda-t-il, le front trempé de sueur.

Trois fois non. Simplement, les vents qui sifflent ou mugissent au ras du sol tiennent, entre terre et ciel, des conversations courtoises. Par exemple :

– Hier, j'ai soufflé tout l'après-midi sur le pont des Soupirs. Je me suis bien amusé : emporter les chapeaux, retourner les parapluies et soulever les robes, ce que c'est rigolo !

– Vous êtes un incorrigible farceur ! Moi, hier, je me suis promené sur une plage après avoir visité un moulin et…

Ils virèrent soudain d'un côté, le cerf-volant de l'autre, et Tibotie ne sut jamais rien à propos de cette promenade sur la plage. Qu'importe ! Une mésange attira bientôt son attention. Elle glissait entre deux rayons de lune, tenant dans son bec la liste des commissions : des brindilles souples, quatre bouts de laine, un peu de mousse, un peu de paille.

Plus loin, des graines d'arc-en-ciel (ça ressemble à des flocons de neige barbouillés de gouache) voletaient de-ci de-là, cherchant où se poser et germer.

Dix battements de cœur plus tard, Tibotie tomba sur un vieil homme tout de gris vêtu qui fumait la pipe, assis sur un nuage en forme de pomme.

– *Teuf! Teuf!* faisait la pipe.

– Mmm… soupirait l'homme à l'air aimable.

– B'soir, murmura Tibotie, éberlué mais pas trop.

Non, pas trop. Comme quoi, on s'habitue à tout.

Aussi paisible qu'un gros chat, le fumeur ne s'étonna pas de voir ce garçon suspendu dans le vide. Il lui rendit poliment son bonsoir, souffla un papillon de la taille d'une roue de tracteur, puis se présenta :

– M. Emélius Nimbes, fabricant de nuages. À votre service !

Deux touffes de cheveux hirsutes s'échappaient de son chapeau moitié blanc, moitié gris. Sous son nez en patate s'étalait une moustache couleur sel si fournie qu'elle mangeait ses joues. Les tourbillons d'une barbe centenaire cascadaient sur sa vaste bedaine. Dans cette barbe étincelait un généreux sourire. Dans ce sourire rougeoyait une pipe, et de cette pipe s'envola une cigogne.

– Moi, c'est Tibotie, enchanté… bredouilla-t-il, impressionné par ce grand bonhomme qui occupait une vaste partie du ciel. Mme Bilbotte vous transmet ses amitiés.

Le fumeur écarquilla d'immenses yeux pâles.

– Vous connaissez Alice ? demanda Emélius Nimbes, aussi surpris qu'on peut l'être.

– C'est elle qui m'envoie, monsieur.

– Vraiment ? Comme c'est incroyable !

Pas plus que le reste ! songea Tibotie.

– C'est au sujet de… d'une boussole, dit-il ensuite. Elle prétend qu'il me faut une boussole particulière.

Troublé par cette annonce, Emélius avala de travers une noix de fumée et toussa si fort que son ventre gigota comme un mont de gelée.

– Vraiment ? Comme c'est inattendu !

Là, Tibotie se mordilla nerveusement les lèvres. Il espérait ne pas avoir fait tout ce voyage pour rien. *Pourvu qu'il sache de quoi je parle, et qu'il veuille bien me la donner !*

– Alice vous prête sa boussole ? s'étonna Emélius. Elle doit vraiment vous apprécier car elle *déteste* prêter ses affaires, d'habitude…

Emélius postillonnait beaucoup. Pendant que Tibotie regardait avec amusement les moucherons de fumée sortir de sa bouche, l'immense bonhomme tourna sa grosse tête poilue sur le côté, enfonça deux doigts dans sa bouche et siffla très fort.

Bien sûr, Tibotie s'attendit à voir rappliquer une sorte de chien.

– Barbecue, réveille-toi ! cria Emélius.

Drôle de nom pour un toutou, se dit Tibotie.

Sauf que…

Un gros nuage blanc d'été se mit à remuer. D'un côté, il s'allongea ; de l'autre, il se déroula. Ici et là, il s'étira, s'arrondit, se gonfla et se dégonfla… À la fin, il ne ressemblait plus à un nuage, mais à un dragon blanc. Tout en lui évoquait la neige fraîche, sauf ses yeux qui semblaient venir d'un nuage rose de fin d'après-midi.

– Barbecue, approche et donne !

Le dragon obéit aussitôt. Il déploya ses immenses ailes de faucon, plana jusqu'à Emélius et lâcha une espèce de boîte qu'il tenait entre ses serres. Modelée dans un nuage gris d'automne, la boîte atterrit pile devant Emélius.

– Merci, Barbecue. Tu peux aller te promener !

Ce que le dragon fit aussitôt. En deux battements de ses ailes à la chantilly, il disparut à l'autre bout du ciel, où il s'amusa à planer, à slalomer, à descendre en piqué…

C'était davantage un coffre-fort qu'une boîte. Pour l'ouvrir, Emélius fit tourner une sorte de molette dans un sens, puis dans l'autre, jusqu'à ce que, *clic*, la porte s'entrouvre. Un petit serpent de vent s'en échappa aussitôt.

– La voilà ! gazouilla Emélius. La plus célèbre des boussoles ! La plus recherchée, aussi…

À première vue, ce n'était qu'une boussole ordinaire de couleur sombre et plus très fraîche. Exactement le genre d'article qu'on peut trouver chez n'importe quel antiquaire.

– Certains la cherchent depuis des années ; d'autres en rêvent la nuit, ou bien essaient de la voler… Elle se mérite, ajouta Emélius tout en faisant sauter la fameuse boussole d'une main à l'autre.

Tandis que la boussole pirouettait en l'air, la pipe d'Emélius cracha une multitude de formes : fleurs, étoiles, billes, points d'interrogation... En fait, Emélius réfléchissait, et sa pipe montrait simplement tout ce qui lui passait par la tête.

– Je vais vous soumettre une devinette, dit-il après cette intense réflexion. Si vous répondez juste, la boussole est à vous, et à vous la victoire. D'accord ?

– D'accord, soupira Tibotie.

Avait-il le choix ?

– Parfait ! lança gaiement Emélius. Comme je vous trouve fort sympathique, ma devinette sera facile. Voici donc une liste de cinq mots : neurone, quasar, microbiote, proton et spore. Lequel est l'intrus ? Facile, n'est-ce pas ?

Alors, pour compliquer la chose, il souffla un sablier rempli de minuscules grains de nuage.

– Vous avez moins d'une minute ! prévint-il en retournant le sablier.

Agrippé comme jamais à son cerf-volant, Tibotie se répéta chacun des cinq mots, la meilleure façon d'après lui pour trouver leur point commun. Et il trouva assez vite ! La plupart des mots lui évoquaient en effet des mondes minuscules, sauf quasar. Il ne connaissait pas sa définition exacte, mais il se souvenait de l'avoir déjà croisé dans son livre sur l'Espace. *Et l'Espace est* immense...

– Le mot intrus est : quasar ! supposa-t-il.

Aussitôt, la pipe d'Emélius cracha une fusée de feu d'artifice, laquelle s'envola puis explosa en un million de petits tourbillons blancs.

– Bravo ! Jeune homme, vous êtes le deuxième à gagner cette boussole. La dernière fois, c'était…

Il réfléchit. Tandis qu'il ouvrait un par un les tiroirs de sa vaste mémoire, il gratouilla sa barbe, l'air concentré.

– … c'était il y a dix ans, poursuivit-il. Un jeune homme poli et tout et tout. M'en souviens comme si c'était hier. J'ai certes la tête dans les nuages, mais j'ai une bonne cervelle, précisa-t-il en pouffant. Je me souviens même qu'il avait demandé un bateau.

– Un bateau ? Pourquoi vous a-t-il demandé un bateau ?

– Je fabrique des nuages, expliqua Emélius. C'est mon métier. Mes très rares visiteurs repartent toujours avec un nuage de leur choix : cadeau de la maison ! Le dernier a voulu un bateau assez solide pour voguer jusqu'à Petite Tortue, un port mal famé.

Nimbes fit exactement la même grimace en prononçant ces deux mots, Petite Tortue, que le magicien Nicholas Gazame.

– Drôle d'idée de vouloir aller là-bas, si vous voulez mon avis.

– Pourquoi donc ?

– Petite Tortue, c'était le port préféré d'un certain Tortoga.

Tibotie demeura immobile, comme pétrifié, avec cette unique pensée en tête : *Grand-père connaît* Jeux et Merveilles *puisqu'il connaît Tortoga. Il y a donc sûrement déjà joué… Si je m'attendais à ça…*

C'était difficile à croire. L'impression que toute sa vie était entourée de mensonges lui tritura les entrailles.

À mon retour – si je reviens –, on aura une petite discussion, lui et moi !

– Au cas où vous l'ignorez, poursuivit Emélius, Tortoga était une sorte de roi des pirates. Un pur concentré de Mal, tout le monde le sait. Et cette crapule avait l'habitude d'amarrer son navire à Petite Tortue. Voilà pourquoi ce port est à éviter comme la peste.

– Voguer sur un bateau-nuage, c'est possible ? s'étonna Tibotie.

– À condition de bien tresser les brins de nuage entre eux, oui, c'est possible !

Un marsouin sortit de la pipe d'Emélius et s'éloigna en trois coups de nageoires.

– Il m'avait aussi parlé d'une croisière avec son fils, poursuivit-il. D'un tour du monde en voilier qu'il rêvait de faire avec lui, plus tard…

Tibotie sauta évidemment sur l'occasion.

– Il a un prénom, son fils ?

Emélius réfléchit aussi fort que possible.

– Aucun souvenir de ça, regretta le vieil homme. Il ne me l'a certainement pas dit. Désolé.

D'un soupir, il donna vie à un chaton jouant avec une pelote de laine, puis changea de sujet.

– Et vous, votre nuage, à quoi va-t-il ressembler ?

Tibotie s'était souvent allongé dans l'herbe, les yeux au ciel, en quête de ces nuages qu'il appelait des « On dirait un… » On dirait un lapin à trois oreilles, on dirait un monstre en tutu, on dirait un chien-saucisse… Mais c'était la première fois qu'on lui demandait d'en imaginer un.

– Vous pouvez tous les faire ?

– Tous ! assura Emélius.

– Même un château fort attaqué par l'ennemi ?

– Oui.

– Même un sapin habillé de cinquante chandelles blondes ?

– Je le peux aussi.

– Et un mécanisme d'horlogerie compliqué ?

– Évidemment.

– Le visage de ce dernier visiteur ? le défia Tibotie.

Cette fois, Emélius ne répondit pas tout de suite. Avant de se prononcer catégoriquement, il chercha en lui une image correcte de ce jeune homme amoureux des bateaux.

– Sans aucun doute, finit-il par répondre.

– Vraiment ?

– Vraiment. La preuve…

Emélius se mit au travail. Il remplit ses joues de marmotte d'une interminable bouffée qu'il recracha bientôt du bout des lèvres, avec précision, petit morceau par petit morceau.

Au milieu du ciel apparurent ainsi les contours d'un visage plus blanc que la mousse du bain. Ce visage en nuage-pâte à modeler, Emélius le sculpta avec ses gros doigts pour lui donner de fines oreilles, de belles joues, un menton discret… Il souffla de nouveau et les cheveux poussèrent. Il souffla encore et un joli petit nez pointa, puis une bouche, une paire de sourcils, des pommettes… Tout y était, ou presque.

– Le plus dur dans un portrait, ce sont toujours les yeux ! avoua-t-il. *Très* difficiles à dessiner avec précision, les yeux…

Il réussit pourtant.

– Des yeux rêveurs, dit-il. Heureusement que vous avez les mêmes : ça me sert de modèle.

S'il n'y avait que les yeux ! Mais ce petit pli moqueur au coin de la bouche, le jeune garçon l'avait également. Et cette fossette au milieu de la joue, aussi. En fait, Emélius venait de dessiner Tibotie en plus vieux, et ce dernier ne savait plus quoi penser. Surprise, joie, espoir, interrogation : tout cela se mélangea dans sa caboche.

Et si… se dit-il, avec la sensation de patauger en plein brouillard.

Tibotie ne pensa pas plus loin. Certaines émotions sont si puissantes qu'on ne peut pas lutter contre. Elles vous tombent dessus et voilà, on s'évanouit. Comme Tibotie à ce moment-là. Mais en général on s'écroule directement sur le sol, ou dans les bras de quelqu'un. Pas dans un immense vide…

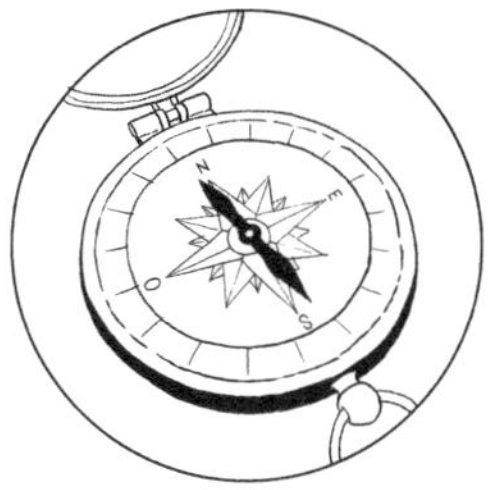

Adibao

Tibotie se réveilla dans un lit plus moelleux qu'une mousse à la banane ; si moelleux qu'il crut un instant flotter dans un rêve. Après quelques battements de paupières, ses derniers souvenirs affluèrent : le cerf-volant, Emélius, la chute dans le vide... Ensuite, le trou noir. Il en conclut qu'il était sûrement mort aplati comme une crêpe, et que le paradis ressemblait à ça : une chambre propre et confortable, parfumée au savon de Marseille. Une chambre avec vue sur la mer et, sur la table de chevet, un bout de papier plié en deux avec « À l'attention de Tibotie » écrit dessus.

On reçoit du courrier quand on est au paradis ? s'étonna-t-il en songeant que mort, il ne l'était peut-être pas tant que ça, finalement.

Il lut.

Cher Tibotie,

Tu es un drôle de garçon. Après être arrivé de je-ne-sais-où, tu commandes à mon ami Émélius un nuage en forme de visage (Émélius était d'ailleurs ravi : ça le change des habituels cœurs, lapins et poneys), et hop, une fois que tu l'as obtenu, tu tombes ! Heureusement que les nuages d'Émélius sont épais et costauds : ils ont admirablement amorti ta chute.

Je n'ai jamais vu quelqu'un dormir aussi profondément que toi. On avait beau te secouer, te chatouiller, hurler dans tes oreilles, tu restais blotti dans ton sommeil. À mon avis, tu ne t'étais pas reposé depuis longtemps. Ou alors tu faisais un bien joli rêve difficile à quitter.

Comme je ne savais rien de toi, j'ai fouillé tes poches, à la recherche d'informations. Pardonne-moi pour cette indiscrétion, mais je n'avais guère le choix. J'ai trouvé l'adresse du Hibou Ronfleur, et la clef qui va avec. C'est donc là que tu es.

J'espère que tu trouveras ce que tu cherches. Tu y arriveras, à condition d'utiliser la ruse plutôt que la force.

Alice Moïra Mary Bilbotte

P.-S. : La boussole est dans le tiroir.

La boussole !

Tibotie ouvrit ce tiroir comme si sa vie en dépendait.

À l'intérieur, une boîte. Dans cette boîte, une boussole si usée, si cabossée, qu'elle avait dû passer de mains de marin en mains de marin depuis la nuit des temps. Une boussole fort simple, en vérité. Aucun symbole étrange sur son cadran. Pas de chiffre, pas de lettre, zéro inscription. Rien d'autre qu'une aiguille rouge sang et cette consigne :

Pour réveiller cette boussole, appelle-la !
Pour l'appeler, murmure son nom.
Pour trouver son nom,
enlève le diamant, les étoiles,
et le douzième zodiaque.
PXDoaiIAdsXMiABxNsAoTXnOs.

Allongé sur le dos, la boussole dans les mains, il lut et relut tant de fois la consigne qu'il en attrapa la migraine.

– Avec beaucoup de chance et énormément d'huile de cervelle, je la décrypterai peut-être dans vingt ou trente ans ! se désola Tibotie, la cervelle en question tournant pour le moment au ralenti.

Cent fois il se demanda : *Mais quel diamant ? Quelles étoiles ?*

Cent fois il se répondit : *Je n'en sais fichtre rien !*

Plus il réfléchissait, plus il avait l'impression d'avoir du gruyère râpé dans le crâne.

– Sors faire un tour, va prendre l'air ! se conseilla-t-il au bout d'un moment.

Cinq minutes plus tard, il était dehors à s'aérer les neurones.

Les rues étaient aussi animées qu'un 31 décembre. Sous un million d'étoiles, on sortait d'un restaurant pour entrer dans une taverne. On quittait un théâtre pour la tiédeur d'un fiacre. On papotait, on riait. Ici, le marchand de sable ne passait pas souvent.

La tête dans ses pensées, Tibotie s'éloigna du *Hibou Ronfleur*. À force de déambuler d'une ruelle à l'autre, il se retrouva bientôt aux portes de la rue Pique-Noisette, le terrain de jeu de la bande de Dustic.

Dustic était un grand de douze ans, moitié teigne, moitié poison. Ses cheveux raides ressemblaient à un paillasson, ses oreilles à des tartelettes, ses yeux à des olives noires, et ses sourcils à des barres de chocolat fondu.

Sa bande, c'étaient Barlok, Crossard et Nouille, d'affreux jojos bâtis sur le même modèle. Ils avaient des neurones programmés pour faire mal, deux mains qui ne savaient que cogner, et leur gentillesse était plus maigre qu'un poil de Lilliputien. Quand ils ne cherchaient pas la bagarre, ils cherchaient à dépouiller les imprudents de passage.

L'esprit toujours ailleurs, Tibotie commit l'erreur de poser un pied dans leur royaume.

– Hé ! le morpion… l'apostropha aussitôt une voix piquante parfumée au jus d'égout.

Celle de Dustic. Dustic qui se cachait dans l'ombre d'un cul-de-sac. Qui sauta sur Tibotie, l'attrapa par le cou et l'entraîna au fin fond de l'impasse, où l'attendait sa bande. En tout, cela dura deux secondes.

– Vide tes poches et je t'épargne ! ordonna-t-il tout en jouant avec la lame d'un canif.

Tibotie voulut crier au secours. Barlok l'en dissuada.

– Si tu hurles, on te raplaplate le nez !

– On t'écraballouitte le museau ! le menaça Crossard, aussi content qu'un bourreau avant une chouette séance de torture.

– On te tire-bouchonne les oreilles ! ajouta Nouille avec un sourire sadique.

– Et ton bide, j'en fais de la pâte à pain ! l'avertit Dustic, regard noir et dents jaune citron. Comme ça !

Boum, il balança un bon gros coup de poing dans l'estomac de Tibotie, lequel se tordit de douleur, tomba raide sur le pavé et gémit. Dustic grogna de plaisir. Les autres gloussèrent.

Tom Finnot apparut.

Il avait bien mauvaise mine, bien piètre allure. Sa chemise ressemblait à un torchon après la vaisselle, et d'étranges boutons rouge, jaune, vert avaient fleuri sur son triste visage. La bouche tordue, le dos voûté, il s'approcha lentement de la bande.

– Lâchez-le, pauvres fous ! dit-il en leur faisant de la main le geste de s'écarter.

Furieux d'être traité de fou, Nouille lui sauta aussitôt dessus.

– Quoi que tu baves, l'avorton ? s'énerva-t-il en crachotant des missiles de salive. Réponds ou je t'aplatipotte le tarin !

Trempé d'une joue à l'autre, Tom eut un haut-le-corps de magnitude six.

– Si tu veux... répondit-il en se bouchant le nez. Mais par pitié, respire ailleurs !

Deux grimaces plus tard, il ajouta :

– Tu as mangé du camembert périmé récemment ?

Ce qui fit bien rigoler Tibotie. Nouille, en revanche...

– Je vais te nucléariser la face ! rugit-il, vexé, en crachouillant de plus belle.

– Excellente idée ! approuva Dustic. Et moi, je vais baffer et rebaffer la tienne, dit-il en fixant Tibotie.

Il allait le faire. Tom l'en dissuada.

– À ta place, je reculerais : ce toussoteux est encore contagieux. Je dois absolument le ramener au dispensaire.

Dustic tiqua. Il avait traîné du côté du dispensaire, une fois, et, oh ! quelles vilaines choses il avait vues là-bas : des malades, des rabougris, des handicapés, des mourants... Et cette forte odeur d'alcool à 90 °C ! Et ces râles qu'ils poussaient tous, comme s'ils agonisaient en même temps ! Dans son esprit, dispensaire et enfer, c'était un peu la même chose.

Quatre regards affolés pivotèrent vers Tibotie. Celui de Tibotie fusa vers Tom, lequel lui adressa un discret clin d'œil signifiant : joue le jeu et ça se passera bien. Résultat,

Tibotie toussa si fort que Dustic reçut une pluie de postillons sur le nez. Pris de panique, il recula de trois pas en s'astiquant le visage du revers de la manche.

On était au début du printemps, mais avant de partir, l'hiver avait fait quelques dernières victimes. Rhumes, otites, gastro-entérites, une ou deux grippes... Rien de très amusant. Tom eut donc l'idée de se faire passer, lui et Tibotie, pour des nids à microbes. À son tour, il éternua de toutes ses forces au visage de Nouille. Inondé, Nouille. Aspergé, crut-il, par une bouillie de bactéries, virus et autres bestioles de ce genre.

– Aaaargh ! fit-il en s'éloignant, en se débarbouillant, en rêvant d'une bonne douche et d'antibiotiques, comme s'il venait d'attraper en même temps la peste, la rage et le choléra.

Faut dire que Tom et Tibotie jouaient avec talent leur rôle de malades. Reniflements exagérés, toux de fumeur de cigare, grimaces taille XXL (les mêmes que font les maladroits qui se coincent les doigts dans la porte), frissons par paquets de dix...

Craignant d'être contaminé, Dustic vira aussi pâle qu'un cachet d'aspirine. Crossard se tâta le front, certain d'avoir une brusque montée de fièvre. Nouille eut la gorge qui gratte, Barlok le nez qui pique, et tout le monde un début de migraine.

– Zut, ils vont l'attraper ! s'écria Tibotie en mimant une voix catastrophée.

– Les pauvres… compatit Tom, assez bon comédien pour se fabriquer une mine désolée.

La bande à Dustic se figea de trouille. Tibotie eut du mal à ne pas rire. Voir ces quatre canailles gober toute cette mascarade, c'était trop drôle.

– Attraper *quoi* ? s'inquiéta Nouille, vert de peur.

– La rubéroreilleole, répondit un Tom inspiré, en mimant cette fois une offensive de frissons polaires.

La *rubéroreilleole*. Rien que le nom donnait mal au crâne.

– La rubéomaroille ? bégaya Crossard. C'est quoi que ce truc ?

– La nouvelle maladie à la mode, improvisa Tibotie.

– Découverte du célèbre professeur Baratin, ajouta Tom.

– Même que plus on reste exposé au microbe, plus que c'est pire ! ajouta Tibotie, une main devant sa bouche. Le plus difficile, ce sont les quatre premiers jours.

– Quarante-sept de fièvre, envie de vomir du matin au soir et un petit peu beaucoup la nuit aussi, douleurs de dingue… précisa Tom. Si vous me croyez pas, demandez donc au docteur Paussion…

… lequel habitait le quartier voisin.

– C'est lui qui nous soigne au dispensaire. D'ailleurs, faut qu'on y retourne. On n'a pas le droit d'être dehors normalement, à cause de la contagion.

Et rebelote, il éternua vers Nouille.

Tom qui toussait… Tibotie qui bavait… Ces deux-là étaient si convaincants que la bande à Dustic se carapata bientôt avec des hurlements de fillette et des douleurs imaginaires.

Au fond de la rue Pique-Noisette, on essaya de ne pas rire trop fort.

– Merci, dit Tibotie. Sans toi…

Sans lui, aucun doute : il passait un sale quart d'heure.

– Mais que fais-tu ici ? demanda-t-il tout de suite après avec une voix de gendarme. Tu me suis ?

– Je te cherchais, rectifia Tom. Retrouver ta trace n'a pas été si difficile. Un gamin porté à travers la ville par une mémère à chignon, ce n'est pas tous les jours ! Y avait plein de témoins.

– Et pourquoi as-tu des boutons partout sur la figure ?

– Ça ? fit Tom avec un sourire large comme deux. Ce n'est rien. J'ai remonté ta piste jusqu'au *Hibou Ronfleur*. Là-bas, ils m'ont dit avoir vu un moutard à grosse tignasse sortir se promener. J'ai tout de suite flairé que t'aurais des ennuis, tout seul, la nuit, à deux pas des bas-fonds…

– Ça n'explique pas les boutons.

– Au *Hibou Ronfleur*, il y a un chouette restaurant. Avant de filer, j'ai chouré une assiette. Un reste de jambon à la moutarde accompagné d'une moitié de patate et d'un fond de sauce, parfait pour colmater un creux dans l'estomac. Quand j'ai vu Dustic t'aspirer au fond de c'te ruelle, j'ai eu l'idée de plonger mes doigts dans la sauce pour me fabriquer des boutons. (Boutons qu'il gomma du plat de la main.) La bande à Dustic étant aussi bête que méchante, ça ne pouvait que réussir. À condition que tu joues le jeu. Et j'avoue que t'as été parfait.

– Merci, bredouilla Tibotie en accrochant sur sa bouille un large sourire. Mais *pourquoi* me cherches-tu ?

– N'oublie pas que j'ai une dette envers toi. Sans ton intervention, l'agent de sécurité m'envoyait au bagne.

– Ce soir, tu m'as sauvé la vie : on est quittes.

– Non, non, répondit aussitôt Tom. J'ai promis solennellement de t'aider à trouver ce que tu cherches. Une promesse est une promesse.

Tibotie se sentit tout drôle. Première fois qu'il avait un copain, un vrai. Ça lui faisait bizarre. Des petits picotements chauds chatouillèrent son estomac.

– Tu cherches toujours le magasin de cette Mme Bouledogue ?

– Bilbotte, articula Tibotie. Pas Bouledogue ! Mais je suis passé à autre chose. Ce soir, je cherche une réponse à une devinette. Sauf qu'en ce moment, ma cervelle, c'est du jus d'âne : pas moyen de trouver une solution à ce problème !

Contrairement à celle de Tom, branchée sur du deux cent vingt volts.

– Je peux t'aider, assura-t-il. Moi, j'adore barrer les problèmes. Je suis un expert dans ce domaine.

– « Barrer »... répéta Tibotie dont le « jus d'âne » se remit en marche à pleine puissance.

Et soudain, le miracle. Vers minuit (l'heure où les carrosses redeviennent citrouilles, où tout est possible), une ampoule assez puissante pour éclairer tout un stade s'alluma soudain au-dessus de sa caboche : il venait enfin de comprendre.

– J'ai trouvé ! annonça-t-il. Grâce à toi !

Il galopa jusqu'à son hôtel comme s'il était poursuivi par un loup-garou, deux ogres et trois vampires. Tom le suivit.

Quand il vit la chambre de Tibotie (le lit moelleux, la moquette épaisse, la salle de bains au fond, la bouteille de limonade et les gâteaux secs sur la table), il soupira de bonheur. *Ce soir, ma misérable vie prend enfin des petites vacances*, songea-t-il.

Tandis qu'il s'émerveillait d'être ici, Tibotie relut attentivement la devinette.

Pour trouver son nom,
enlève le diamant, les étoiles,
et le douzième zodiaque.
PXDoaiIAdsXMiABxNsAoTXnOs.

– Le douzième zodiaque, je le connais bien, c'est le signe des poissons !

Armé d'un crayon, il recopia la longue liste de lettres puis gomma celles qui forment le mot poissons. Il restait alors ceci : XDaIAdXMiABxNATXO.

– Pas possible que ce soit si simple ! jubila-t-il, les sourcils en arc de cercle au-dessus de ses petits yeux brillants.

Il faisait souvent la même tête, en classe, devant un problème de mathématiques qui lui semblait tellement obscur au début, et si simple quand le professeur, M. Pognal, apportait la solution.

– Puis ôter le diamant…

Il restait alors cela : XadX*i*BxAXO.

Il barra en dernier les X symbolisant les étoiles.

ad*i*BAO

– Adibao, lut-il pour lui tout seul.

Ces quatre mystérieuses syllabes, chuchotées du bout des lèvres, réveillèrent la boussole.

– C'est quoi, c't'antiquité ? demanda Tom avec pas mal de moquerie entre les syllabes.

– Un joujou qu'on ne trouve que chez Mme Bilbotte. Une boussole censée m'aider comme aucune autre…

Une boussole longtemps endormie, mais dont l'aiguille sursauta soudain. Dans son frisson, elle dispersa une giclée d'étincelles, les mêmes qui avaient jailli de la serrure du coffre.

– Ben ça alors ! s'exclama Tom.

Quand les étincelles eurent fini de grésiller, Tibotie susurra à l'oreille de la boussole :

– S'il te plaît Adibao, montre-moi le chemin vers le *Reine de Trèfle* !

L'aiguille frétilla alors de droite à gauche et de gauche à droite, l'air de chercher son chemin. Quand elle cessa de se trémousser, elle indiqua du bout de sa flèche un point à l'horizon et ne bougea plus.

La teigne et bardabuke

Tom considéra longuement ce point à l'horizon, et Tibotie considéra longuement la boussole.

– Elle n'est pas censée indiquer le nord ? demanda le premier, en croquant goulûment trois gâteaux secs.

– Elle indique ce que je lui demande d'indiquer, répliqua le second. Comme ça…

Tibotie approcha de nouveau la boussole de sa bouche pour lui chuchoter quelques mots. Prudent, il préférait garder son mode d'emploi secret. *Tant que Tom ignore comment la faire fonctionner, il ne sera pas tenté de la voler !*

Quand il eut fini, Adibao désigna Tom sans aucune hésitation.

– Tu lui as demandé qui était le plus beau ? supposa celui-ci avec un sourire canaille.

– Je lui ai surtout demandé qui était le plus voleur ! répliqua Tibotie.

– Oups, fit Tom, la bouteille de limonade à la main. On ne peut donc rien lui cacher, pas vrai ?

– Je l'espère.

Pas moins curieux qu'un autre, Tom voulut à son tour mettre la boussole à l'épreuve.

– Chère boussole adorée, commença-t-il d'une voix onctueuse (après une bonne rasade de limonade), c'est ton gentil Tom qui te parle. Ma mignonne, continua-t-il en faisant des manières, montre-moi le chemin de la fortune, que ce serait fort aimable de ta part.

Insensible aux flatteries d'un kilomètre de long, l'aiguille ne bougea pas d'un millimètre.

– Elle a son petit caractère, conclut Tibotie.

Tom approuva d'un mouvement de tête, mâchouilla encore quelques gâteaux puis se jeta sur le lit en bâillant comme un hippopotame. Cinq minutes plus tard, les paupières aussi lourdes que des ancres d'une tonne, il s'endormit.

Depuis sa visite à Emélius Nimbes, Tibotie avait suffisamment dormi pour les trois prochains jours. Il profita des ronflements de Tom pour interroger une nouvelle fois la boussole. Il avait une question essentielle à lui poser. Une question qui lui brûlait les lèvres depuis tout à l'heure. Il serra donc Adibao contre lui puis s'éloigna sur la pointe des petons. Arrivé devant la porte, il l'ouvrit doucement et sortit en coup de vent, sans faire une miette de bruit.

Dans le couloir, personne. Tout l'hôtel ronflait.

– Adibao, chuchota Tibotie à quelques centimètres de la boîte, montre-moi où se trouve le *Reine de Trèfle*.

Tandis que Tom bavait tranquillement sur un oreiller, l'aiguille tournoya plusieurs fois, très vite, avant d'indiquer le bout du couloir. Tibotie s'y rendit en trois bonds. Là, l'aiguille tremblota de nouveau ; elle fit un quart de tour vers la gauche, c'est-à-dire vers le bas de l'escalier. Tibotie dévala sans hésitation les marches. Le cœur battant, il passa devant la réception de l'hôtel, où un homme gras comme un cochon le regarda passer avec des yeux de hibou. Tibotie, quant à lui, ne regardait que le cadran de sa boussole. L'aiguille remuait sans cesse, l'obligeant à quitter *Le Hibou Ronfleur*, puis à traverser la rue, à en prendre une autre, à emprunter un vieux pont, à longer ensuite une enfilade d'échoppes, après quoi il fallut passer par la place du marché avant de tourner à gauche, direction la rue Aubaine-et-Périls. Sous un large rayon de lune, l'aiguille pivota une dernière fois pour indiquer l'entrée de *La Chopine Barbue*, une auberge située au *35*, impasse Échec-et-Mat. Après quoi la boussole décida de s'accorder un peu de repos.

– Une… gargote ! s'étonna Tibotie.

Mais la surprise céda vite la place à la curiosité. Qu'allait-il trouver derrière la porte de cet établissement ?

– Un bon repas, j'espère ! se dit-il car son estomac émit un *kreuk* terrible : le même que fait celui de l'ogre quand il n'a pas croqué d'enfants depuis au moins deux jours.

Cela ressemblait à une violente secousse sismique dans le ventre, avec la sensation d'avoir un gouffre derrière le nombril ; un gouffre assez large pour accueillir une douzaine de côtelettes accompagnées d'une brouette de pommes de terre au beurre.

Affamé, il entra.

La Chopine Barbue était ce genre d'auberge en grosses pierres où les clients pouvaient boire des bières couvertes de mousse, manger des grillades, jouer aux cartes, fumer la pipe et refaire le monde. Et se réchauffer près de la cheminée, où une grande flamme dansait sur une bûche dodue.

Tibotie se précipita vers la dernière table disponible, une planche clouée à un vieux tonneau, quelque part dans un coin.

À sa gauche, des hommes au regard mauvais jouaient au poker. À sa droite, dans un carré d'obscurité, deux drôles de lascars observaient la salle avec attention.

Des pirates ? songea Tibotie.

Oui, des pirates. Ça se voyait comme un nez crochu au milieu d'une trogne de sorcière. Ils avaient les cheveux longs et gras, les joues pas lavées depuis le dernier orage, une bouche dans laquelle manquaient une dent sur trois et des fripes grignotées par le vent et le sel.

Ces faces de forbans chuchotaient des choses qui semblaient passionnantes. Après avoir commandé de la limonade, du poulet au curry, des patates et une averse de sauce, Tibotie ne put s'empêcher de les écouter.

– Y devrait déjà être là ! s'énerva celui qui portait une pièce de huit en guise de boucle d'oreille.

Histoire de mettre sa colère en veilleuse, il vida d'un trait sa timbale de rhum. Pas n'importe quel rhum : la cuvée spéciale Long John Silver ! Un rhum préparé dans les chaudrons de l'enfer, avec un arrière-goût de poudre à canon qui explosait sur la langue. Après cette longue gorgée, ses yeux de requin rougeoyèrent pendant une seconde.

– Ton bonhomme, il a p't'être pigé l'arnaque… supposa l'autre, un affreux avec autant de cicatrices sur le visage que de rayures sur le dos d'un zèbre.

Ce drôle de zigoto, il a souvent dû se battre… supposa Tibotie en le guettant du coin de l'œil.

– Pigé, mes fesses ! rota le premier, ses moustaches imbibées d'alcool. J'ai été doux comme un agneau quand il a posé ce tas de questions sur l'île. J'ai fait ç'ui qui se doute de rien, mais crois-y moi : c't'homme quête le trésor et il a de bonnes cartes en main, le saligaud !

Là-dessus, il gronda si fort que la chandelle devant lui vacilla.

– À mon avis, Bardabuke, ce pétochard, a pas voulu prendre le large au dernier moment. Enfoncé dans ses beaux habits de la haute, l'avait une tête à dégobiller au premier coup de vent !

– Dommage, La Teigne ! On perd une belle occasion de se remplir les fouilles…

Voilà comment ces deux-là opéraient d'habitude. Après avoir repéré un pauvre bougre assoiffé de richesses ou d'aventure, ils lui promettaient de trouver l'un ou l'autre non loin d'ici, sur une île choisie pour sa discrétion : là-bas, ils pouvaient zigouiller puis dépouiller n'importe qui sans être dérangés. Technique de pirates habituelle. Sauf que rien ne s'était passé comme prévu avec l'homme qu'ils attendaient. D'abord, c'est lui qui avait repéré le nommé Bardabuke, pas l'inverse. Et c'est lui qui avait mené la conversation, pas l'inverse. Lui encore qui avait l'air de rien glané des informations, des confidences...

– Dommage, Bardabuke... ronfla toutefois l'autre crapule. Ton bonhomme avait l'air juteux.

– Ouais. Juteux comme une poire ! Maintenant, c'est nous les poires...

– Écoute, Bardabuke, soupira le balafré. T'es t'y bien sûr que t'as pas fait ta tête d'assassin à un moment ? Parce que c'te tête-là, camarade, elle donne point envie de te redonner rendez-vous !

– Même pas pour mes beaux yeux de biche ? plaisanta le Bardabuke en question, en poussant un rire très gras et tout rouillé.

La Teigne l'imita. Ils trinquèrent et, hop, avalèrent cul sec une nouvelle chope. Leurs quatre mauvais yeux s'allumèrent un instant dans l'obscurité, puis la conversation reprit de plus belle.

– Alors, cette tête de coupeur de gorge ? insista La Teigne. Tu l'as faite, hein ?

– Que non, je te dis ! Quand s'agit de filouter, je suis sérieux comme le gouverneur de la prison de Cap Coast.

– Mais alors, t'as bavé *quoi* en sa présence ?

– J'ai balancé rien que de la vérité, camarade ! De l'authentique ! Du cent pour cent vrai ! Que pour trouver c't'île de malheur et son trésor, faut la carte *et* une boussole spéciale.

Une boussole spéciale ? songea Tibotie entre deux pommes de terre qu'il faillit avaler de travers.

– Que la carte, c'est bon, on l'a, continua Bardabuke, mais pas la boussole.

– Saleté de boussole ! pesta La Teigne, en repensant au cambriolage raté du *Coffre à Jouets d'Alice.*

– Et que l'un sans l'autre, autant rester à quai. Le gentleman, il avait point l'air surpris d'entendre ce que je glosais. Comme s'il savait déjà tout sur la marche à suivre. « Ça peut s'arranger ! » que ce monseigneur m'a même répondu dans son beau costume blanc. Puis y m'a donné rendez-vous ici et maintenant, et il a filé dans son tacot qu'on dirait un tas de ferraille ensorcelé.

En reconnaissant l'allure et la voiture du professeur Rowling, Tibotie laissa échapper un drôle de sifflement, comme un pneu qui se dégonfle.

Rowling… rendez-vous… Bardabuke…

Il avait du mal à y croire.

Il suivait sûrement une piste… supposa-t-il en mastiquant de bon cœur un grand morceau de viande roulé dans une flaque de sauce.

– À mon humble avis de loup des mers, il a vu clair dans ton jeu ! renifla entre-temps La Teigne.

– Dire qu'il avait peut-être la boussole sur lui… regretta Bardabuke. J'aurais dû le saigner quand c'était encore possible ! À c't'heure, on serait déjà en chemin.

– Trop tard pour se lamenter, philosopha son compère.

– Sans c'te boussole, autant me reconvertir paysan ! fulmina Bardabuke. C'te maudite île est si bien cachée que même Tortoga s'est cassé les yeux à la chercher.

Là, Tibotie faillit recracher son poulet.

Ils connaissent Tortoga ? Pour de vrai ?

Voilà qui devenait captivant.

Assommé par la surprise, Tibotie émit un nouveau bruit, un mélange de « Whoua ! » et de « Rhooo… »

– À propos d'yeux, grogna La Teigne, le patron va arracher les nôtres si on revient sans la boussole. On la lui avait promise…

Et là, sans réfléchir, Tibotie fit la dernière chose dont il se serait cru capable : s'inviter dans la conversation. Deux raisons à cela. D'abord, il ne voulait pas gâcher une chance de rencontrer le fameux Rudyard Tortoga. Ensuite, il voulait voir où menait cette piste suivie par le professeur. Après tout, la boussole ne l'avait certainement pas conduit ici par hasard.

– M'sieur Rowling a eu un contretemps, lança-t-il peu après en faisant des efforts olympiques pour empêcher sa voix de trembler.

La Teigne se figea. Bardabuke écuma.

– Quoi qu'il dit, le moucheron ? gronda le premier

tandis que l'autre retroussait la lèvre supérieure, dévoilant ainsi une canine un peu noire.

Tibotie respira un grand coup.

– Le « moucheron » vient de la part du professeur Rowling, mentit Tibotie avec la désagréable impression d'être un poisson rouge parmi les piranhas. Il m'a demandé de vous espionner, improvisa-t-il, joues rouges et gorge sèche, mais sèche ! pour voir si vous êtes dignes de confiance. Le professeur ne tient pas à se lancer dans une aventure avec une bande de rigolos.

– Quoi ? rugit soudain La Teigne.

Les dents serrées de rage, il tapa la table du poing. Fort. Si fort que les timbales tressautèrent, et que la langue d'or de la bougie vacilla. Bardabuke dégaina une grande lame cachée dans sa botte.

– Manque-z'y-nous encore de courtoisie et je te coupe le nez devant tout ce beau monde !

Il l'aurait fait sans problème.

– Maintenant, demande excuse ou je cloue tes oreilles sur c'te table ! ordonna La Teigne.

C'était étrange. De toute sa vie, Tibotie n'avait jamais tenu tête à un adulte. Il se serait évanoui trois fois plutôt que de s'opposer à son grand-père ou à un professeur. Et voilà que, par le plus extraordinaire des miracles, il se sentit d'humeur taquine devant cette paire de pirates sans foi ni loi. Au lieu de se ratatiner de peur, il en rajouta une louche :

– Le professeur avait raison : vous êtes aussi bienveillants que le virus de la peste !

– Comment ? rugit Bardabuke, un gros filet de bave au bord des babines. Nous, pires que la peste ?

Il regarda La Teigne. La Teigne le regarda. Un fou rire s'empara d'eux.

– C'est la vérité vraie, dit l'un.

– C't'un bien joli compliment pour une vieille peau de pirate comme moi, reconnut l'autre.

Flattés, ils invitèrent Tibotie à leur table « pour parler affaires ».

– Un godet ? proposa d'abord La Teigne.

Vu que le jus dans ce godet sentait à la fois l'ail, la moutarde, le piment et le vinaigre, Tibotie préféra s'abstenir.

– Il est où, le... prossefeur ? demanda Bardabuke.

– Professeur, corrigea Tibotie. Pas loin. Il garde un œil sur nous. Il ne veut prendre aucun risque : trouver la boussole n'a pas été une partie de plaisir. Pas question de faire voile avec n'importe qui !

– C'est plein de bon sens ce que tu dis là, moussaillon ! admit La Teigne en glissant des regards discrets aux quatre coins de la pièce, des fois que.

Mais il ne vit pas l'ombre d'un professeur Rowling. Il en déduisit que soit le moutard mentait, soit Rowling était un as du déguisement.

– Alors, quoi que tu nous proposes ? poursuivit Bardabuke.

Tibotie répondit par une question :

– La carte dont vous parliez tout à l'heure, c'est du bluff ?

– C'te chienne de carte, Tortoga l'a chopée y a de ça peut-être dix ans ! répondit illico Bardabuke. Par mes tripes, je l'ai vue de mes prunelles. Je le jure sur toutes les belles jambes que j'ai coupées !

Pour sceller sa promesse, il cracha au sol un truc qui ressemblait à du jus d'ortie mélangé à du jaune d'œuf.

– Puisque ça t'intéresse tant, écoute cette histoire... proposa La Teigne en rapprochant sa vilaine trogne du halo de la bougie.

Tibotie ouvrit grand les oreilles.

– Quand le dieu des océans a créé la première île, conta le pirate, il trouva le résultat si réussi qu'il lui donna des milliers de sœurs dispersées sur toutes les eaux du monde.

– Voilà pourquoi y a autant d'îles sur le globe que d'étoiles dans la Voie lactée, précisa Bardabuke entre deux gros rots de poivrot.

– Mais aucune n'était aussi belle que le modèle original. Un vrai paradis, à ce qu'il paraît ! Avec des arbres pleins de gros fruits juteux, des cascades de la plus belle eau, des parfums capables de faire tourner la tête au plus rustre des gaillards ! Un paradis, gamin ! Un endroit si beau et si parfait que le dieu des vagues et des poissons a fait deux choses pour la protéger des hommes. D'abord, il a caché cette île au milieu des pires flots, avec des crêtes d'écume plus hautes qu'un grand mât à ce qu'on dit ! Impossible de la trouver sans *la* boussole. Mais au cas où des p'tits malins dans notre genre la dégoteraient quand même, il a ensuite truffé c't'île d'un tas de pièges et d'épreuves…

Il est rare qu'un pirate soit pris de frissons. Quand le solide Bardabuke énuméra quelques-uns des dangers de l'île, une violente chair de poule galopa sur son vieux cuir de flibustier.

– Il y a les lianes ensorcelées, les fleurs sarbacanes, les averses qui durent mille jours et mille nuits…

… et Tibotie reconnut l'île de Jouvence si souvent évoquée par son grand-père.

Une île qu'il a certainement déjà visitée…

Une mini tornade souffla dans sa tête et mit ses pensées sens dessus dessous.

– Par mes chicots, y a que nous autres, pirates fous et courageux, pour oser combattre les pires flots entre ici et Jouvence ! se vanta Bardabuke.

– Et la Rubis est sur cette île ? demanda Tibotie surexcité. Pour de vrai ?

– Sans l'ombre d'un doute, mon coco ! À c't'heure, elle peut pas être ailleurs que là-bas, vu que notre Tortoga a mené son enquête, retourné chaque grain de sable sur cette terre, et qu'y avait rien d'ssous. Sur mon âme de vieux bourlingueur, cette maudite île, c'est l'écrin qui protège le trésor des trésors !

– Dommage qu'elle soit si timide…

– Mais avec la bonne boussole, notre *Reine de Trèfle* l'accostera un jour ou l'autre, tu verras !

Une légère décharge électrique traversa Tibotie.

Le Reine de Trèfle *est un… navire !* pensa-t-il avec la sensation d'avoir un kangourou bondissant à la place du cœur.

– Ça va, gamin ? demanda La Teigne. T'as l'air d'avoir gobé la timbale de trop !

– Ça va, affirma Tibotie avec un sourire en forme de banane molle.

Ce qui n'était qu'à moitié vrai. Dans son crâne, l'écho d'une voix lointaine se réveilla. Elle disait :

« Cherchez le *Reine de Trèfle* et vous me trouverez. »

« Aidez-moi ! »

« Pitié ! »

À partir de là, il n'eut plus qu'une seule idée en tête : monter à bord de l'énigmatique navire, et découvrir qui était l'auteur de ces messages. Pour cela, une seule solution : *Je* dois *intégrer l'équipage !*

Lui qui avait si souvent rêvé de bateaux aux voiles gonflées par le vent de l'aventure, voilà une occasion à ne pas perdre. Pour se faire engager, il réfléchit à la vitesse d'un météore.

Si nous pouvions observer ses pensées au microscope, celles-ci ressembleraient aux milliers de pièces d'un grand puzzle qui chercheraient où se placer. Des pièces plus remuantes qu'une tripotée de poussins de basse-cour ! Quand elles s'assemblèrent enfin, cela dessina une espèce de plan d'action. « La ruse plutôt que la force… » lui avait conseillé Alice Bilbotte. Un conseil que Tibotie avait l'intention de suivre.

– Dans ce cas, voilà ce que je vous propose, murmura-t-il dans la lueur discrète de la chandelle en fin de vie. Écoutez bien…

Pleins de rhum et d'espoir, La Teigne et Bardabuke étaient repartis en titubant sous les étoiles. Ils n'étaient pas les seuls à chavirer dans cette ruelle d'ivrognes. À droite, un soûlard était adossé à un réverbère, sa bouteille vide à la main. À gauche, un sac à vin zigzaguait en braillant un chant marin. Entre les deux, des silhouettes tapies dans l'ombre guettaient l'imprudent à dépouiller. Cela n'empêchait pas La Teigne de chanter au clair de lune avec sa voix de casserole :

On était trois pour la Jouvence,
Yo Ho Ho ! et une bouteille de rhum !

Derrière lui, Bardabuke trébuchait tous les cinq pas. Et ça riait ! Et ça jurait ! Des chats de gouttière miaulèrent à leur passage. Des rats détalèrent.

Tibotie regarda ces deux pochtrons partir depuis une fenêtre de l'hôtel.

Pourvu qu'ils tiennent parole, se dit-il.

Ils avaient promis de revenir le lendemain à la même heure pour le conduire jusqu'à la tanière de Tortoga.

– J'apporte la boussole et vous m'emmenez avec vous ! leur avait-il proposé en songeant qu'après tout il n'avait rien à perdre à tenter le coup.

– Et pourquoi que tu désires tant notre compagnie ? s'était méfié La Teigne. Nous autres, on n'a pas vraiment des manières de nounou !

– Euh… Je *rêve* de naviguer à bord d'un navire pirate, avait répondu Tibotie en y mettant toute la conviction possible. Et de voir l'île de Jouvence. Juste la voir.

– Pas de part du butin ? s'était étonné La Teigne, qui n'aurait cédé la sienne pour rien au monde. Es-tu fou ou débile, l'asticot ?

– Il est les deux, avait plaisanté Bardabuke. Faut avoir la cervelle moisie pour renoncer à une portion de bel or !

– J'y renonce pas, avait précisé Tibotie. Si on me donne une pépite ou deux, je les prendrai sans problème, mais ce que je veux surtout, c'est 1°) faire une vraie traversée à bord d'un beau voilier qui ne craint rien, et 2°) accoster une île légendaire une fois dans ma vie, et pouvoir m'en vanter.

Cela, les pirates pouvaient le comprendre.

– Et ton m'sieur Rowling, y vient aussi ?

– Je viendrai seul, avait répliqué Tibotie en les regardant droit dans leurs yeux rouges. Pour vous, ça ne change rien, du moment que je rapporte la boussole. Alors, marché conclu ?

Bardabuke n'y voyait aucune objection. *Rien à craindre de cette crevette !*

– Mais faut d'abord qu'on en parle au patron, avait prudemment répondu La Teigne. S'il est d'accord, on t'embarque demain. Sois prêt à partir moussaillon, sinon…

Sous-entendu : n'oublie surtout pas la boussole, gamin ! Si tu l'oublies, on te ficellera sur une planche qu'on larguera au milieu du Pacifique, dans la piscine aux requins, vu ?

Message reçu.

Bonjour, madame Fizziwizz

Quand Tibotie retrouva sa chambre au *Hibou Ronfleur*, Tom n'était plus là. Envolé. À part la limonade et les gâteaux, il n'avait rien emporté.

Quel drôle d'oiseau, celui-là ! Incapable de tenir en place. Mais les oiseaux reviennent toujours…

La soirée avait été drôlement riche en émotions. Fourbu de partout, Tibotie s'étira comme un gros chat, se laissa tomber sur le lit, ferma les yeux…

… et ne les rouvrit que le lendemain matin, quand un rayon de soleil lui lécha le visage.

Dix minutes plus tard, il était en bas, dans la grande salle de l'hôtel, assis devant un bol de café au lait, des tartines à la confiture et un exemplaire du *Quotidien de Riqueberg*, un journal passionnant. On y parlait par exemple de l'ouverture prochaine d'un zoo pour animaux fabuleux, de la cent soixante-quinzième course de drakkars, de l'inauguration d'une exposition d'objets magiques, et de la mise en vente du *Vent de Phileas*, une montgolfière conçue pour les très longs voyages.

En tournant les pages, Tibotie remarqua une ressemblance entre le papier de ce journal et celui des petits messages qu'il recevait. Même texture. Même couleur. Même… odeur.

Si j'étais enquêteur, je conclurais que l'auteur des messages habite dans le coin.

Il se plongea ensuite dans un grand article relatant les abominations du capitaine Tortoga. *Partout où il passe, il ne laisse derrière lui que malheur et désolation*, écrivait le journaliste, avant d'ajouter plus loin: *Espérons que les rumeurs concernant son prochain retour sont infondées. En effet, après dix ans d'absence, dix ans de paix, personne ne souhaite croiser à nouveau ses dents pointues. Toutefois, nombreux sont les marins à prétendre que Tortoga est sur la piste de la Rubis. Une piste sérieuse, selon une source proche de la piraterie. Une chose est sûre: si Tortoga met un jour la main dessus, il deviendrait le plus puissant pirate ayant jamais existé. Souhaitons n'avoir jamais à subir son règne…*

Tibotie reposa sa tartine. Cet article lui avait coupé l'appétit. Une question le turlupinait: comment monter à bord du *Reine de Trèfle* avec la boussole (seule façon pour lui de retrouver l'auteur des messages) sans toutefois aider Tortoga?

Plutôt manger une assiette de boudins noirs que de l'aider!

La seule pensée de manger du boudin noir lui donnait envie de vomir. Celle d'aider Tortoga à devenir tout-puissant, aussi. Tout seul devant son café froid, il réfléchit.

– Et si je fabriquais une fausse boussole? se demanda-t-il avant de se répondre aussitôt: Non, mauvaise idée. Ça se verra tout de suite qu'elle est fausse.

Il lui fallait donc trouver une autre astuce. À force de se presser les méninges, il entrevit une solution.

– Admettons que j'arrive à convaincre Tortoga que je suis le seul à pouvoir utiliser la boussole. Admettons aussi qu'il m'oblige à m'en servir pour débusquer la Rubis. Et si je m'arrangeais pour le conduire tout droit vers une Rubis complètement bidon? Une Rubis que j'aurais fabriquée...

C'était une idée folle. Une idée DANGEREUSE. Mais, oh! comme cette idée lui plaisait. De toute façon, il n'en voyait pas d'autre.

– Il va me falloir faire quelques emplettes, se dit-il, plein d'espoir.

Il aurait en effet besoin de matériel. Pas grand-chose, juste de quoi mettre son plan à exécution. Entre deux coups de canines dans ses tartines (l'appétit était revenu), il fit une liste. Pour jouer un bon tour à Tortoga et toute sa clique, il lui faudrait:

❍ une enveloppe rouge
❍ du papier parchemin
❍ un pinceau

❍ de l'encre et un porte-plume

❍ deux fioles en verre avec un bouchon en liège.

Pour être sûr de ne rien oublier, il ferma les yeux et projeta sur l'écran noir de ses paupières le film de son plan. Apparemment, il ne manquait rien.

Je trouverai sûrement ça dans une sorte de magasin général…

Dans les livres qu'il lisait, dans les films qu'il regardait, on trouvait toujours de tout dans un magasin général, bonbons, pelles, tissus…

Aussitôt dit, aussitôt parti. Il quitta *Le Hibou Ronfleur* au pas de course, direction la première boutique que le destin mettrait sur sa route.

Mais par où aller ? Il y avait partout des ruelles colorées qui montaient, qui descendaient, qui vous emmenaient à gauche comme à droite vers des auberges, des échoppes, des jardins. N'ayant guère de temps à perdre, Tibotie demanda son chemin non pas à la boussole mais à une dame élégante, toute de lavande vêtue.

– Le magasin que vous cherchez se trouve à deux rues d'ici, le renseigna la dame. Allée du Grand-Bazar, numéro *39*…

La dame partit ensuite d'un côté, Tibotie de l'autre.

Il en profita pour contempler le spectacle de la rue, laquelle baignait de si bon matin dans une belle lumière mandarine. Un allumeur de réverbères tapotait son échelle contre une façade en pierre, et de l'échelle tombaient quelques filaments de clarté. Un fiacre glissait devant les commerces: *Le Chat Bien Botté* (un marchand de chaussures), *Que vous avez de grands yeux* (un opticien), *Aux Trois Petits Cochons* (un charcutier). Un vélo se promenait en faisant tinter sa sonnette. Une vendeuse de pommes d'amour s'écriait: « Trois sous la sucrerie ! Trois sous ! »

Dix réverbères plus loin, Tibotie accosta une curieuse maison à trois étages qui penchait d'un côté, prête à tomber à la première bourrasque. *Les Mille Tiroirs*, clamait l'enseigne au-dessus de la porte, laquelle couinait dès qu'un client entrait ou sortait. Tibotie la fit grincer une fois de plus.

– Bienvenue ! l'accueillit une dame ficelée dans un tablier bleu-gris assorti à ses yeux (bleus) et à ses cheveux (gris). Demandez ce que vous voulez et vous l'aurez, telle est ma devise.

Mme Fizziwizz – c'était son nom – vendait en effet de tout dans son épicerie-boulangerie-mercerie-tabac-confiserie: des clous de trois centimètres et demi, de la confiture de pêche avec des amandes dedans, de l'encre violette, des bonbons qui changent de goût tous les dix coups de langue, des feux de Bengale qui crépitent en chansons, des crayons en bois de rose, du thé à la banane, des miroirs qui font la peau belle, des violons sans fausses notes, des bougies tempête, des écharpes en laine d'Écosse, des bulbes de tulipes bariolées, de tout. Mme Fizziwizz vendait *de tout*.

Elle rangeait sa marchandise dans plus ou moins mille tiroirs, casiers, placards, bocaux, cartons, boîtes, étagères, écrins et autres bonbonnières, d'où l'enseigne.

– Bonjour, madame, articula Tibotie en lui tendant sa liste. J'ai besoin de ça, s'il vous plaît !

Mme Fizziwizz essuya ses mains sur le tablier, prit la feuille, rajusta ses petites lunettes rondes et lut.

– J'ai ! dit-elle en parlant du papier parchemin. J'ai aussi, gazouilla-t-elle en parlant du pinceau. Et ça aussi, ajouta-t-elle en parlant, cette fois, de l'encre et des fioles.

Tandis qu'elle contemplait la liste, une jeune voix apostropha Tibotie.

– Toi, tu viens de *là-bas*, dit-elle avec bonne humeur. Je le vois.

Après un rapide quart de tour, Tibotie tomba sur une grosse paire de lunettes. (À vrai dire, ça ressemblait plus à des loupes qu'à des lunettes.) Et derrière ces lunettes, une petite fille aux yeux énormes le regardait fixement. Elle avait peut-être six ou sept ans, pas plus, son regard, lui, était celui d'une grande personne.

– C'est comment *là-bas* ? demanda-t-elle, à peu près aussi timide qu'un char d'assaut.

– Carole-Anne, laisse le jeune homme tranquille ! gronda Mme Fizziwizz.

– Mais, grand-mère ! rouspéta la fillette en trépignant de colère.

Les deux couettes plantées sur sa tête gigotèrent comme des oreilles de lapin.

– Ce garçon n'a peut-être pas envie de savoir ce qui l'attend ! chuchota (très fort) Mme Fizziwizz.

– Si, il le veut ! décréta la fillette, sûre d'elle, en observant intensément Tibotie, comme si elle regardait à l'intérieur de son crâne. Il aimerait savoir s'il le trouvera.

– Trouver quoi ? soupira sa grand-mère. La sortie pour s'éloigner très vite d'une voyante haute comme six pommes ?

– Bien sûr que non ! rectifia la gamine. Il se demande s'il trouvera celui qu'il vient chercher. J'ai pas raison ? ajouta-t-elle, ses lunettes tournées vers Tibotie.

– Euh… oui, bredouilla celui-ci, un peu mal à l'aise. Et alors ? dit-il ensuite, sous-entendu : vais-je le retrouver ?

– Peut-être que oui, peut-être que non ! gazouilla la fillette.

– Carole-Anne, arrête de faire languir le jeune homme ! la réprimanda sa grand-mère. Si tu sais quelque chose, dis-le-lui ou alors va-t'en jouer ailleurs !

– Pas envie d'aller ailleurs, mamie.

– Dans ce cas, tais-toi cinq minutes, merci.

Aussi vive qu'un écureuil, Mme Fizziwizz bondit ensuite sur son escabeau derrière le comptoir, ouvrit le troisième tiroir en haut à gauche et fouilla dedans.

– Martre ou vison ? demanda-t-elle.

– Pardon ? baragouina Tibotie. Vous dites ?

– Le pinceau, en poils de martre ou de vison ?

– Le moins cher, s'il vous plaît.

– Alors ce sera en poils de sanglier. Ça ira ?

– Ce sera parfait. Merci.

La vendeuse descendit ensuite deux marches.

– Quelle couleur, l'encre ? J'ai noir « cul de chaudron », vert « pomme Golden », marron « café-au-lait », violet « bouquet de lavande », et de l'encre rampante.

– De l'encre rampante ? s'exclama Tibotie avec curiosité.

– C'est une encre très particulière. En raison de son pouvoir, elle coûte extrêmement chère. Peu de clients peuvent se l'offrir.

– Quel pouvoir? demanda un Tibotie de plus en plus intrigué.

– Celui de capturer l'esprit de quelqu'un, lui répondit-elle. Les mots dessinés par cette encre peuvent contrôler celui qui les lit. Par exemple, admettons que j'écrive : « Embrasse une chèvre » à l'encre rampante, et que je t'envoie ce message. Eh bien, ces trois mots vont ramper jusqu'à toi, rentrer en toi, et bientôt tu n'auras plus qu'une idée fixe : embrasser une chèvre. Maintenant, admettons que j'écrive : «Jette-toi du haut d'une falaise », ou : « Tue Untel ! » Tu imagines les dégâts, mon garçon ? Vraiment très dangereuse, cette encre…

Tibotie en savait quelque chose.

– Heureusement que je n'en vends jamais, ajouta-t-elle, ce qui était faux. Elle avait vendu de l'encre rampante au moins une fois, et Tibotie voulut savoir à qui.

Tandis qu'il cherchait comment formuler sa question, Carole-Anne le prit de court.

– Mamie, ne lui raconte pas des carabistouilles : il sait que quelqu'un t'en a acheté. Il veut savoir qui.

Mme Fizziwizz se racla la gorge, un peu gênée, un peu mal à l'aise.

– Je sais que... que je n'aurais pas dû lui en vendre, bredouilla-t-elle, mais il a tellement insisté...

– Qui ? Mais qui donc ?

– Un garçon, répondit Carole-Anne.

– Un apprenti pirate, précisa immédiatement sa grand-mère. Un maudit garnement parfumé à la chasse au trésor.

– Et vous lui en avez vendu ? demanda Tibotie. Je veux dire : il a pu payer cette encre ?

– Je n'ai jamais vu un mousse avec tellement d'or dans ses poches, regretta la vendeuse. De l'or, et des pistolets chargés. J'ai bien été obligée de lui en vendre. Il a dit que, si je refusais, il faisait sauter la tête de la petite.

– Vous savez comment il s'appelle ? D'où il vient ? De quel bateau ?

– Aucune idée, et je ne veux pas le savoir. Ah ! soupira-t-elle ensuite. J'aurais préféré mille fois lui vendre de l'encre surprise, à ce zigoto.

De l'encre surprise ?

– Ainsi appelée car elle change régulièrement de couleur, expliqua Mme Fizziwizz. Admettons qu'elle soit jaune poussin au début, elle peut devenir par exemple mauve trois jours après, rose bonbon une semaine plus tard, mandarine au bout d'un mois. On ne sait jamais à l'avance, avec l'encre surprise.

– Cette encre qui n'en fait qu'à sa tête me plaît beaucoup,

mais aujourd'hui je me contenterai d'un flacon noir « cul de chaudron ». Un autre jour, peut-être…

– Il n'y aura pas d'autre jour, annonça aussitôt Carole-Anne. Il prend le bateau ce soir, mamie. Et quel fameux voyage il va faire !

À l'annonce de cette nouvelle, Tibotie sentit son estomac se contracter. Quant à Mme Fizziwizz, elle soupira, sans doute fatiguée par les prédictions de sa petite-fille.

– Très bon choix, approuva-t-elle ensuite, avant de s'envoler à l'autre bout de la boutique, là où elle rangeait le papier parchemin.

Elle chercha ensuite les enveloppes. Pendant ce temps, Tibotie se tourna vers Carole-Anne.

– Alors comme ça, tu sais vraiment ce qu'il va m'arriver ?

– Je le sais, affirma la fillette en clignant des yeux derrière ses énormes verres de lunettes.

Tibotie eut beau lutter contre la curiosité, c'était un combat perdu d'avance. Il voulait savoir.

– Est-ce que…

Carole-Anne le stoppa aussitôt.

– Je raconte *jamais* la fin des histoires, déclara-t-elle. Sinon, c'est pas drôle.

– Jamais, jamais ? insista Tibotie avec un sourire charmeur et une voix aussi douce qu'une peau de pêche.

Il pensait amadouer la gamine. Il se trompait.

– Taratata ! chantonna la fillette. Je peux seulement dire

trois choses. Trois, c'est déjà énorme, alors estime-toi heureux. La première, c'est : prends la pièce.

– Quelle pièce ? demanda bien sûr Tibotie, avec l'impression de patauger en plein brouillard, mais Carole-Anne ne l'entendait pas.

Elle ne le voyait pas non plus. Derrière ses grosses lunettes, ses yeux regardaient *ailleurs*.

– La deuxième, poursuivit-elle, c'est que, parfois, il ne faut pas avoir peur de tomber dans le trou.

Là encore, c'était aussi clair qu'une galette de mazout. Tibotie réclama une explication que Carole-Anne n'avait pas envie de donner.

– La dernière, gazouilla-t-elle, c'est : dans une grotte, il suffit parfois de suivre les flèches.

Un frisson la « réveilla », après quoi elle afficha un sourire réjoui qui signifiait à peu près ceci : et maintenant, garçon, débrouille-toi avec ça !

– Oh ! fit juste après Mme Fizziwizz, aussi triste qu'un jour sans pain. Il ne me reste que des enveloppes blanches comme neige. Les rouges, les bleues, les grises, les à pois et à rayures se sont vendues comme des beignets au caramel !

– Dommage… grommela Tibotie, aussi triste que *deux* jours sans pain.

Sans une belle enveloppe aussi rouge que la Rubis, son plan tombait à l'eau. Il renifla, bouche pincée, regard perdu, en quête d'une solution de dernière minute.

– Pas de panique ! murmura Carole-Anne. Ça va s'arranger. Ici, tout finit toujours par s'arranger.

– C'est vrai, indiqua Mme Fizziwizz.

Habituée à toujours satisfaire ses clients, elle tapota son sourire du bout de l'index. C'était sa façon de réfléchir. En général, les idées lui venaient juste après. Et, en effet :

– Si ma mémoire est bonne, il me reste un peu de colorant alimentaire à base de jus de cerise, là-haut, quatrième tiroir en partant de la gauche. Avec trois gouttes de ce truc, vous pouvez tinter une enveloppe sans problème, assura-t-elle.

– Alors donnez-m'en six gouttes !

– Absolument, approuva la vendeuse.

Hop, elle sauta sur son escabeau.

Hop, elle s'envola vers les tiroirs du haut.

Hop, elle compta six gouttes de sang de cerise qu'elle versa dans un flacon en verre.

Elle retrouva ensuite son comptoir, pianota les grosses touches rondes d'une énorme caisse enregistreuse dorée, *cling cling cling*, puis lança le traditionnel : « Et avec ceci ? »

– Un peu de chance ne serait pas de refus ! répondit doucement Tibotie.

– Certainement ! répondit Mme Fizziwizz le plus sérieusement du monde.

À la grande surprise de Tibotie, voilà qu'elle s'agenouilla devant les étagères du bas.

– Je l'ai ! s'exclama-t-elle soudain avec, entre les mains,

un tout petit bocal en forme de poire rempli d'un liquide mi-arc-en-ciel, mi-feu d'artifice qui miroitait et pétillait.

L'étiquette sur ce bocal disait : « Concentré de chance ».

– On ne m'en réclame plus jamais, regretta la dame. De nos jours, les gens ne croient plus en la chance. Ils parlent de destin, de hasard. De coïncidence ! C'est dommage mais c'est ainsi.

Dans le flacon, le liquide ne pétillait plus : il explosait maintenant de toutes les couleurs.

– Ça marche *vraiment* ? se renseigna Tibotie, aussi prudent qu'une souris au pays des chats.

– J'en ai bu trois fois dans ma vie, lui confia Mme Fizziwizz. La première fois, il y a plus de quarante ans, j'ai rencontré mon cher et bel époux. La deuxième fois, j'ai acheté cette boutique pour une bouchée de pain. La dernière fois, j'ai gagné à la fête foraine la plus grosse peluche au monde : j'en rêvais depuis ma plus tendre enfance. C'est vingt sous la goutte !

Tibotie compta et recompta sa monnaie. Il ne disposait pas de la fortune du roi de Chine. Quand il aurait réglé la note du *Hibou Ronfleur* et celle des *Mille Tiroirs*, il ne resterait plus grand-chose, peut-être une piécette ou deux, c'est tout. Pas de quoi s'offrir de la chance.

– Ce sera tout, regretta-t-il. Je m'en passerai pour cette fois, ajouta-t-il en alignant l'argent sur le comptoir.

Dans sa voix, son visage, son attitude, tout semblait dire : « Et pourtant, de la chance, j'en aurais bien besoin pour finir la partie. »

– Ce serait vraiment *très* dommage de repartir sans ! annonça de son côté Carole-Anne.

Sa grand-mère comprit le message.

– Bon ! fit-elle en repoussant ses lunettes en équilibre tout au bout de son nez. Je ne suis pas à une goutte près. Celle-ci, je veux bien te l'offrir car tu as une bonne bouille qui m'inspire confiance, dit-elle en faisant tomber une goutte multicolore et luisante dans un flacon si petit qu'il avait autrefois dû appartenir à un lutin. Pour toi. Cadeau. Mais n'oublie pas : la véritable chance, c'est quand on n'a pas besoin de boire celle-ci.

– J'essaierai d'y penser, madame. Merci beaucoup. Au revoir tout le monde.

– Au revoir, mon garçon, chantonna Mme Fizziwizz.

– Adieu, l'étranger ! articula Carole-Anne tout en sautillant dans la boutique. Attention en sortant !

Après avoir récupéré ses achats, Tibotie poussa la porte et fit trois pas dans la rue, la tête ailleurs. Il se demandait qui était cette graine de pirate venue acheter de l'encre rampante. Tandis qu'il échafaudait toutes sortes de suppositions, il frôla la mort, rasé de très près par une diligence du Pony Express.

Pressée comme le sont toujours les diligences, celle-ci traversa la rue à la vitesse d'une pierre lancée par une fronde, sans se soucier des choses et des gens. Un peu plus et Tibotie finissait sa courte vie piétiné par seize sabots et quatre grandes roues.

Le cadeau de Fénimore Barrie

Rien n'arrivant jamais par hasard dans *Jeux et Merveilles*, le passage-éclair de la diligence souleva un peu plus loin une feuille de papier journal. Ce drôle d'oiseau noir et blanc pirouetta plusieurs fois, les ailes grandes ouvertes. Elle dessina des 8, des S, l'air de chercher son chemin devant les boutiques et au-dessus des passants. Quelques loopings plus tard, une gifle du vent la poussa droit sur le nez en trompette de Tibotie. Sa première réaction fut de grognonner. La seconde, de lire le gros titre étalé sur ses yeux :

PLUME D'AIGLE ARRÊTÉ PAR FÉNIMORE BARRIE !

L'exécution aura lieu demain à 15 heures
sur la place du Jeu-de-Crochet
en présence du gouverneur Trumpie.
Venez nombreux !

La place du Jeu-de-Crochet se trouvait à cinq minutes à peine de l'hôtel.

Dans la rue, tout ce qui portait un chapeau, des bottes et un revolver s'arrêtait au kiosque à gazettes. L'annonce de cette arrestation faisait parler.

– Maudit Peau-Rouge ! disaient les uns.

– Qu'il aille en enfer ! clamaient d'autres.

– Chouette, un spectacle ! applaudissait le reste de la foule, heureux d'assister tantôt à une pendaison.

Tibotie ne les comprenait pas.

Les Cheyennes habitent sans doute ces terres sacrées depuis toujours, songea-t-il. *Ils sont* chez eux *! Pourquoi devraient-ils laisser les Blancs les chasser de là au nom de l'or ?*

Non, il ne comprenait pas.

Pour l'instant, il avait du pain sur la planche : retourner au *Hibou Ronfleur*, teinter l'enveloppe, dessiner sur le papier parchemin une fausse carte au trésor… Bref, il devait suivre son plan, se préparer à filouter Tortoga. La Teigne et Bardabuke pointeraient bien vite le bout de leur sale museau, il n'y avait donc pas de temps à perdre.

Il retourna à l'hôtel avec des fusées aux semelles. Il passa en coup de vent devant le réceptionniste, il grimpa les marches quatre à quatre, il se précipita dans sa chambre. Dans l'intervalle, il fila en douce dans les cuisines désertes pour y chiper deux, trois trucs essentiels : une tasse de café froid, un quartier de citron, un fond de vinaigre, une branche de thym, un oignon, des graines de moutarde et quelques écailles d'un vieux poisson pêché dans une poubelle.

Une fois dans sa chambre, il ferma la porte, suspendit l'écriteau « Ne pas déranger » à la poignée, après quoi il sursauta comme jamais.

– Tu viens d'où, frangin ? lui demanda une voix cachée derrière les rideaux.

C'était Tom, une bouteille de limonade dans une main, un biscuit dans l'autre, et un sourire malin aux lèvres.

– V'là une heure que je poireaute. Commençais à croire que tu reviendrais pas.

– Comment es-tu entré ? se renseigna Tibotie.

– Disons qu'une clef passe-partout m'est tombée du ciel. Alors, où que t'étais, l'ami ?

– J'avais quelques courses à faire, répondit Tibotie en déballant ses articles sur la table, le pinceau, le papier, l'oignon et le reste.

Tom regarda cet étalage avec amusement.

– Des fioles, de l'encre, un fond de café : drôles de courses. Tu m'expliques ?

Un peu à contrecœur, Tibotie évoqua son rendez-vous de ce soir à *La Chopine Barbue*, avec deux pirates de la plus belle espèce.

Fort surpris, Tom demanda d'où il connaissait des pirates.

– C'est une longue histoire, répondit Tibotie. Mais si je veux trouver ce que je cherche, je dois absolument les convaincre de m'emmener à bord avec eux.

Tom hocha la tête en signe de désaccord.

– Mauvaise idée ! Y a pas plus pire que les pirates. Ces animaux-là sont capables de te découper en rondelles pour un mot de trop.

Tibotie le savait parfaitement, mais il était bien obligé d'avancer avec les pions que le Jeu mettait sur sa route.

– Ceux-là m'ont l'air aussi bêtes que méchants, dit-il pour se rassurer. Si ça tourne mal, je les empoisonne. Du moins, je le leur fais croire. C'est pour ça, les courses. Pour fabriquer un poison bidon, et surtout son antidote. S'ils veulent aiguiser leur sabre sur moi, hop, je blufferai pour sauver ma peau.

Prudent, il ne dit rien de la fausse carte au trésor qu'il comptait fabriquer. Idem pour la Rubis factice.

Comme tout le monde, Tibotie avait plusieurs facettes. Il existait ainsi un Tibotie peureux et un Tibotie courageux, un Tibotie naïf, un débrouillard, un grognon, un gourmand… Là, c'est le Tibotie méfiant qui prenait le plus de place. Ce Tibotie-ci lui conseillait de garder secrète la partie de son plan concernant la fausse carte.

Mais encore faudrait-il trouver le temps de la faire, cette fausse carte… Pas facile avec un fouineur nommé Tom dans les pattes. Pour « bricoler » tranquillement, une seule solution s'imposait : envoyer Tom se remplir l'estomac *dehors*.

Ainsi, Tibotie sortit de sa poche sa dernière pièce de monnaie. D'une pichenette, il fit tournoyer ce minuscule soleil jusqu'à Tom.

– Tu as une tête à avoir une faim d'ogre, lui dit-il.

Surpris, Tom cligna quinze fois des paupières. Il contempla la pièce, puis Tibotie, puis de nouveau la pièce avec de grands yeux humides. Première fois qu'on lui donnait quelque chose, à lui, le vagabond, le tire-laine, le miséreux à qui la vie n'avait jamais fait de cadeau.

– Merci, bredouilla-t-il, la pièce au milieu de la paume, un sanglot au milieu de la gorge.

Une pièce… Il avait du mal à y croire.

– Va donc te chercher un truc chaud à te mettre dans la panse, lui recommanda Tibotie.

Puis il ajouta ceci :

– Moi, faut que je cuisine mon faux poison.

Puis il précisa cela :

– J'aime pas trop qu'on me regarde quand je travaille.

– Moi, pareil ! rigola Tom. Je déteste qu'on me reluque quand j'aspire un portefeuille.

Il ne bougea pourtant pas. Un roc.

– J'accepte ton offre, à une condition, lança-t-il.

Voilà que *monsieur* Tom posait ses conditions ! Tibotie ne s'y attendait pas.

– Laquelle ? demanda-t-il, deux fois plus méfiant.

– Ne va surtout pas à ce rendez-vous sans moi, ce serait de la folie. Sans blague, je connais pas plus menteur, tricheur et assassin qu'un pirate. Dès qu'on pose un orteil dans l'univers des forbans, *tout* peut arriver. Surtout le pire, crois-moi. J'en ai connu des moussaillons qui rêvaient d'aventures, et qu'on a retrouvés en miettes ou en morceaux...

– J'ai pas peur, affirma Tibotie, torse bombé et menton relevé pour se donner une allure vaillante.

En réaction, Tom ricana. Ah! ce ricanement... Aigu, tranchant, interminable. Le diable a parfois le même.

– Faut être fou pour ne pas craindre un gentilhomme des mers. Es-tu fou, collègue?

Tibotie se dépêcha de faire non de la tête. Tom se dépêcha d'ajouter:

– Dans ce cas, accepte mon aide. Je resterai à distance, si tu veux. Je garderai un œil sur toi. Je serai ta bouée de sauvetage, rien de plus. Si ça chauffe, j'interviens. D'accord?

Tibotie n'y voyait aucune objection. Il accepta.

– Parfait, dit Tom.

Rassuré, il fila en serrant fort la pièce.

Tibotie put enfin se mettre au boulot. Armé de son pinceau en poils de sanglier, il badigeonna l'enveloppe de jus de cerise et le papier parchemin de café froid, puis laissa le tout sécher au soleil.

Il s'occupa ensuite des deux petites fioles en verre. Il parfuma la première du mélange thym-vinaigre-oignon-moutarde-écailles.

– Ça pue bien comme il faut, jugea-t-il, content du résultat.

Il remplit la seconde avec un zeste de citron dilué dans un peu d'eau.

– J'ajouterai quelques gouttes de rhum tout à l'heure. Ça fera un faux antidote formidable !

Les choses prenant forme, Tibotie balança des sourires de-ci de-là.

– Après l'antidote bidon, la carte au trésor factice !

Le soleil, grosse orange clouée au milieu du ciel, avait bien travaillé : le parchemin était sec, légèrement bruni par le jus de chaussette qu'on servait ici, parfait. Il avait pris un siècle en vingt minutes.

– Si je déchire les bords, si je dessine une chouette île dessus, avec une rose des vents, une croix et tout le tralala, et si je chiffonne un peu le papier, ça aura l'air authentique.

Décidé à faire de son mieux, il prit le porte-plume d'une main, le flacon d'encre noir « cul de chaudron » de l'autre, et se lança dans la réalisation de sa première carte au trésor.

Sérieux, précis, concentré, il esquissa une heure durant l'île de ses rêves. Un peu en forme de crâne, un peu en forme de champignon, il ne lui manquait rien : falaises déchiquetées, grotte mystérieuse, zigzags d'une rivière folle, jungle épaisse, volcan en éruption, crique cachée, marécage, et même le chemin en pointillé qui mène au butin, juste là, sous la grande croix.

– Un chef-d'œuvre ! estima le jeune artiste, fier de lui.

En haut à droite, il indiqua le nord avec un joli *N* tarabiscoté, et l'élégante flèche qui va avec.

En bas à gauche, il allait noter une longitude et une latitude fictives lorsqu'un violent coup de feu retentit dans la chambre voisine, puis un autre, puis quelque chose qui ressemblait aux chocs répétés d'un marteau contre un meuble. Dans l'intervalle, il y eut le fracas d'un vase réduit en miettes, et une fenêtre brisée. Les jambes de Tibotie flageolèrent, et les murs de l'hôtel vibrèrent.

S'attendant à d'autres tirs, Tibotie hésitait entre : se rouler en boule sous le lit et se rouler en boule dans l'armoire. Il allait finalement se cacher derrière la pile de linge dans l'armoire quand un autre bruit déchira l'air.

Lui qui s'attendait à la détonation d'un révolver, quelle surprise d'entendre un homme pleurer comme un bébé. Du moins, c'est ce qu'il crut reconnaître. Pour en être certain, il colla son oreille au mur. Après quelques secondes d'écoute, aucun doute possible : un homme était en train de fondre en larmes. Et il baragouinait des choses du genre : « Je suis fini ! » ou « Honte à moi ! » ou encore « Quel déshonneur ! » Quand il se mouchait, ça faisait des bruits de trompette ; quand il reniflait, ça faisait des bruits de vieux tuyaux. Qui que ce soit, on ne pouvait pas le laisser patauger dans son désespoir.

Tibotie avait un petit cœur tout mou et un penchant pour la compassion. Si quelqu'un était là, tout près, avec le moral dans les chaussettes, il ne pouvait pas l'ignorer. Il se devait d'aller le voir. Simple question d'humanité. Il aurait tellement voulu qu'on en fasse autant avec lui, les soirs de larmes et de solitude…

Bien décidé à aider son voisin, il sortit de sa chambre,

fit deux pas dans le couloir et, *toc toc toc*, frappa contre la première porte à gauche.

Pas de réponse. Juste des pleurs à gros bouillons et des gargouillis de gorge.

Toc toc toc, Tibotie insista.

– Je veux rester seul ! se fâcha une voix à peu près aussi amicale que le grognement d'une hyène. Foutez le camp !

Ce que Tibotie ne fit pas. *Quand on est désespéré, on dit souvent le contraire de ce qu'on pense !*

Il resta.

– Service d'étage ! prétendit-il avant d'entrer.

Dans ses veines, le sang galopait à toute vitesse.

– Demi-tour ou je canarde à l'aveuglette ! avertit le propriétaire de la grosse voix, avec des larmes salées entre chaque syllabe.

On peut avoir le cœur mou et être plus têtu que dix mules. Tibotie continua sur sa lancée.

Pourvu qu'il ne me tire pas dessus...

– Vous z'aurai prévenu ! gronda le pleurnichard.

Il y eut un gros PAN !, et une lampe vola en éclats. Une seconde détonation, pire qu'un coup de tonnerre, explosa la moitié d'une armoire. D'un violent coup de botte, l'homme se déchaîna contre ce qu'il restait du meuble, c'est-à-dire pas grand-chose. Quand il ne resta plus qu'un tas de planches, il se calma enfin. Il essuya d'un revers de manche ses yeux embués de larmes, puis son nez morveux, puis de nouveau ses yeux.

– Désolé, dit-il d'une manière qui laissait entendre que non, désolé, il ne l'était pas tant que ça. Par ce bon vieux Samuel Colt, j'avais comme qui dirait un petit morceau de colère à expulser.

Il n'ajouta rien pendant un instant. Tibotie non plus, trop occupé à constater l'état de la chambre transformée en champ de bataille. Ce qui n'était pas en miettes était en morceaux, et ce qui n'était pas en morceaux était en poussière. Au milieu de ce dépotoir trônait l'immense silhouette d'un homme à tête de canaille.

– Bon sang de bon sang de bon sang... répéta celui-ci en donnant un coup de poing dans ce qui avait dû être une table dans une autre vie. Idiot que je suis d'avoir foiré la mission de ma vie !

Tibotie cligna plusieurs fois des paupières. Il avait du mal à croire que cet homme carré de partout (épaules, menton, mâchoires) et armé comme tout un régiment puisse verser autant de larmes. Ça ne collait pas ensemble, et pourtant.

– Je suis bon pour la poubelle ! brama le pleurnichard, aussi pitoyable qu'on peut l'être.

Dans un pic de désespoir, il tira un coup dans le vide. Un petit éclair jaune passa à trente centimètres de Tibotie qui, lui, passa tout près de la crise cardiaque.

– Hé ! réagit-il vivement.

Sous-entendu : je viens vous voir pour vous aider et c'est ainsi que vous me remerciez ?

– Pardon, mon p'tit gars… marmonna l'homme. Dans ma tête, en ce moment, c'est pire que du whiskey frelaté !

Histoire de reprendre ses esprits, il inspira un bon coup (cela fit un grand *slurp*), après quoi il fit preuve d'un brin de courtoisie :

– Fénimore Barrie, chasseur de primes *pitoyable*, *ancienne* fine gâchette, *ex*-cauchemar des pilleurs de banques et des bandits de grand chemin. Enchanté, mon garçon.

Alors c'était lui, le fameux Fénimore Barrie dont les journaux vantaient tant les mérites ! Tibotie eut du mal à le croire. L'homme devant lui ressemblait plus à une carpette qu'à un célèbre justicier. De son chapeau de cow-boy troué en trois endroits, avec le nombre *43* brodé dessus, s'échappaient des mèches folles, grasses et pointues, ce qui lui donnait un petit air de hérisson bougon. Ses vêtements crachaient de la poussière du far west par tous les bouts. Son gilet de cuir était aussi net qu'une serpillière après une journée de labeur, sa chemise partait en lambeaux ; quant à son pantalon, même un épouvantail n'en aurait pas voulu. Barrie bavait quelque peu et chiquait beaucoup. Ses joues, qui n'avaient vu ni rasoir ni savon depuis belle lurette, étaient un peu grises, un peu vertes, un peu marron, et ses dents plutôt jaunes. Son œil gauche était poché, son oreille droite en sang. Bref, il avait piètre allure.

– B'jour, répondit Tibotie du bout des lèvres.

– Par la barbe de ma grand-mère, la délicieuse Henriette

Barrie, moi j'dis que c'est une bien vilaine journée que v'là ! La pire qui soit !

L'air dégoûté, il cracha au milieu de la pièce son affreux jus de chique, un truc de la même couleur que ses joues.

Tout de suite après, il pleura. Pas longtemps. Au bout de six secondes de larmes, il recommença à chiquer.

– Désolé pour le désordre, blanc-bec. Aujourd'hui, t'es pas entré dans la piaule d'un prince.

Mais ça se voyait comme le nez au milieu de la figure qu'il était à peu près aussi désolé qu'un renard après une visite dans le poulailler. La preuve : PAN ! il tira sur une bouteille vide, laquelle explosa en mille morceaux de verre.

– Qu'est-ce qui vous a mis dans cet état, m'sieur Barrie ? s'inquiéta Tibotie. Vous avez une peine de cœur ou quelque chose comme ça ? Vous vous êtes battu contre un rival ?

Barrie ricana tristement.

– Mon garçon, j'ai pas assez de cœur pour qu'il ait de la peine.

Après réflexion, il ajouta :

– Si tu te débrouilles pour me rapporter un verre de n'importe quel tord-boyaux, je te raconte mes misères. Sûr que ça me fera du bien de causer un peu.

– Ils en ont des caisses entières au bar de l'hôtel, je sais où, répondit Tibotie.

Aussi serviable qu'un majordome, il fila dans le couloir. Dévaler les escaliers, chiper une bouteille de whiskey et revenir, en tout cela lui prit sept minutes.

– Bravo, partenaire ! le félicita Barrie avec un supplément de bave aux lèvres.

L'assoiffé goba d'un coup l'équivalent d'un grand verre.

– Aussi vrai qu'une allumette qui embrasse un bâton de dynamite, ça fait BOUM, y a rien de meilleur que ça ! clama-t-il en s'épongeant babines et moustaches avec l'avant-bras. Rien ! insista-t-il tout en se grattant les fesses.

– Alors ? lança Tibotie après que ce goulu de Barrie eut aspiré un bon tiers de la bouteille.

– Alors quoi, gamin ?

L'alcool aidant, un sourire stupide s'agrippa à la barbe de Barrie.

– Vous me racontez ?

– *Voui !* fit Barrie entre deux hoquets.

Il prit une autre lampée pour s'éclaircir la voix.

– Le gouverneur Trumpie m'avait missionné pour capturer chaque Cheyenne qui vagabonde sur *nos* terres. Mort ou vif, ajouta-t-il. Moi, je préfère les endormir avec ma vieille amie, dame Winchester. Mais cette pantoufle de Trumpie augmente la prime si je livre les Cheyennes vivants. Il aime les faire pendre en place publique. Paraît que les gens raffolent du spectacle et que c'est bon pour sa cote de popularité. Et vu que les élections approchent…

Comme cela faisait bien trente secondes qu'il n'avait pas approché le goulot de ses lèvres, il succomba à la tentation.

– Les Cheyennes, c'est vraiment des bestioles qui me

débectent ! avoua-t-il en mâchouillant sa mélasse de tabac. J'y peux rien, c'est ainsi. Par tous les canons de Fort Alamo, j'avais juré de tous les avoir jusqu'au dernier. D'accord, je ne les ai pas tous attrapés, avoua-t-il. Mais le gros lot, je l'ai eu : j'ai chopé leur chef, Plume d'Aigle. Grâce à moi, il n'était pas près de danser lors d'un pow-wow autour du feu avec les dégénérés de son espèce !

Ça, c'était la meilleure partie de son histoire. D'après son soupir aussi long qu'un lasso de cow-boy, la suite promettait d'être moins glorieuse pour lui.

– Bête comme mes pieds, j'ai fait télégraphier la bonne nouvelle au gouverneur. J'aurais mieux fait de tomber sur un nid de vipères ! grommela-t-il avec une grimace de croqueur de citron.

Tibotie écoutait ce récit de far west de la même façon qu'il écoutait les légendes pirates de son grand-père : avec gourmandise.

– Les Cheyennes m'ont tendu une embuscade pour libérer leur chef, raconta Barrie d'une voix ramollie par la honte. En temps normal, soupira-t-il, je renifle ces saletés à dix miles à la ronde. Que mes Smith & Wesson rouillent à l'instant si j'avais pas le nez bouché par toute la poussière du chemin, sinon, parole, je les aurais sentis. Ces bouffeurs de bison, y m'auraient pas eu par surprise, et à c't'heure Plume d'Aigle serait dans les geôles du comté !

La suite, Tibotie la devinait : Barrie qui annonce la capture du chef cheyenne et qui revient bredouille, c'est le déshonneur assuré, la colère de Trumpie et les moqueries de l'ensemble de la population.

– Nom d'un pet de fouine, je donnerais cher pour oublier tout ça.

Son revolver dans une main, sa bouteille dans l'autre, il hésita entre tuer un tableau accroché au mur et se rincer un peu plus le gosier au whiskey. Il opta pour le gosier.

– Maintenant que tu m'as fait jacasser, gamin, laisse-moi seul ! J'ai besoin de roupiller et de réfléchir à la suite. En tout cas, merci, p'tit gars. Ça m'a fait du bien de causer un brin en ta compagnie. Adieu, partenaire.

Mais avant de le laisser partir, Barrie glissa deux doigts dans la poche de son gilet, en tira une pièce qu'il envoya d'une pichenette à Tibotie.

– Pour la bouteille…

Le Jolly Roger

C'était une drôle de pièce. Très vieille, assurément. Originale, sans aucun doute. À peu près ronde, en or, bosselée ici et trouée là, c'était un mélange de sesterce gaulois, de doublon espagnol et de médaille inca. Tibotie se dépêcha de la cacher au fond d'une poche, avec, à l'esprit, la prédiction de Carole-Anne : « prends la pièce ».

– Elle me servira sûrement plus tard…

Quand ? Comment ? Il l'ignorait. En attendant, il retourna dare-dare dans sa chambre. Dans celle d'à côté, Barrie ronflait déjà.

Tibotie avait tellement de pain sur la planche que le reste de l'après-midi passa à la vitesse d'un tourbillon. Après avoir terminé la fausse carte au trésor, il prit la boussole, l'antidote et la goutte de chance. Il cacha l'enveloppe rouge sous ses vêtements et pria pour que le terrible Tortoga l'accepte sur son bateau.

S'il me refuse l'accès au Reine de Trèfle, *je ne vois pas comment je retrouverai l'auteur des messages !*

Rien que d'y penser, son cœur palpitait, et ses jambes… Oh ! ses jambes… Deux bâtons de guimauve !

Il fallait que ça marche.

Malgré son impatience, il retarda au maximum le moment de retourner à *La Chopine Barbue*, lieu du rendez-vous. Il attendait Tom. *Je lui ai promis de ne pas y aller sans lui*. Mais il n'y avait pas plus de Tom dans les environs que de gentillesse dans le cœur de Dustic.

Cinq minutes plus tard, il n'était toujours pas là. Dix minutes après, personne.

– Tant pis… soupira Tibotie après une demi-heure d'attente. J'y vais.

Le temps de faire le trajet, il se retrouva assis à l'une des tables de la taverne, entre La Teigne et Bardabuke. Le premier affichait un sourire de crapule des bas-fonds. Le second contemplait Tibotie avec un regard polaire. Un regard de bourreau.

– T'as la boussole, j'espère ? questionna l'un, son couteau de pirate dans la main droite.

– On s'rait vraiment chagrins que tu l'aies pas, précisa l'autre, son pistolet d'abordage dans la main gauche.

Entouré par ces armes impressionnantes (la lame était

couverte de sang séché, et le pistolet aussi long que l'avant-bras), Tibotie espérait voir Tom surgir pour tenir tête à cette paire d'assassins.

Coup d'œil à droite, à gauche, tout autour. Hélas, aucun pickpocket à signaler dans l'immédiat.

– Donne-z'y-la-nous tout de suite ou d'une gifle je te dévisse le ciboulot ! menaça La Teigne avec une haleine de fausse à purin.

– Et moi je te retourne les deux bras ! ajouta Bardabuke avec un large sourire découvrant l'égout lui servant de bouche.

Tibotie obtempéra. En soupirant plus fort qu'un cachalot. En se disant que la boussole ne leur indiquerait rien de toute façon, même pas le nord.

Sans moi, ils ne pourront pas s'en servir.

– Tenez ! marmonna-t-il en posant l'objet au centre de la table, dans la lumière blonde d'une bougie.

Lequel des deux pirates fut le plus déçu ? Bardabuke car il perdait une bonne occasion de casser des bras (l'un de ses passe-temps favoris) ? Ou La Teigne qui s'attendait à un boîtier en or, des aiguilles en argent, un cadran pailleté de pierres précieuses ? Mais pas à *ça* : une boussole tristounette, usée, plus noire que les abysses du Pacifique.

– Et en plus elle est cassée ! ronchonna-t-il.

Il eut beau secouer la boussole dans tous les sens, l'aiguille faisait du sur-place.

– Pire qu'un rafiot sur une mer d'huile !

Une tempête se leva dans son crâne de forban. Il frappa la table du poing. Fort. Tout ce qui s'y trouvait (bougie, verres, bouteilles…) tressauta.

Cent fois plus déçu que le jour où il avait découvert un coffre au trésor rempli de cacahuètes, il saisit le cou de poulet de Tibotie, serra ni trop ni trop peu, grommela :

– Dis-moi où roupille la vraie boussole sinon mon compère va trancher tes beaux doigts un par un !

Le couteau était déjà prêt, la lame super affûtée. Y avait plus qu'à !

– Mais *c'est* la vraie ! jura Tibotie dans un filet de voix plus fragile qu'un brin de coton.

– Te moque pas de nous, coquelet ! gronda Bardabuke qui, lui, étranglait le manche de son poignard. Si cette babiole est *la* boussole, alors moi je veux bien récurer les latrines de cette gargote !

La Teigne serrait toujours. Quand le manque d'air repeint Tibotie en rouge coquelicot, le pirate relâcha la pression. Un peu. L'oxygène revint. Tibotie en avala tout un seau. En dix secondes, il perdit à la fois trois teintes de rouge et l'envie de faire le malin avec ces gars-là.

– Parole, elle fonctionne ! affirma-t-il, ce qui était vrai. Mais elle n'obéit qu'à moi, ajouta-t-il, ce qui était faux : elle répondait à condition qu'on l'appelle par son nom. Bien sûr, Tibotie garda cette information pour lui. La ruse plutôt que la force…

– Démonstration ! proposa-t-il.

Il chuchota quelques mots à l'oreille de la boussole, laquelle lui répondit en faisant tournicoter son unique aiguille. Après trois galipettes et quelques hésitations, celle-ci s'immobilisa d'un coup, direction sud-sud-ouest.

– L'île de Jouvence se trouve par là-bas, annonça Tibotie d'un ton sans réplique.

– Par Barbe-Noire et toute sa clique… s'exclama Bardabuke, impressionné par ce demi-tour de magie.

La Teigne aussi était enchanté. Mais lui, il faisait des efforts olympiques pour ne pas le montrer.

– Je veux essayer, dit ensuite Bardabuke.

Les yeux braqués sur la boussole, il se passa une langue gourmande sur les lèvres.

– Allez, ma mignonne, montre-moi où se planque le gros lot et plus vite que ça sinon je te troue le boîtier à coups de lame !

Avec lui, la boussole fit la sourde oreille. Si elle avait pu lui tirer la langue, elle l'aurait sûrement fait.

– T'as dû lui retourner le mécanisme avec ton haleine de gousse d'ail ! se moqua La Teigne. Cette boussole, c'est comme une *lady*, expliqua-t-il. Faut lui causer bien, avec des paroles qui sentent pas la vinasse et le chicot.

– Bien, mes fesses ! grogna Bardabuke. C'est rien qu'une babiole de marin, donc je lui aboie ce que j'veux et faut qu'elle m'obéisse.

– Non… soupira La Teigne. Je vais te montrer, grand sauvage.

Il se rinça d'abord la bouche avec une grande rasade de rhum.

– S'il vous plaît, jolie petite boussole de mon cœur, pouvez-vous m'indiquer d'où c'est qu'elle est cette belle île de Jouvence, que ce serait bien aimable de votre part ?

Malgré sa voix mielleuse et ses sourires en toc, l'aiguille de la boussole ne remua pas plus qu'une statue de marbre.

– On voit tout de suite que tu sais parler aux *ladies* ! commenta Bardabuke, au bord du fou rire.

Vexé, La Teigne haussa les épaules puis se tourna vers Tibotie.

– C'est quoi ton secret ?

– Elle n'obéit qu'à moi, c'est tout ! mentit le garçon.

– Baratin ! estima La Teigne avec une furieuse envie de le talocher.

Ce qu'il aurait aussitôt fait si un cri n'avait pas attiré son attention : apparemment, une dame venait de trouver une queue de souris dans sa purée. Amusé par cette scène, La Teigne repoussa de quelques secondes les taloches. Avec Bardabuke, ils s'offrirent une bonne rasade de rhum, en riant comme s'ils étaient au cabaret.

– Et maintenant, on va te faire causer ! dit La Teigne après que sa grande langue eut léché la dernière goutte au fond de la chope. L'est pas encore né ç'ui qui me résistera !

Bardabuke ricanait d'avance, mais sa bonne humeur fondit comme un glaçon dans le sauna de Lucifer quand Tibotie posa la fiole vide sur la table.

– Qu'est-ce que c'est que ça ? se renseigna La Teigne.

Suspectant quelque chose, il regarda la fiole, puis la bouille réjouie de Tibotie. Il se demandait quoi.

– Le poison que j'ai versé dans votre rhum quand vous regardiez ailleurs, bluffa calmement Tibotie.

– Balivernes ! rugit Bardabuke.

Il refusait d'y croire. Méfiant, il ôta tout de même le bouchon de la fiole, renifla l'intérieur. Ses narines poilues palpitèrent, aspirant par petits coups différentes odeurs de cuisine. Ici la moutarde, là le vieux poisson, l'oignon, le vinaigre...

Ce pirate professionnel était habitué à tout ce qui puait : crasse, sueur, vieux poisson, mauvaise haleine, pieds moisis... Mais pas à *ça*. Ce qu'il huma ce jour-là chiffonna son nez et vrilla son estomac. En trois inspirations, il vira deux fois plus vert qu'une algue.

– Ça empeste autant que les latrines d'un bataillon de malpropres ! Ce truc a été préparé dans les fourneaux du diable, ma parole !

– Plus y a de parfum, plus c'est efficace, l'éclaira Tibotie.

Il y mettait de la conviction. Il méritait l'oscar du meilleur acteur.

– Tu mens comme un arracheur de dents ! réagit pourtant Bardabuke. Pas aujourd'hui qu'un môme qu'a même pas de poils au menton va m'entourlouper !

Aussi concentré qu'un joueur de poker, Tibotie fit mine de ne pas l'entendre.

– Peu importe que vous me croyiez ou pas. Sans l'antidote, vous pousserez votre dernier soupir dans environ…

Suspense oblige, il mit le reste de la phrase en attente.

– … deux heures, dit-il enfin. Et dans d'horribles souffrances ! À ce moment-là, vous serez bien obligés de me croire.

Bardabuke fit une telle grimace que sa bouche ressembla à du fromage fondu. C'était toujours pareil avec ceux qui aiment faire souffrir les autres : ils ne supportaient pas le moindre bobo. Une égratignure, une migraine, et c'était pour eux la fin du monde !

Il avala difficilement une noisette de salive.

– Quel genre de souffrances ?

– Il y a un peu de tout, improvisa Tibotie. Impression de recevoir des coups de sabot dans le ventre. Poumons qui se bouchent comme un évier. Muscles incontrôlables. Sensation que la tête va voler en éclats…

Rien de très réjouissant.

– Mon cœur ! gémit tout à coup Bardabuke, le visage soudain couvert d'une dégoûtante sueur jaunâtre. Pourquoi que mon cœur galope ?

– Le cœur est un muscle, le renseigna Tibotie. Le poison commence à faire son effet. Ce n'est pas bon signe…

– Pourquoi ça ? s'affola La Teigne qui, lui, commençait à se sentir un peu barbouillé.

– D'habitude, les premiers symptômes arrivent au bout de vingt minutes. Cinq, dans votre cas…

Et c'est ainsi que les deux pirates éprouvèrent la peur panique des poisons, ce truc qui vous terrasse sans pitié. Eux qui aimaient tirer sur tout et n'importe quoi, pour un oui ou pour un non, pour un trésor ou un regard de travers, les voilà totalement démunis : impossible de tuer un poison à coups de sabre. Contre un poison, on ne peut rien faire d'autre qu'avaler l'antidote en priant pour que la date de péremption ne soit pas dépassée.

En parlant d'antidote…

– Où est le remède ? gueula La Teigne, son pistolet d'abordage braqué sur Tibotie. Y a toujours un antidote. Réponds ou bien ta caboche, j'en fais de la semoule !

Ce qui fit bien ricaner Tibotie.

Il prit la fiole vide entre deux doigts, la leva à trente centimètres au-dessus de la table puis la laissa tomber. La fiole s'avéra être une petite chose fragile. Faite d'une feuille de verre, elle se brisa comme une vaguelette sur un rocher.

– L'autre fiole est quelque part sur moi, dit-il dans la foulée. Si je tombe, elle se brise. Si on me frappe, elle se brise. Si je fais un mouvement brusque, elle se brise. Si tu tires, adieu l'antidote.

Logique. Vaincu, La Teigne se résigna. Tibotie sauta sur l'occasion.

– Conduisez-moi au *Reine de Trèfle* et, parole, je vous donne l'antidote. Par contre, si vous me jouez un vilain tour, je m'arrange pour fracasser la seule fiole qui pourra vous sauver la vie !

– C'est d'accord, se dépêcha de répondre Bardabuke dont la poitrine avait tendance à se gonfler de plus en plus vite. Tu montes à bord avec nous, pas de problème, tout ce que tu veux ! Mais pitié, casse pas la fiole !

– Si Tortoga accepte... rectifia La Teigne, horrifié de savoir que sa vie dépendait à présent d'un oui ou d'un non.

Tibotie n'était pas mécontent de sortir. À l'intérieur, à cause des odeurs de rhum trop poivré, de mauvais tabac, de viande rôtie et d'œufs au lard, il faisait lourd. Dehors, il faisait bon. Un vent doux et tiède embaumait l'air d'un parfum de sel et de pins maritimes. Les arbres soupiraient, caressés par l'haleine du soir. Les vagues faisaient le dos rond puis s'allongeaient sur la plage. Joli spectacle, seulement gâché par la voix de La Teigne.

– Désolé gamin, mais t'as pas besoin de savoir où c'est qu'on t'emmène. Si tu veux venir, faut mettre ce bandeau sur tes yeux.

Tibotie accepta à contrecœur. Avant de recevoir le bandeau, il prit la seconde fiole dans sa main.

– Attention, prévint-il. Si vous tentez quoi que ce soit, il me suffira de serrer les doigts, et adieu l'antidote. Compris ?

– Compris, firent les deux pirates d'une même voix aigre.

Quand on lui retira le bandeau, trente minutes plus tard, Tibotie se trouvait au *47*, impasse des Trois-Canons, dans une taverne pirate de carte postale. Un vrai nid à flibustiers ! Avec des tonneaux sales en guise de tables, des flammes qui dansaient sur des torches fixées aux murs, des regards en coin, des timbales fumantes… Typiquement le genre d'endroit où mijotent les pires mauvais coups.

Bien sûr, Tibotie sursauta, se demanda où il avait atterri. Coup d'œil à gauche, à droite…

À bâbord, un solide bosco nommé Bill Barabas se battait avec Trois Doigts, un canonnier au caractère chatouilleux. Uppercuts, coups de canif, morsures… Une sacrée bagarre ! Tout ça pour une bouteille de rhum brisée par mégarde.

À tribord, entouré d'une bande de curieux, Pratt le Malte étalait ses derniers trophées : les oreilles sales qu'il découpait toujours chez ses ennemis. Là, il exposait celles de tout l'équipage d'*El Oro Bonito*, un navire espagnol qui avait eu la mauvaise idée de croiser la route du Malte. Un sac entier d'oreilles !

Au fond de la salle, on recrutait des marins pour une grande aventure. Droit devant, au-dessus du comptoir envahi de timbales, le nom de la taverne était gravé au couteau sur le morceau de bois d'une épave : *Le Jolly Roger*.

Tibotie regarda tout autour de lui, encore et toujours à la recherche de Tom, ou de n'importe qui susceptible de l'aider. En vain.

Les uns portaient un tricorne miteux, d'autres un catogan poisseux, et tous un sabre d'abordage. Soit ils chantaient à haute voix de vieilles légendes qui parlaient de ports célèbres, de vaisseaux fantômes, de butins enterrés à six pieds sous le sable. Soit ils naviguaient à voix basse entre secrets enfouis et rêves de fortune. Certains trichaient aux cartes. Deux ou trois de ces affreux faisaient un concours de la plus moche cicatrice. Une soirée normale, quoi ! Et les gorges avaient soif.

– La prochaine expédition sera la bonne ! espérait-on entre deux bonnes lampées.

La prochaine expédition, la prochaine île… Il y avait toujours un marin pour regarder l'avenir avec confiance.

– Le patron, y veut pas que n'importe qui connaisse notre repaire, s'excusa Bardabuke. Pas trop fâché, l'ami ?

Il espérait ainsi goûter plus vite à l'antidote.

– Bienvenue au *Jolly Roger* ! siffla La Teigne, sa pipe au bec. Bel endroit, pas vrai ?

Tibotie s'abstint de répondre.

– Pas vrai ? insista une voix étrangère, inconnue au bataillon.

Une voix dure, abîmée, avec des consonnes rouillées et des voyelles râpeuses.

Telle une girouette giflée par une rafale, Tibotie se retourna pour voir *qui* lui parlait.

C'était un flibustier pur jus, un puissant gaillard ! Certes, il n'avait ni jambe de bois, ni crochet, pas même le traditionnel bandeau noir sur l'œil, mais plusieurs cicatrices repoussantes dans son cou, autour de l'œil gauche et sur le menton racontaient mieux que bien sa vie de loup des mers. La plus grosse, en forme de croix, s'étalait sur sa joue droite.

Un vieux bicorne couronnait cette tête tailladée de partout. Sa chemise béante découvrait un torse puissant. Des mains aux ongles noirs sortaient des manches de son manteau bleu souillé de taches; des mains épaisses, musclées, capables d'étrangler deux lascars à la fois. Elles l'avaient déjà fait. À côté de lui, La Teigne et Bardabuke ressemblaient à des agneaux.

– Paraît que tu sais parler à la boussole, l'ami?

Sa figure jaune n'inspirait pas confiance, mais quelle voix séduisante!

De la même manière que ce pirate plantait son sabre dans le ventre d'un bonhomme, avec force et froideur, il planta son regard gris cendre dans celui de Tibotie.

– Capitaine Tortoga? bredouilla celui-ci avec des yeux aussi ronds que des doublons espagnols.

L'autre rit, et Tibotie comprit que non, ce n'était pas lui: ses dents n'étaient pas limées en pointe.

– Fiston, le patron ne se montre que quand c'est nécessaire. Mais il voit tout, entend tout, sait tout.

– Personne ne lui parle, c'est la règle! précisa La Teigne.

– Exact! Mais n'aie crainte, compagnon de fortune: c'est le patron qui m'envoie. J'ai toute sa confiance. Mais commençons par le commencement: je m'appelle Zalambra, second du capitaine. Enchanté, mon gars!

Était-il d'humeur joyeuse? Avait-il le gosier sec? Envie

de se soûler ? Quoi qu'il en soit, il commanda du rhum pour toute la table.

– Préparé dans les chaudrons de l'enfer, dit-il en retroussant ses babines arides. Rien de mieux pour te rôtir l'intérieur.

Le patron de la taverne, un ancien ruffian devenu aussi rond que ses tonneaux, jeta bientôt bouteille et timbales sur la table.

– À votre santé, tas de fripouilles ! Que mon rhum vous donne force et courage pour votre prochaine entreprise !

Ça, du rhum ? Plutôt une sorte d'acide. Quelques gouttes, en tombant à côté, firent fumer la planche de bois. Pas fou, Tibotie n'y trempa jamais ses lèvres.

– Freluquet, tu tiendras pas deux minutes à bord ! lui lança le tavernier après l'avoir examiné de plus près. T'es si maigre qu'un goéland pourrait te soulever, ricana-t-il. Bâti comme t'es, la première rafale t'emportera par-d'ssus bord, parole de Jim !

Il fila ensuite à l'autre bout de la salle, poussé en avant par sa panse aussi ronde qu'une voile gonflée.

Zalambra souffla par le nez d'un air féroce, engloutit sa première timbale, dit :

– C'est vrai que tu ressembles à une crevette grise, mais je parie ma goélette que t'as le pied marin.

– J'sais pas s'il a le pied marin, grogna La Teigne, mais c'est pas une moitié d'andouille : il a réussi à nous jouer un sale tour.

Afin que les autres pirates présents dans la salle ne l'entendent pas, il murmura à l'oreille de Zalambra l'histoire du poison et de l'antidote.

– Au nom de la fraternité entre gentilshommes de la côte, accepte sa demande ! le supplia Bardabuke.

Zalambra ne répondit rien. En homme habitué à avancer malgré les tempêtes, il considéra longuement Tibotie avec, aux lèvres, un ricanement qui ne demandait qu'à sortir.

– Ruser avec ces deux andouilles, ça demande du courage, finit-il par dire. Bravo !

Plus rapide qu'un coup de bec de mouette, il renifla soudain Tibotie, ses cheveux, sa nuque, ses épaules.

– M'en doutais ! se réjouit-il. Tu sens l'aventure. Un fils de la mer, pas vrai ?

Flatté, Tibotie ne put réprimer une moitié de sourire.

– Mon grand-père m'a donné le goût des vents lointains, expliqua-t-il.

– Un fort beau cadeau, je trouve ! estima Zalambra. À la vôtre, camarades de croisière !

Il vida sa timbale cul sec. Ses yeux brillèrent une seconde après la dernière gorgée. Cette petite étincelle terrorisa ceux qui croisèrent son regard fou.

– N'y allons pas par quatre chemins, mon tout beau…

Son haleine, un mélange d'alcool, de cigare et de poisson, se planta comme un petit nuage verdâtre sur le nez de Tibotie.

– Certains pensent qu'il n'y a plus rien à découvrir de

nos jours, grogna-t-il, un peu ivre. Que le bon vieux temps des découvertes et des explorations est derrière nous. Que les cartes de plus en plus précises ont rétréci le monde en même temps que nos rêves de gloire.

Furieux, il cracha sur le plancher.

– C'est *faux*, poursuivit-il, en colère contre le monde entier. Il existe encore bien assez d'énigmes pour occuper chasseurs de butins et pirates assoiffés d'émotions fortes. Pas vrai, les gars ?

La Teigne et Bardabuke opinèrent.

– Mais revenons-en à l'île de Jouvence…

Les choses intéressantes commençaient. Tibotie se redressa, attentif à ce qui allait suivre. À cause d'une nouvelle bagarre, quelque part au fond du *Jolly Roger*, l'île de Jouvence s'éloigna un instant. Car au fond de la salle, on trouvait que le rhum avait un goût de sauce au rat.

– Patron, j'paie pas pour du jus de chique ! gueula Snark, un forban qui n'était plus que la moitié de lui-même : il avait une jambe de bois, un bras en moins, un œil sur deux, une oreille tranchée et plus toute sa tête. Rembourse-moi ou crains ma fureur !

Le gros tavernier répliqua qu'il n'avait qu'à boire l'eau du port pour voir si c'était meilleur, non mais ! Que ce n'était pas une face de hareng dans son genre qui faisait la loi ici ! Et qu'il en avait maté des pires que lui !

Quand Snark dégaina son coutelas en gueulant : « Je vais t'apprendre le respect, espèce d'escroc ! », le tavernier lui répondit d'un coup de pistolet bien placé. Snark tomba en arrière et l'affaire fut réglée. La routine.

Zalambra poursuivit :

– Cette île délicieuse n'existe sur aucune carte, dans aucun atlas, et bien des marins sont devenus fous en la cherchant. Faut dire qu'elle est bien cachée, la bougresse ! Une vie d'homme ne suffit pas pour la trouver. Nous, ça fait un moment qu'on lui court après, qu'on fouille derrière chaque vague, qu'on scrute chaque bout d'horizon. Pour rien. On en a perdu le moral et l'envie de chanter. Et v'là que tu déboules avec tes grands yeux de môme et ta boussole…

Il prononça le mot « boussole » avec une telle gourmandise que Tibotie la lui montra. Zalambra resta de marbre en la voyant. Ni ravi ni déçu. Entre les deux. Difficile de savoir ce qu'il pensait vraiment.

– Dire que cette babiole qui semble venir d'un bazar de la côte va peut-être nous apporter la fortune des fortunes, commenta Bardabuke.

– Une babiole *magique*, rectifia La Teigne. Et qui n'obéit qu'au gamin…

– Comme c'est passionnant, dit lentement Zalambra, en homme méfiant qui ne croit que ce qu'il voit.

Prudent, il manipula la boussole. Il l'examina, la tripota, la pencha d'un côté, de l'autre, enfin tapota le cadran du bout de son ongle rongé. Rien. Bonne à jeter, apparemment. Tibotie lui prouva le contraire. Il la ramena à la vie sans la toucher, juste en lui murmurant quelques mots secrets. L'aiguille tourbillonna de toutes ses forces avant de montrer le sud-sud-ouest du doigt, et Zalambra prit une décision.

– Tu marques un point, gamin. Je suis presque prêt à t'accepter à bord (au grand soulagement de La Teigne et Bardabuke), mais tu dois d'abord prouver ton obéissance. À bord, on exécute mes ordres sans discuter. Aucune exception. Je dois être sûr de pouvoir compter sur toi au milieu des flots. Tu comprends ?

– Oui, bredouilla Tibotie.

Il redoutait la suite. Il avait raison.

– Par conséquent, continua Zalambra, je t'ordonne de mettre celui-là hors d'état de nuire.

Celui-là, c'était un grand costaud moitié sanglier, moitié bouledogue, connu sous le doux sobriquet de Triple Goinfre. Ce gouffre sans fond vidait chope sur chope quelques tables plus loin. Tibotie flageola. Contre ce tas de muscles, il n'avait aucune chance.

– Admettons que je refuse…

La Teigne faillit s'étrangler. Bardabuke toussota. Zalambra n'y alla pas par quatre chemins.

– Admettons qu'on te pende par les pouces au grand mât…

Entre la pendaison et le gros balaise, que choisir ? Après réflexion, Tibotie choisit le gros balaise.

Il en choisit même deux.

Le premier, on le connaît déjà.

Le second était un colosse tout pareil que l'autre. Il jouait aux fléchettes avec des haches à la place des fléchettes. Ses camarades l'appelaient Crazy Jak, et il avait très mauvais caractère. Ça se voyait tout de suite.

Quand Tibotie trouva le culot de lui chuchoter trois mots en privé, Crazy Jak sentit la fumée jaillir de ses oreilles.

– Il a fait *quoi*? rugit-il en cherchant Triple Goinfre du regard.

Tibotie n'eut pas le temps de répéter que Crazy Jak traversait la taverne. Un bison qui charge!

– Je vais t'arracher les yeux! gueula-t-il en se jetant sur Triple Goinfre.

Des tables valsèrent. Des bouteilles se brisèrent. Le combat commença. Un combat terrible. On aurait dit un T-rex contre un autre T-rex! Insultes, cris, babines retroussées: Crazy Jak était furieux, incontrôlable. Triple Goinfre aussi.

– Je vais te raboter le museau, face de phacochère!

Il balança une série d'uppercuts dans les dents de Crazy Jak. La bouche en sang, celui-ci se jeta tête la première dans l'estomac de son assaillant. Triple Goinfre tomba en arrière. Déséquilibré, Crazy Jak lui roula dessus. Autour, tous applaudissaient le spectacle. Tous, sauf Tibotie qui se rongeait les ongles. Crazy Jak n'était pas censé avoir la figure en sang en moins d'une minute.

Et puis...

À peu près aussi souple qu'une bûche, Triple Goinfre

se releva moins vite que son agresseur, qui en profita pour lui briser un tabouret sur le crâne. Le tabouret explosa en six morceaux, et le crâne fut à un cheveu de se fêler. Tout de suite après, une farandole d'étoiles et de petits oiseaux couronna sa bosse, puis Triple Goinfre s'évanouit.

Crazy Jak fut déclaré vainqueur.

– Et voilà ! soupira Tibotie, rassuré.

Zalambra en resta muet d'admiration.

– Comment que t'as fait ? demanda Bardabuke. T'as bavé quoi à l'oreille de l'autre carpette ?

Tibotie gloussa.

– Juste un mensonge de rien du tout, avoua-t-il.

– Lequel ? se renseigna La Teigne, impressionné par ce petit bonhomme plein de ressources.

– Que j'ai vu Triple Goinfre cracher dans le verre de Crazy Jak, conta Tibotie. Ça ne lui a pas plus. Vous connaissez la suite.

– Malin, le loupiot… reconnut Bardabuke.

Un peu trop malin au goût de Zalambra. Mais une promesse était une promesse.

– Bienvenue dans l'équipage ! annonça-t-il, timbale en main et sourire aux lèvres. Bienvenue sur le *Reine de Trèfle.*

La Teigne et Bardabuke l'imitèrent.

Ça y est ! pensa Tibotie, mille fois soulagé d'avancer d'un coup vers la case « bateau », et certain que le plus dur était fait. *Une fois à bord, retrouver l'auteur des messages ne devrait pas être trop difficile.*

– Maintenant, parlons affaires ! dit Zalambra. Pour ta participation…

– Parlons d'abord de nous ! le coupa Bardabuke. Maintenant que tu fais officiellement partie de l'équipage, envoie l'antidote !

Ce que fit aussitôt Tibotie. Il balança la fiole en l'air. Voir La Teigne et Bardabuke se précipiter pour l'attraper (deux chiens à qui on lance un os), quel amusant spectacle ! Bien sûr, le premier se cogna contre le deuxième, qui se rebiffa en le poussant rudement, lequel riposta avec un coup de coude pile dans les côtes.

– Bande de crétins ! persifla Zalambra.

La fiole profita de ces chamailleries de gamins pour exploser à leurs pieds. L'antidote se répandit sur le plancher crasseux, déjà taché d'anciennes gouttes de sang, de graisse et de rhum.

Comme changés en statues de marbre, les deux pirates fixèrent les petits morceaux de verre.

– On va mourir dans d'atroces souffrances, gémit Bardabuke d'une voix frigorifiée par la peur.

– Pas tout de suite, le rassura Tibotie. Y a jamais eu de poison, mais merci de l'avoir cru !

– Dommage, estima Zalambra. Ça m'aurait débarrassé de deux minables pirates.

Minables mais pas rancuniers : ils burent à la santé de Tibotie, « le gamin le plus dégourdi d'ici et d'ailleurs ! »

Zalambra trinqua avec eux. Les affaires reprirent.

– Pour ta participation, disais-je, tu recevras une part

du butin en cas de réussite, avec un supplément si tu perds un membre dans l'aventure. Contrat pirate typique.

Tibotie acquiesça.

– Y aura trois règles à suivre en plus d'une loyauté totale, poursuivit Zalambra. Transgresses-en une et tu recevras un coup de sabre dans les tripes, vu ?

Bardabuke évoqua alors Feu Follet, un moussaillon qui avait la mémoire trop courte.

– Il aurait jamais dû enfreindre la règle # 2. Ses jeunes boyaux sont tombés comme une ancre sur le pont.

Ce souvenir le fit beaucoup rire. Tibotie, moins.

– D'accord, lança-t-il. Comme vous voudrez.

– Parfait, fit Zalambra. La première règle, tu la connais déjà : personne ne parle au capitaine Tortoga. La deuxième : ne *jamais* le regarder dans les yeux, même de loin. La dernière : quoi qu'on trouve là-bas, Tortoga sera le seul à y toucher. Compris ?

Toute la taverne baissa d'un ton pour entendre la réponse de Tibotie. Réponse que voici :

– Ce sera selon votre bon désir, leur assura-t-il, même si la dernière condition compromettait son plan. En effet, s'il devait remplacer la vraie Rubis par une fausse, il lui faudrait mettre la main dessus avant Tortoga. Logique. Il lui faudrait être plus rapide que lui. Plus malin. Plus fort. Pas le choix. Mais cela, il préféra ne pas y penser pour l'instant. Pour l'instant, il essayait juste de paraître sincère en clamant : « Ce sera selon votre bon désir. »

Cette réponse, que Tibotie avait entendue dans un film, un jour, Zalambra la trouva tout à fait à son goût.

– Bien causé, brave freluquet ! dit-il avant de pivoter vers Bardabuke. Toi, file payer au tavernier ce qu'on lui doit ! Et toi, La Teigne, prends un canot, rame jusqu'à la goélette et fais sonner le branle-bas. Dis qu'on arrive. Demande qu'on allume le fanal. Que tout le monde se prépare à lever l'ancre : on part cette nuit.

Au sud de nulle part

Le *Reine de Trèfle* attendait, immobile, et vous n'avez jamais vu un vaisseau plus sombre posé sur l'eau.

– C'est le diamant noir des océans, disait souvent de lui Zalambra.

Les autres bateaux (le *Cirrus*, le *Golden Goonies*, le *Black Bonny*...) étaient d'une belle couleur de pain d'épices. Pas le *Reine de Trèfle*. Peint avec des gouttes de nuit, il serait passé totalement inaperçu sans les clignotements de son fanal, et Tibotie fut bien surpris quand le canot l'accosta.

Voilà, j'y suis...

Que d'épreuves pour en arriver là ! Et ce n'était pas fini...

Zalambra monta le premier à l'échelle de corde. Les autres suivirent.

À part Tortoga, l'équipage au complet était déjà sur le pont, sous une lune aussi blanche qu'une fleur de vanille, à attendre les ordres.

Il y avait là Double Jack, un ruffian au cœur trop petit

de dix tailles ; son meilleur ami Long Sabre, un coquin avec une pièce d'or en guise de cervelle, et le cousin de celui-ci, Pioche, ainsi nommé car il vous poignardait un bonhomme en agrippant son couteau à deux mains. Il y avait aussi Grizzly, grognon comme deux et fort comme quatre ; Babines, Jo l'Épouvantail, Big Flint (le spécialiste des amputations), la Brise, l'Aspic, Sam la Fouine, Bil Galapagos et surtout, blotti entre un pirate enflé comme une pastèque et un autre parfumé au hareng, il y avait…

– Toi ? s'exclama Tibotie avec de grands yeux de lémurien.

– Eh oui ! gazouilla Tom avec ce sourire malicieux dont il avait le secret. Détrousseur le jour, apprenti pirate la nuit !

Si la surprise avait un poids, celle de Tibotie serait plus lourde qu'un empilement de mammouths. Il ne s'attendait certes pas à trouver Tom ici.

Pendant une pincée de secondes, les pensées se bousculèrent en lui comme des autos-tamponneuses, puis il jaugea Tom de bas en haut avec une rare intensité.

– C'est pourtant évident, murmura-t-il en considérant la chemise bouffante de Tom, ses cheveux aux quatre vents, son pantalon grignoté jusqu'à mi-mollets : la parfaite tenue du moussaillon. J'aurais dû le voir tout de suite !

Pour une fois, Tom ne lui fit pas pitié, mais envie. Être corsaire à son âge… aller d'île en île… de port en port…

– Pourquoi tu ne m'as rien dit ? Et pourquoi t'es pas venu au rendez-vous puisque tu fais partie de l'équipage ?

Tom leva les yeux au ciel en soupirant, l'air de recevoir un éboulis de questions sur la tête.

– Pour le premier « Pourquoi », tu comprendras que je n'aime pas claironner partout que je suis un fils de la piraterie ! Je suis déjà assez mal vu avec mon costume de pickpocket sur le dos, tu ne penses pas ?

Pas faux, admit Tibotie.

– Pour le second, ce n'est pas ma faute : Zalambra nous a interdit de quitter le navire. On devait être prêts à mettre les voiles à tout moment, au cas où ces grands crétins que sont La Teigne et Bardabuke rapporteraient la boussole.

– Vice-versa, gronda Bardabuke, fais attention à comment que tu causes. Le grand crétin, il pourrait bien t'arracher la langue.

– Ouais, ce grand crétin pourrait bien te l'arracher ! ajouta La Teigne.

Tom les ignora.

– Mais quand j'ai compris que c'était toi qui fricotais avec eux, je me suis douté qu'on se reverrait tantôt. T'es un malin, toi. Un coriace. J'savais bien que tu les convaincrais de t'inviter à bord, et que t'avais point besoin de moi pour ça.

Flatté, Tibotie sentit le rose lui monter aux joues. Tom fit alors un pas vers lui.

– Ça ne change rien à ma promesse, lui dit-il tout bas. Je t'aiderai à trouver ce que tu cherches.

Un clin d'œil scella cette promesse.

Gorge serrée, Tibotie ne répondit rien. Il n'en menait pas large au milieu de tant de lascars.

À propos de large, il était temps d'y aller.

– Bande de macaques, brailla Zalambra après avoir rapidement présenté le nouveau, remuez vos fesses et faites-moi glisser ce vaisseau au fil des vagues ! J'veux qu'on soit partis dans cinq battements de paupières !

Aussitôt ordonné, aussitôt fait. On manipula les cordages, on releva l'ancre argentée, on fit danser les drapeaux (le traditionnel symbole pirate de Tortoga, ainsi qu'une oriflamme rouge avec *51* brodé dessus), on libéra les voiles. Ah ! ces voiles... Elles n'étaient pas bistre et tannées comme celles du *Black Bonny* ; pas rafistolées comme celles de l'*Attrape-moi*, ni trouées de partout, en lambeaux, comme celles du *Hollandais Volant*. Celles-ci semblaient avoir trempé dans un bain d'encre de Chine avant d'être constellées de miettes de lune. Vues de loin, elles se confondaient parfaitement avec le ciel de minuit. De près, aussi. Il était presque impossible de les distinguer : si le vent n'agitait pas les voiles de temps en temps (et ne faisait pas danser les étoiles dessinées dessus), on ne verrait pas la différence. Tibotie les contempla longtemps.

– Rien de mieux que ces voiles magiques pour passer inaperçu, l'informa Zalambra. À bord, y a que trois choses qu'on n'a pas chapardées : ta boussole, le courage des gars et ces voiles caméléons.

Fabriquées par des artisans de Faégatie, dans l'archipel

de Barracuda, à droite de la Mer qui Dort quand on vient du Levant, ces voiles étaient conçues pour imiter le ciel. De vrais miroirs ! Elles étaient rose pastel à l'aube, indigo par beau temps, pourpres au crépuscule, gris souris à l'approche de l'orage, noires et scintillantes autour de minuit…

– Et ces merveilles capturent le moindre souffle de vent ! Rien de mieux pour faire galoper un bateau sur le dos des vagues.

En effet, le *Reine de Trèfle* quitta en deux glissades le port et les plages, les criques et les dunes. Il dépassa vite l'œil jaune du phare de Stevenson, puis le rocher aux Sept Mille Macareux et enfin le château de Brûle-Soif, où croupissaient voleurs et assassins.

– Aucun sloop, aucun brigantin n'est aussi rapide que ce bon vieux *Reine de trèfle* !

C'était vrai. Mi-aigle, mi-dauphin, il glissa vers l'horizon en moins de temps qu'il n'en faut pour l'écrire, patinant sans efforts sur les flots, faisant autant de bruit que la soie sur la soie, la neige sur la neige. La baie fut bientôt loin derrière, et la Rubis loin devant.

– Maintenant gamin, file à la barre ! ordonna sèchement Zalambra. Indique à Long Sabre la direction à suivre. Moi, faut que j'cause au capitaine.

Zalambra partit d'un côté, Tibotie de l'autre, et le voyage commença pour de bon.

La traversée dura une semaine. Selon les latitudes, la météo et le moment de la journée, les voiles changeaient en effet de couleur. Fondu dans le paysage, le *Reine de Trèfle* passait pratiquement inaperçu. Ainsi, il navigua sans problème au nez et à la barbe de plusieurs navires.

En une semaine, l'enquête de Tibotie n'avança pas d'un pouce. Dès qu'il pouvait s'approcher d'un pirate pour engager la conversation, on lui aboyait illico de retourner à son poste, espèce d'asticot.

Je ne suis pas près de retrouver l'auteur des messages… désespérait-il, sans le moindre début de piste.

Sa cervelle turbinait sans arrêt, fabriquant toutes sortes d'hypothèses plus ou moins bonnes. Et puis, un jour, le déclic !

– Que je suis bête de ne pas l'avoir compris plus tôt ! se reprocha-t-il.

Compris quoi ? Tout simplement que le garçon venu acheter de l'encre rampante à Mme Fizziwizz ne pouvait être que Tom : il n'y avait aucun autre moussaillon à bord.

Après avoir digéré cette déduction logique, Tibotie formula deux hypothèses.

Soit Tom était l'auteur des messages, ce qui lui paraissait peu probable. *D'après Mme Fizziwizz, l'encre rampante coûte son pesant d'or. Or, Tom n'a jamais un sou en poche.*

Soit Tom avait été envoyé par quelqu'un. *Si c'est le cas, alors lui seul connaît celui que je cherche !*

Il n'y avait plus qu'à lui poser la question. Hélas, de toute la semaine, il n'eut pas une seule fois l'occasion de lui parler vraiment. Tom travaillait sans cesse, du matin au soir et une bonne partie de la nuit. La vie de marin était en vérité difficile, celle de Tom peu enviable. Il avait toujours un pont à briquer, des voiles à plier ou à déplier, des nœuds à faire ou à défaire, des corvées en retard... Et gare aux coups de fouet si la besogne était mal faite !

Sur ordre de Zalambra, Tibotie était le plus souvent scotché à la barre, sa boussole sous les yeux, et gare aux coups de fouet s'il s'en éloignait sans permission.

– Gamin, l'avait averti Zalambra, si tu nous permets pas de garder le bon cap, alors tu sers à rien. Si tu sers à rien, tu prendras le dernier bain de ta jeune vie au milieu de l'océan, compris ?

Compris.

Fidèle à ses quartiers, Tortoga ne montra jamais le bout de ses canines. Son ombre glissait parfois devant les vitres, ou bien ses éclats de voix ricochaient sur le pont. Dans les trois secondes suivant ce coup de tonnerre, Zalambra déboulait sur le pont principal pour ordonner d'augmenter l'allure, « bande de cossards ! » Tout de suite après, les voiles caméléons capturaient un peu plus de vent, permettant ainsi au *Reine de Trèfle* de courir encore plus vite, toujours plus vite sur le dos des vagues.

Parfois, Long Sabre échangeait deux mots salés avec Tibotie. Il lui disait tantôt des choses comme ci :

– Une bonne voile est certes un piège à vent, mais c'est

aussi une sorte de filet à papillons. À la place des papillons, elle attrape des rêves d'aventures…

Tantôt des choses comme ça :

– Il n'y a que quelques vagues entre un marin et une île au trésor. Quelques vagues, et bien des turbulences.

Et Tibotie croyait entendre parler son grand-père…

Une occasion se présenta enfin.

C'était le calme avant la tempête. L'océan était lisse, l'équipage nerveux. Quand Zalambra fila inspecter l'autre bout du navire, Tibotie en profita pour rejoindre Tom en trois bonds.

– Salut, compère ! l'accueillit celui-ci. Pas trop le mal de mer sur ces milliers de flots ?

Comme il avait peu de temps devant lui, Tibotie alla droit au but :

– Je sais que tu as acheté de l'encre rampante. Je veux que tu me dises pour qui !

Totalement pris au dépourvu, Tom resta bouche bée un moment. Quand il retrouva la parole, ce petit malin répondit par une question :

– Qui t'a dit pour l'encre rampante, sale petite fouine ?

– Réponds ou je jette cette foutue boussole par-dessus bord ! le menaça Tibotie. Je te jure que je le ferai, et tant pis pour la Rubis.

Il pensait ainsi faire pression sur Tom, lequel rêvait sûrement chaque nuit de la Rubis et de son trésor. Il se trompait. Tom reprit aussitôt confiance en lui.

– Tu bluffes ! Si tu la balances, tu la rejoindras cinq minutes après, tu peux me croire.

Il pensait ainsi faire vaciller Tibotie. Il se trompait. Ce dernier avait déjà une réponse toute prête.

– Tu penses vraiment qu'ils balanceront le seul à bord à connaître la dernière direction annoncée par la boussole ?

Non, en effet. Tibotie le savait, Tom aussi. Il se radoucit.

– Qui que ce soit, dit-il, j'ai promis de ne pas le trahir. Un serment de pirate, c'est sacré !

– Pfff! fit Tibotie. Y a pas plus fragile qu'un serment de pirate.

– Faux ! répliqua Tom d'un air mauvais.

– Vraiment ? répliqua Tibotie avec, en tête, l'idée de le mettre à l'épreuve. Dans ce cas, tu te souviens de la promesse que tu m'as faite.

– Celle de t'aider à retrouver ce que tu cherches ? Bien sûr que oui. J'ai de la cervelle, tu sais !

– Très bien. Alors ce que je cherche, c'est celui pour qui tu as acheté de l'encre rampante. Je *dois* savoir son nom. C'est très important.

– Et pourquoi donc que c'est si important ?

Avant de répondre, Tibotie jeta un coup d'œil à gauche et à droite, devant et derrière, pour être bien certain qu'aucune oreille crasseuse ne les écoutait.

– Parce que celui qui a utilisé cette encre veut que je le retrouve. C'est la vérité.

– N'importe quoi ! siffla Tom, de plus en plus sur ses gardes. Sans preuve, pourquoi que je te croirais ?

Tibotie avait heureusement gardé sur lui, au fond d'une poche, l'un de ces petits bouts de papier reçus au manoir. Bien sûr, les mots écrits dessus avaient disparu, l'encre ayant rampé jusqu'à Tibotie. Mais en appliquant doucement sur la feuille un peu de suie récoltée dans la bouche d'un canon (à bord, les canons ne manquaient pas), il réussit à révéler ce message : « Cherchez le *Reine de Trèfle* et vous me trouverez », au grand étonnement de Tom.

De mémoire de flibustier, personne n'a jamais vu quelqu'un d'aussi tourneboulé que Tom à ce moment-là.

Fidèle à son serment, Tom ne dit rien. En revanche, il ne put s'empêcher de jeter un long regard troublant vers la cabine du capitaine…

Le calme avant la tempête prit fin à cet instant précis. Les voiles devinrent gris cendre, les cieux menaçants.

Au-dessus de l'océan agité, l'homme à la vigie hurla à s'en cracher les poumons :

– Tourbillon géant droit devant !

À bord, ce fut l'affolement général. Chacun retrouva son poste à toute allure, prêt à manœuvrer pour se tirer d'urgence du pétrin. Un essaim d'abeilles dérangé par une patte d'ours ne gigoterait pas autant que l'équipage du *Reine de Trèfle.*

Rivé à sa longue-vue, Zalambra fouilla l'horizon du regard.

– Par tous les sabords, se révulsa-t-il, on file droit vers les enfers de Neptune !

Lui qui d'habitude ne redoutait rien ni personne, il blêmit sous ses cicatrices. Cela n'échappa à personne.

– Le patron a les pétoches, c'est pas bon signe… se disait-on.

– Virez de bord immédiatement, tas de poulpes ! brama l'intéressé. Tribord toute ! Mettez tout votre jus à faire dévier ce foutu rafiot ou bien l'océan va nous avaler comme un quignon de pain !

Ces marins connaissaient tous des histoires de bateaux gobés tout crus par l'océan, les soirs de tempête. Et ils avaient déjà tous croisé des tourbillons dans leur longue vie de pirate, mais pas des larges comme celui-ci. Pas des aussi rapides, aussi profonds.

L'activité à bord doubla, tripla. Les hommes manœuvrèrent pour que les voiles capturent tout le vent latéral disponible.

Ses biceps gonflés comme des outres, Long Sabre bloqua la barre à tribord.

Debout à son poste de vigie, un certain Cyclope jurait par tous les diables que ce tourbillon s'élargissait : une bouche en train de s'ouvrir !

– L'eau a faim et elle veut nous bouffer, alors du nerf ! brailla-t-il du haut de son mât. J'veux pas patauger là-dedans !

Les yeux de Tibotie rebondirent de la boussole au tourbillon, et du tourbillon à la boussole. Il essayait de comprendre pourquoi l'aiguille montrait ce piège du doigt.

Le temps changea en quelques secondes. Le ciel se couvrit de nuages de suie, les voiles aussi. L'équipage trima dur pour faire dévier le *Reine de Trèfle*, et l'emmener vers des flots plus calmes.

– ... sommes sauvés ! estima Cyclope quand le tourbillon cessa enfin de les aspirer. Le gosier de l'océan est derrière nous. On l'a échappé belle !

De la poupe à la proue, il y eut plus de rires et de cris de joie que dans toutes les tavernes réunies de la baie par un jour de fête.

Pas longtemps.

– M'sieur Zalambra ! M'sieur Zalambra ! paniqua Tibotie, d'une pâleur de boule de neige. La boussole !

– Quoi, la boussole ?

– Son aiguille... Je comprends pas... Regardez !

Zalambra regarda. Devant ses grands yeux de murène, l'aiguille pivota d'un quart de tour pour indiquer encore et toujours ce maudit tourbillon.

– Morbleu, elle est déréglée, folle ou cassée ! vociféra-t-il.

Pas folle, ni cassée. Juste têtue. Peu importait que le vent pousse le *Reine de Trèfle* vers bâbord ou tribord, l'aiguille corrigerait aussitôt sa direction pour montrer le tourbillon et rien d'autre. Elle semblait dire : « Courage, c'est là qu'il faut aller. Là et pas ailleurs ! » Mais ça, Zalambra refusa de l'envisager. Pour lui, pas question de retourner vers ce gouffre. Dix rafales plus tard, il somma Tibotie d'indiquer un cap sérieux « ou je te fais pendre au grand mât par une cheville, et je laisserai les goélands te picorer ! »

Il ne blaguait pas. Tibotie supplia donc la boussole de lui montrer le bon chemin pour l'île de Jouvence.

– S'il te plaît, Adibao…

À bord, silence total. Les marins attendaient avec crainte et impatience la réponse de la boussole.

Après plusieurs tours dans le vide, son aiguille fixa obstinément le tourbillon…

… et Zalambra dépité fixa la cabine de Tortoga.

– L'est grand temps que le patron quitte ses quartiers ! gronda-t-il.

Grand, costaud, tout de noir corbeau vêtu, Rudyard Tortoga entra en scène entouré de mystère et de vents fous.

Quand l'énigmatique capitaine fit l'honneur de sa présence, Tibotie retint un cri, l'équipage retint son souffle, et Zalambra s'inclina, lui qui ne s'inclinait jamais devant personne. Tout le monde l'imita. Même Cyclope du haut de son mât, même Long Sabre derrière sa barre. Et tout le monde baissa les yeux. Règle # 2. Tibotie aussi, mais… Dévoré par la curiosité, il osa quelques coups d'œil aussi rapides que discrets vers celui dont on lui contait les aventures depuis toujours.

Une curiosité bien peu rassasiée ! Vu d'ici, impossible de

dire si Tortoga avait les yeux bleus, noisette ou vairons. Ses dents limées en pointe ? Cachées derrière des lèvres scellées à double tour. Idem pour son célèbre tatouage dans le cou : dissimulé par un large foulard dansant.

Alors que vit-il ? Un riche bicorne posé sur une broussaille de boucles de couleur rouille ou noisette selon la lumière. Une barbichette sombre, taillée en pointe, agrippée à un menton carré. La lourde épée qui pendait à une grosse ceinture de cuir. Et la bise qui valsait dans ses cheveux, le sourire provocateur blotti au coin de sa bouche, sa démarche lente et menaçante…

Tout le monde espérait l'ordre de poursuivre droit devant, « là où l'aventure voudra bien de nous, et au diable cette boussole ! », dirent les uns. Certains proposèrent de jeter le gamin entre deux vagues. « C'est tout ce que mérite ce porteur de poisse ! » Mais cet ordre-là se fit attendre. Avant de se prononcer, Tortoga observa longuement le phénoménal tourbillon, ses remous assourdissants, l'eau coléreuse qui se hérissait tout autour, et ses écumes plus blanches que la mousse du bain. Et il tendit l'oreille, à croire que l'océan lui racontait une histoire.

Il fixa ensuite Zalambra, puis le garçon à ses côtés, et la boussole entre ses mains. La boussole ? Il la reconnut tout de suite. Le garçon ? Il lui semblait brave, honnête et un peu trouillard sur les bords : pas le genre d'écervelé à vouloir se lancer dans un tourbillon géant pour s'amuser.

– Qu'il lui repose la question ! ordonna-t-il.

– T'as entendu, casse-pieds ? tonna Zalambra. Demande à nouveau le cap à ton gadget.

Tibotie obéit. L'aiguille gigota uniquement pour le plaisir de nourrir un certain suspense : après trois tours de cadran, elle remontra le tourbillon du doigt.

– Elle déraille ! jugea Zalambra. Cette boussole a une âme d'assassin, elle est hantée ! Elle veut notre fin, faut pas l'écouter !

Une boussole hantée ? Tortoga ricana.

– Ce foutu marmot sait pas la lire ! critiqua Pélican, une fripouille au nez aussi long et pointu que cet oiseau. Ce cafard sert à rien d'autre qu'à bouffer nos rations. Jetons-les à la flotte, lui et sa babiole !

– À la flotte ! reprit en chœur l'équipage.

– Non ! supplia Tibotie.

– Non ! implora Tom.

D'habitude, c'est la loi du plus grand nombre qui l'emporte. Là, ce fut l'inverse. Tortoga préféra écouter Tom. Il savait ce garçon assez malin pour ne rien dire sans une bonne raison. Mieux valait le prendre au sérieux, les autres ayant tous à son avis de la semoule dans le crâne.

– Crois-tu que cette boussole délire ? lui demanda-t-il donc sans quitter l'horizon du regard.

– Elle fonctionne parfaitement, l'assura Tom sans un gramme d'hésitation.

– Et toi, qu'en penses-tu ?

Il s'adressait à Tibotie.

– Qu'elle *sait* où aller ! répondit celui-ci, ses yeux cloués au pont.

Carole-Anne le savait aussi. Tibotie l'entendait encore lui dire : « … il ne faut pas avoir peur de tomber dans le trou. » Elle parlait sûrement du tourbillon. Elle savait. On pouvait lui faire confiance.

Le capitaine prit sa décision.

– S'il faut aller au sud de nulle part, alors allons-y ! estima Tortoga en homme sûr de son autorité et de ses choix. Demi-tour express ! commanda-t-il ensuite en injectant de la rudesse dans les consonnes et de la tempête dans les voyelles. Je veux visiter le fin fond de ce tourbillon, et pas plus tard que maintenant !

Mais ses hommes tétanisés ne bougèrent ni un cil ni un muscle tatoué. Faire voile vers la gueule du tourbillon ? Jamais.

– Une mutinerie ? jugea Tortoga d'un air méprisant.

Sa réaction ne se fit pas attendre. Son sabre traversa Tchocco, le pirate le plus proche de lui à ce moment-là. C'est ce qui s'appelait être au mauvais endroit au mauvais moment. Ce fut aussi rapide qu'une attaque de vipère. Tchocco tomba sur le pont. Le vent souleva les mèches du capitaine, lesquelles gigotèrent un instant comme des flammes.

– J'en ai refroidi un, je peux continuer ! menaça-t-il, plus glacial qu'un hectare de banquise. Au boulot !

L'équipage se remua à contrecœur. Tortoga retourna dans ses quartiers. Tibotie flageola.

– Accrochez bien vos tripes car ça va secouer ! conseilla Zalambra avec, dans la voix, un trémolo de jeune moussaillon.

Prenez vos pires cauchemars, mélangez-les à vos peurs les plus intenses, ajoutez-y vos plus grandes douleurs, secouez bien le tout, tirez-en tous les cris possibles et multipliez cela par cent : eh bien ! ce n'est *rien* comparé aux hurlements d'angoisse de l'équipage quand le *Reine de Trèfle* s'engagea dans le tourbillon. Tibotie se blottit dans un coin du navire avec trois épaisses couches de frissons sur le dos et bien peu d'espoir dans les poches. Paupières closes, il serra la boussole et pria.

D'humeur taquine, l'océan n'en finissait pas d'aspirer le *Reine de Trèfle* vers le fond. Il le secouait comme un hochet de bébé, de droite à gauche et d'avant en arrière, et de plus en plus fort, et de plus en plus vite.

– L'océan nous fait la guerre ! se lamenta quelqu'un, juste après avoir vomi rhum et harengs grillés.

– Tous aux abris ! gucula un autre, juste avant de s'évanouir.

– On descend aux enfers ! prédit un troisième en faisant des signes de croix pendant que le bateau pivotait sur lui-même.

Le vent donna une monstrueuse gifle à la goélette, puis une autre. Il secoua chaque centimètre du *Reine de Trèfle*, lequel, à un moment, se coucha sur le côté.

Énormes, ces vagues. Puissantes. Des rhinocéros qui chargent! Tandis qu'elles boxaient le bateau, des trombes d'eau fouettaient violemment ses voiles sombres. Elles les trouaient ici, les déchiraient là: de vraies flèches! Et le *Reine de Trèfle* glissait sans fin dans l'entonnoir, tournant encore et encore et encore...

À mi-chemin, le navire se cabra tels ces chevaux sauvages qui refusent qu'on les monte. Son mât de beaupré se leva vers le ciel, presque vertical, avant de replonger lourdement. Ballotté par des avalanches d'eau et des éboulis d'écume, le bateau tressauta ensuite si fort que tonneaux, tonnelets, rouleaux de cordage et boulets de canon sautèrent comme des puces avant de faire le grand plongeon. Les bômes, en fouettant l'air, en assommèrent plus d'un.

– C'est fini! gueula Zalambra en s'agrippant à tout ce qu'il pouvait: échelle de corde, mât, poulie... On est perdus! Adieu, compagnons de galère!

L'océan lui donna tort. Pile quand le *Reine de Trèfle* sembla sur le point de se fracasser au fin fond des abysses, le tourbillon inversa brutalement son sens de rotation et le navire remonta doucement à la surface, où l'attendaient les mouettes de l'île de Jouvence.

Plus ou moins mille dangers

Des plages blondes léchées par des vagues turquoise, des palmiers à perte de vue, un volcan couronné de nuages et de perroquets : voilà en général comment l'on s'imagine une île sauvage.

L'île de Jouvence était exactement ainsi : colorée et séduisante. Un petit bout de paradis.

Méfiance… grommela pourtant Zalambra après s'être remis de ses émotions.

Il connaissait suffisamment le métier de pirate pour flairer le danger.

– Par mes caries, les îles trop belles réservent *toujours* de mauvaises surprises !

Il n'avait pas tort. Le danger était là, partout. Dans les plantes vénéneuses, dans la colère du volcan, dans les crochets du serpent, la gueule du crocodile, le brouillard au-dessus de la forêt… Et même dans les parfums de l'île. Des parfums de fleurs, de fruits et d'épices. Tibotie le savait bien : ces parfums qui retournent l'esprit, il les avait déjà sentis dans les récits de son grand-père. Sans attendre une seconde, il prit un petit papier dans sa poche, le déchira en deux morceaux qu'il roula en boule, et se boucha les narines avec.

– Faites comme moi ! gueula-t-il. Ne respirez surtout pas cet air !

– Pas respirer ? rétorqua Big Flint. Tu deviens fou, l'asticot !

Certes, les parfums ne tuent pas en général. Ceux-là, si. Transportés par des vents complices, ils zigzaguèrent vite jusqu'au *Reine de Trèfle* pour hypnotiser chaque paire de narines à son bord.

– Méfiance, répéta Zalambra, mais très mollement cette fois, avec un sourire niais à la bouche et un délicieux nuage de lait de coco posé sur son nez.

Aussi attirant que le chant des sirènes, le charme des parfums opérait déjà. Il faisait tourner la tête et fondre les cœurs. En trois mots : il rendait idiot.

– Allons-y maintenant, toutes voiles dehors ! lança Grizzly, sa truffe attrapée au lasso par la puissante senteur d'une orchidée.

Dès lors, il aurait fait n'importe quoi pour rejoindre la plage. Même si l'île avait été en flammes ou recouverte de bouses de vache fraîches, il se serait battu comme un lion pour y aller et se rouler dedans.

Les autres aussi. Abeilles attirées par le plus sucré des nectars, ils avaient tous les mêmes pupilles dilatées, le même sourire d'amoureux fou, la même respiration haletante. Et cette envie folle de rejoindre l'île coûte que coûte! Impossible de résister à son sortilège. Seul Jo l'Épouvantail garda la tête froide. Mais lui, c'était normal: son nez était si crotté que plus une odeur n'y pénétrait depuis belle lurette. Ce fut ainsi qu'il échappa à l'envoûtement.

Pressé d'accoster l'île, le *Reine de Trèfle* se remit doucement en branle. Il glissa sur une crête puis sur une autre, direction le rivage, quand soudain:

– Arrêtez tout, tas de crétins! tempêta un Rudyard Tortoga plus furibond que jamais.

Il avait une vieille carte entre les mains, et dans chaque narine une boulette de mèche à canon.

– Le premier qui s'avise d'amener *mon* voilier trop près des côtes, je lui frotte l'échine avec ça! menaça-t-il en désignant le chat à neuf queues, un fouet spécial avec, au bout des lanières en cuir, des dents de requin en guise de crochets. Un seul coup de ce fouet vous déchirait la moitié de la peau du dos.

De Long Sabre à Bardabuke, plus personne ne remua ni un cil ni un poignard. La colère de Tortoga semblait aussi puissante que les parfums de l'île.

À propos de parfums, le capitaine ordonna que tout

le monde « se bouche le tarin » avec ce qu'il trouverait : morceau de tissu, chique de tabac, cire d'oreille ou fiente de goéland.

– Et plus vite que ça !

En cinq minutes l'affaire fut réglée et chacun retrouva ses esprits. On jeta l'ancre, on replia les voiles : pas question d'avancer plus loin.

– Voilà où vous vouliez jeter le *Reine de Trèfle*, bande de mollusques ! gronda Tortoga. Pile dans la gueule du dragon !

Droit devant, une ligne de gros rochers taillés comme des silex entourait toute cette partie de l'île. Leur pointe aiguisée émergeait entre les vagues, prête à déchiqueter la moindre coque en approche. Chaque rocher était espacé de deux mètres cinquante seulement, pas assez pour le passage d'un navire de cette envergure.

Complètement abrutis par mille senteurs paradisiaques, les hommes n'avaient pas remarqué ces gros cailloux. Ils n'avaient vu que l'irrésistible plage si blonde qu'on dirait de l'or.

– Jamais vu une défense pareille… s'étonna La Teigne, un pirate avec pourtant plus de trente ans d'expérience.

– Même la citadelle de cap Antigua, avec ses trois couches de remparts et ses cent vingt canons, n'est pas aussi bien protégée ! ajouta La Bise.

– C'est le Collier d'Épines, indiqua Tortoga, un œil sur la carte et l'autre sur le rivage. C'est l'une des armes dont dispose l'île de Jouvence pour se protéger, et ce n'est que le début, maudits gaillards ! Si l'on veut poser le pied dessus, ce bout de terre ne se laissera pas faire.

– Et si on la prenait à revers ? proposa Zalambra. C'est peut-être plus calme de l'autre côté.

– Pas d'après ma carte, rétorqua le capitaine d'une voix si grave qu'elle parut sortir d'une caverne.

Côté est, il y avait de gigantesques bancs de sable mouvant capables d'avaler un bateau deux fois plus gros que le *Reine de Trèfle*.

Côté ouest, quatre vents contraires soufflaient à l'entrée d'un lagon paradisiaque ; quatre vents puissants conçus pour transformer n'importe quel navire en toupie géante.

– Un vrai piège à rats, considéra Tortoga. Une fois entre les mains de ces vents du diable, impossible de manœuvrer.

Ces vents, on pouvait les entendre *rugir* d'ici. Mieux valait ne pas s'en approcher.

– Et ce n'est pas le pire, continua le capitaine en promenant ses gros doigts sur la carte.

Pas n'importe quelle carte ! Celle-ci, dessinée par MM William Hocus et Bartholomé Pocus en personne (les créateurs du Jeu), indiquait tous les pièges de l'île. Et il y en avait : le Labyrinthe Émeraude, les Collines Sèches, le Puits sans fond, les Grands Marécages…

Ça fait toujours une drôle de sensation de poser les yeux sur une authentique carte au trésor. Ça chatouille agréablement le ventre, ça accélère le cœur. Ça donne même des ailes. Tibotie le comprit en un regard.

Depuis qu'il l'avait trouvée par hasard dans l'échoppe d'un vieux libraire, quelque part dans la baie des Brumes, coincée entre les pages vingt-quatre et vingt-cinq d'un livre au doux titre, *Le tropique du Kangourou*, Tortoga étudiait cette carte sans relâche, dans la tranquillité de sa cabine. Il passait jours et nuits à chercher le meilleur chemin à suivre pour rejoindre la Rubis. Il estimait la taille des dangers, il mesurait les chances de réussite, il tâtonnait. C'était difficile. D'après lui, aucun trajet n'était moins mortel qu'un autre.

– Pas une raison pour attendre ici à ne rien faire ! décréta Zalambra. On a maté d'autres îles sauvages avant elle, et des coriaces ! Pas vrai, les gars ?

– Ouais ! l'acclama l'équipage.

– Vous vous rappelez quand on a débarqué sur ce lopin de terre au large de Saint-Domingue ?

– Un vrai clapier ! se souvint La Bise. Avec des moustiques gros comme mes orteils et des sangsues dans chaque goutte d'eau. Pouah ! Je parie mon foie que c'était mille fois pire qu'ici.

Zalambra l'approuva d'un hochement de tête. Tortoga et Tibotie, non. Jouvence les effrayait. Le premier car il possédait une carte qui semblait dire : un orteil sur cette île et c'est la mort assurée. Le second car son grand-père lui en avait parlé en ces termes : « Cette île est telle une lionne : belle et envoûtante quand on la regarde de loin. Mais si on s'en approche trop, elle te taille en pièces ! »

On ne plaisante pas avec une lionne.

– Puisque vous insistez : un canot à la mer ! ordonna Tortoga avec, dans le regard, une étincelle de malice. La Teigne, Long Sabre, La Bise et Big Flint, armez-vous jusqu'aux oreilles : vous venez avec moi. Les autres, protégez le *Reine de Trèfle*, et attention aux sirènes : paraît qu'elles rôdent…

Tout le monde obtempéra, sauf Zalambra.

– Capitaine… protesta celui-ci, déçu de rester à bord, déshonoré.

Bâti pour l'aventure et la bataille, il n'avait qu'un désir, un seul : accoster cette île, la mettre à genoux et prendre son trésor. Ce serait le sommet de sa carrière de pirate. Au lieu de ça, on le nommait gardien de bateau. Humiliant. Mais pas question d'insister : en un regard venimeux, Tortoga lui cloua le bec…

… et Tibotie mourut d'envie d'ouvrir le sien, car lui aussi voulait venir. Il *devait* être le premier à atteindre la Rubis pour l'échanger avec l'enveloppe qu'il avait bricolée. Pas le choix. *Ou je la trouve avant les autres, ou je reste bloqué ici jusqu'à la saint-glinglin…*

S'il ne la trouvait pas le premier, la puissance de Tortoga n'aurait plus de limites, de même que sa cruauté.

Alors que fit-il, lui qui n'avait jamais rien exigé de toute sa vie, ni bonbon, ni jouet, ni vêtement à la mode ? Il sauta sur un tonneau et formula son tout premier caprice.

– JE VEUX VENIR ! cria-t-il au milieu du brouhaha

des hommes qui allaient et venaient sur le pont, et qui chantaient, sifflaient et braillaient, heureux de partir à la chasse au trésor.

Le *Reine de Trèfle* cessa net de jacasser. Toutes les têtes pivotèrent vers le gueulard. Celle de Tortoga se retourna la dernière avec une lenteur terrible.

– Tu crois p't'être qu'on est tellement bêtes qu'on peut plus se passer de toi ? railla le costaud Big Flint.

Rire général. Froncements de sourcils de Tortoga. Tibotie insista :

– Je crois que vous aurez encore besoin de ma boussole. L'île est grande, la Rubis toute petite. Croyez-moi : vous aurez besoin de nous pour arriver à destination.

– Par mes verrues, gronda Big Flint, c'est pas une crevette à grande langue dans ton genre qui va nous expliquer quoi faire et comment !

Crevette qu'il attrapa aussitôt par le col de la chemise.

– Un bon va-et-vient dans les flots, ça va te nettoyer les écoutilles, p'tit impertinent !

Il fila jusqu'au gaillard d'avant avec Tibotie dans une main, et en tête l'idée de le jeter par-dessus bord. Ayant prévu le coup, un requin attendait en faisant des ronds dans l'eau.

Pauvre Tibotie ! Les pieds à trente centimètres du sol, il se balança comme un pendu et se débattit comme un beau diable, les jambes d'un côté, les bras de l'autre. En beuglant. En boxant le vide de ses petits poings.

Les pirates applaudirent : un peu de distraction, ils ne crachaient pas dessus.

– Une sardine bientôt à la mer ! rigola Bardabuke.

Tout le monde riait, sauf Tom. Pour une raison que personne ne comprit, il défia Big Flint en se plaçant en travers de son chemin.

– Lâche-le donc ! lui dit-il haut et fort. Notre invité a raison : faut sa boussole.

Bélier ascendant tête de lard, Big Flint ne voulait rien écouter.

– Dégage de là, Vice-versa, ou crains ma colère. Je vais jeter ce morpion à l'eau, je peux te balancer aussi.

Tom ne bougea pas d'une mèche de cheveux. Il campa sur ses pieds sales, mains sur les hanches et front buté.

– Tu l'auras voulu ! maugréa Big Flint.

Il allait mettre sa menace à exécution. Tortoga laissa faire, au début. Il ne pouvait pas sans cesse refuser un peu de divertissement à son équipage. Tout changea en deux battements d'ailes de mouette.

À force de gigoter dans tous les sens, la chemise de Tibotie s'entrouvrit, dévoilant ainsi une partie de son épaule. Sur cette épaule s'étalait une tache de naissance, une sorte d'étoile à huit branches couleur café-au-lait. Quand le capitaine posa par hasard ses yeux dessus, une tornade souffla fort dans son crâne. Le genre de tornade qui met vos certitudes sens dessus dessous, qui bouleverse votre vie pour toujours et à jamais.

– Big Flint ! tonna-t-il avec des mots aiguisés comme des scalpels. Lâche-le ou crains la mienne, de colère ! articula-t-il, la main sur le sabre. Le gamin vient avec nous. Sûr qu'il sera un atout précieux dans notre expédition.

Cette décision étonna tout le monde.

– Le patron se ramollit avec l'âge, murmura un pirate.

– Ouais, approuva un autre. Y a pas si longtemps, ce marsouin aurait eu la langue coupée pour ce caprice.

Époque révolue. Tibotie en profita.

– Je veux que Tom vienne aussi. Je n'irai nulle part sans lui, exigea-t-il car Tom avait peut-être encore des choses à lui révéler.

Sans Tibotie, pas de boussole. Sans boussole, moins de chance de trouver rapidement la Rubis. Logique. Du coup, Tortoga céda.

Et tandis qu'on mettait le canot à l'eau, l'île se préparait à recevoir ses visiteurs.

L'île de Jouvence

Le canot se faufila entre les récifs puis glissa jusqu'à la plage. Paradisiaque, cette plage. Splendide. Le sable était fin et chaud, parfait pour accueillir une petite sieste au soleil. Sauf que les hommes n'avaient pas le cœur à dormir. Le trésor d'abord.

– Quelle route ? se renseigna La Teigne.

Perdu dans ses pensées (de très sérieuses pensées), Tortoga n'avait pas décoché un seul mot sur le canot. C'était soupir sur soupir, grognement sur grognement, et pas une miette d'enthousiasme à l'horizon, alors qu'on était si près du but. Bref, il n'était pas dans son assiette.

Tibotie non plus. Il se demandait si Tortoga était vraiment l'auteur des messages, comme semblait le suggérer Tom. *Si c'est la vérité, pourquoi Tortoga appelle-t-il à l'aide, lui, le plus puissant pirate de tous les temps ?*

C'était bizarre. À cause de l'encre rampante, Tibotie se sentait toujours obligé de l'aider, toutefois… il n'en avait plus du tout envie. Assister un assassin comme Tortoga, beurk !

– On bouge, capitaine ? insista Long Sabre qui avait mieux à faire que d'admirer le paysage, aussi beau soit-il.

– Mmm… bougonna Tortoga.

– Par où c'est qu'on va, capitaine ? demanda La Bise tout en jetant son regard d'épagneul dans chaque direction.

Après moult tergiversations, le capitaine opta finalement pour la jungle. Le trajet le moins pire, selon lui. Plusieurs raisons à cela. À cause d'un léger problème de vertige, pas question pour lui de traverser le ravin aux Crocodiles. Poser le bout de sa botte sur un pont suspendu au-dessus du vide, un pont fait de planches à moitié pourries et de cordes usées, un pont avec, cinquante mètres en dessous, des crocodiles au régime sec depuis trop longtemps, et puis quoi encore ?

Et pas question non plus de traverser les Grands Marécages. Qui aurait envie de patauger pendant des dizaines d'heures dans la gadoue jusqu'au nombril ? Sous des nuées de moustiques voraces, gros comme des abricots ? Avec, là aussi, c'était probable, un alligator ou deux ?

Les Collines Sèches alors ? Non, dix fois non. D'après la précieuse carte, ces collines étaient terrassées par un soleil sans pitié. Ses rayons, de longues flammes qui dansaient dans le ciel, brûlaient tellement que l'air vibrait en permanence comme une corde de guitare.

– Un chameau ne tiendrait pas vingt minutes là-bas, estima Tortoga.

Big Flint, La Teigne, Long Sabre et La Bise, tous des

buveurs de rhum, des assoiffés permanents, se seraient coupé la jambe plutôt que de la poser sur ces collines en feu.

On opta donc pour la jungle.

– Cap sur le Labyrinthe Émeraude ! décida Tortoga.

Ce qui fut aussitôt fait.

Depuis la plage, on y accédait par un étroit sentier fait de cailloux et de fibre de noix de coco.

– C'est gentil d'avoir causé pour moi, dit Tom au milieu de ce sentier. J'osais pas le dire au patron, mais je mourais d'envie de venir.

– Pourquoi donc ? Crois-moi, on ne va pas rigoler ici. Jouvence va essayer de nous bouffer ! Probable qu'elle y parvienne.

– Mais dans le cas contraire, ceux qui font partie de cette équipe toucheront une part supplémentaire du butin.

L'entrée de la jungle était particulièrement accueillante ; *trop* accueillante, selon certains. Elle se faisait par une sorte d'arche composée de jeune lierre, de fines branches noisette joliment torsadées, avec de grandes fleurs roses et jaunes pour couronner le tout. Chaque feuille, chaque pétale luisait, comme si on venait de les laver avec la plus douce des éponges. C'était beau. Le tout semblait clamer : « Bienvenue ! »

– Méfiance ! dit pourtant Big Flint.

Pendant les vingt premières minutes, Tibotie eut l'impression d'être revenu à son point de départ, quelque part dans la forêt des Mangkouzis. Les feuilles plus larges que des pagaies, les fleurs grassouillettes par milliers, les kilomètres de palmiers, de baobabs, de fougères… Le même décor, apparemment.

Un décor qui changea peu à peu.

Le sentier emprunté jusque-là disparut bientôt, mangé par une végétation étouffante. Plus le groupe avançait, plus les arbres se serraient pour leur barrer le chemin. Ils s'appuyaient les uns contre les autres, entortillaient parfois leurs troncs, et de leurs branches tordues tombaient des pluies de lierre sombre, des rideaux de lichen et des murs de feuilles noircies. Les fleurs tropicales avaient disparu. La forêt ne disait plus « Bienvenue », mais « Attention ».

– Écoutez ! murmura bientôt La Bise.

Des sons étranges se multipliaient dans l'épaisse flore. Des sifflements, des frottements. Des murmures.

– Quelque chose nous suit, supposa La Teigne car le feuillage remuait régulièrement derrière eux et sur les côtés.

Quelque chose, mais quoi ? On n'y voyait pas grand-chose. La lumière se résumait à quelques fins rayons de soleil pâlichons égarés ici et là. Malgré cela, quelle chaleur ! La sueur dégoulinait sous les chapeaux, dans le dos, sur les joues, partout.

– Nous voilà dans la forêt aux Sept Mille Oiseaux, annonça Tortoga. À partir d'ici…

Il n'en dit pas plus, mais on avait compris : à partir d'ici, danger absolu.

– Drôle de nom pour une forêt : y a pas un piaf sur les branches, remarqua La Teigne.

– C't'endroit veut pas de nous, jura Long Sabre. Il chuchote dans notre dos, qu'on dirait…

En moins d'une heure, ils détestèrent autant cette jungle qu'une taverne qui n'aurait que de la limonade tiède à proposer.

Par chance, Tibotie avait une excellente mémoire. Quand quelque chose l'intéressait vraiment, sa cervelle enregistrait tout, mot pour mot. C'est ainsi qu'il put se repasser les récits de son grand-père à propos des dangers de la Jouvence.

Qu'est-il arrivé au chasseur de trésors Pratt Jones, quand il a traversé la jungle ? se demanda-t-il.

Dix secondes plus tard, il avait la réponse : Pratt Jones avait eu des soucis avec une liane. Une liane « ensorcelée » d'après l'histoire, capable d'agripper puis d'emporter un bonhomme cinq mètres au-dessus du sol.

Sauf que l'histoire était devenue réalité, et que les lianes ne manquaient pas ici.

– Méfiez-vous des lianes comme de la peste, les alerta donc Tibotie quand la jungle se fit encore plus dense et étouffante. Elles ont la réputation d'être… attachantes.

La preuve à mi-chemin quand l'une d'elles tenta de saisir Tortoga par une cheville. Réactif, celui-ci leva haut son sabre. Un éclair argenté scintilla au milieu de la végétation. Tout de suite après, *tchac*, la liane fut coupée en deux, et le capitaine libéré.

– Merci d'avoir prévenu, gamin.

Les pirates faillirent s'étrangler de surprise : première fois qu'ils entendaient Tortoga dire merci.

Pas le temps de souffler qu'une autre liane jaillit des fourrés. Celle-ci attrapa Tibotie par la taille et le tira d'un coup sec en arrière. Ce fut douloureux. Tibotie en eut le souffle coupé. Et quand Tom empoigna ses chevilles pour le retenir, il se sentit écartelé. Heureusement, le sabre de Tortoga refit deux pirouettes en l'air et trancha la liane d'un coup sec. Amputée, celle-ci retourna dans les profondeurs de la végétation en faisant un drôle de bruit, une sorte de lamentation, de râle.

La Bise n'eut pas autant de chance.

Une liane aussi rapide qu'une langue de caméléon s'enroula autour de son mollet poilu et serra. La Bise eut tout juste le temps de pousser un « Aaaah ! » de panique. Trois fois plus musclée que la trompe d'un éléphant, cette liane-ci le souleva comme une poupée de chiffon avant de l'emporter dans l'épais feuillage. Le pirate disparut en deux secondes. Personne n'eut le temps de l'aider. Il y eut un peu d'agitation quelque part dans les hautes branches, puis des cris atroces, des bousculades, ensuite plus rien. La forêt l'avait avalé.

Tout de suite après, la bande prit la fuite.

– C'est triste pour La Bise... regretta Long Sabre, cinquante mètres plus loin, essoufflé, les jambes plus molles que des nouilles trop cuites.

Il se consola avec un rapide calcul : moins il y avait d'hommes pour se partager le trésor, plus la part du butin augmentait.

– Par mon œil de verre, cette forêt nous guette ! gronda peu après Big Flint.

– Ouais ! confirma La Teigne. Elle a des yeux et aussi des muscles. Et elle veut nous bouffer comme des cochons grillés, c'te sale peste !

Par colère, par peur et par goût de la bataille, il dégaina son pistolet un coup, tira dans le vide et éclata une noix de coco.

– Et que ça te serve de leçon ! lança-t-il à la cantonade.

La marche reprit. Pour se donner une lichette de courage, on chanta.

Yo ho sur l'heure
Hissons nos couleurs.
Hissez haut, l'âme des pirates
Jamais ne mourra.

– Pousser la chansonnette n'est pas une bonne idée, rouspéta Tibotie. Vaudrait mieux jouer la discrétion…

– Non ! réagit Big Flint. Faut que c't'île pige qu'on n'est pas des coquelets et qu'on est de taille face au danger !

Il reprit le couplet depuis le début. La réponse de la jungle arriva bientôt.

Elle avait des yeux, en effet. Pas des yeux de perruches,

de crocodiles ou de serpents. Des yeux de singes. Des ribambelles de singes ! À droite, à gauche, devant, derrière, au-dessus, ils étaient partout.

Il y avait des capucins malicieux, des tamarins comiques, des macaques bagarreurs, des chimpanzés malins, des babouins énervés, des drills à longues canines, des orangs-outangs et des ouistitis comme s'il en pleuvait. Et ces singes hurleurs avaient tous le regard qui disait : « Partez immédiatement, retournez sur votre bateau ou bien l'on s'occupe de vous ! »

Ce que les pirates ne firent pas. Au lieu de tourner les talons, ils préparèrent mousquets, pistolets à silex, sabres et poignards.

– Par où ? se renseigna Tortoga.

Tibotie consulta sa boussole.

– Droit devant, dit-il.

Ce qui n'était pas l'exacte vérité. Pour la première fois, la boussole hésitait entre plusieurs chemins. Mais ça, Tibotie préféra le garder pour lui.

Tandis qu'on s'organisait pour la bataille, les singes descendirent des hautes cimes. Beaucoup de singes. Au complet, ils étaient plus nombreux qu'une colonie de pucerons sur une plante dodue.

– Si c'est un cauchemar, réveillez-moi ! supplia Long Sabre.

Big Flint se porta volontaire et le secoua avec énergie, le pinça puis lui décocha une mémorable taloche. Conclusion : Long Sabre ne dormait pas.

– Même si on se bat comme des lions, vu leur nombre, ils vont nous déchiqueter ! pronostiqua La Teigne.

– Bien d'accord, alors fuyons ! conseilla Tortoga quand le roi singe lança un cri perçant qui rebondit de cime en cime.

Qui rameuta les troupes. Qui signifiait : « Pas de quartier ! »

Un bon millier de hurlements l'acclama, puis un autre millier. C'était terrifiant.

– Par tous les diables ! s'épouvanta La Teigne avec des castagnettes à la place des dents.

Jamais une bande de pirates ne galopa aussi vite entre racines et fougères, troncs et ronces, fleurs exotiques et plantes vénéneuses. Malgré le poids de leurs armes, leurs chemises trempées, leurs chapeaux encombrants, ils détalèrent tels des lapins. Derrière eux et tout autour, les primates se balançaient de liane en liane et de branche en branche : ils ne volaient pas, mais presque. Ils planaient au-dessus de la végétation. Les sept mille oiseaux, c'étaient eux.

Au jeu du chat et de la souris, ils furent évidemment les plus forts. Ce n'était plus qu'une question de secondes avant qu'ils ne fondent sur la bande de Tortoga.

Parfois, un primate plus rapide que les autres rattrapait les fuyards. Là, il donnait soit un coup de canines, soit un coup de griffes au premier pirate venu, lequel répondait soit par un coup de pistolet, soit par un va-et-vient de son sabre, après quoi l'animal retombait raide mort. Mais cela n'impressionnait guère le peuple singe, au contraire. Il accélérait l'allure, plus rageur que jamais.

À l'inverse, les pirates ralentissaient de plus en plus. À bout de souffle, épuisés, ils souffraient de crampes aux mollets, de déshydratation, de maux de tête. De plus, ces grands gaillards n'étaient pas taillés pour se frayer rapidement un chemin parmi les branches entremêlées. Ils passaient plus de temps à se battre contre la flore qu'à courir.

– Peste soit de cette île ! vociféra Big Flint malgré ses poumons en feu.

– On est foutus ! se résigna Long Sabre.

Mais *Jeux et Merveilles* laissait toujours une petite chance d'avancer d'une case...

Ainsi, une porte de sortie se présenta soudain à eux, quelque part derrière un large rideau de feuilles. Ou plutôt, deux portes de sortie. C'est pourquoi la boussole hésitait tant, tout à l'heure.

Sur la droite, il y avait l'entrée d'une sombre grotte. Où menait-elle ? Qui vivait à l'intérieur ? Un dragon à deux têtes ou une famille de cyclopes ? On ne tenait pas tellement à le savoir.

Vingt mètres sur la gauche, pas mieux avec ce toboggan de boue qui semblait descendre jusqu'aux entrailles de l'île. Où conduisait-il ? Vers un lac de lave ou un bassin plein de piranhas ? Là encore, personne n'était pressé de le découvrir. Il fallait pourtant choisir un chemin, et tout de suite : les singes se trouvaient maintenant à seulement un jet de pierre.

– Quelle route, capitaine ? paniqua Long Sabre.

Tortoga pivota vers Tibotie.

– À droite ou à gauche ? lui demanda-t-il.

Tibotie interrogea illico sa boussole.

– Adibao, montre-moi le chemin le plus sûr jusqu'à la Rubis !

L'aiguille indiqua en urgence le toboggan.

– À gauche !

Sans un mot, sans une explication, Tortoga glissa la carte sous sa chemise en coton épais, poussa de force Tom et Tibotie sur le toboggan boueux puis les suivit comme leur ombre.

Long Sabre suivit Tortoga. Big Flint suivit Long Sabre…

La descente commença.

Une sacrée pente, ce toboggan poisseux à souhait ! Aussi incliné qu'un accent aigu, ce n'était qu'une succession de virages serrés et de zigzags fous. Et il y avait cette brutale accélération à mi-chemin qui vous poussait dans le dos, multipliant la vitesse par deux. C'était délicieux. Tibotie avait beau appréhender le moment de l'atterrissage, impossible pour lui de réprimer un petit frisson de plaisir.

Cette descente à fond la caisse dura le temps que met un bonbon pour fondre sous la langue. Et elle prit fin avec une longue, longue ligne droite : la fameuse accélération. Après quoi le toboggan cracha ses passagers dans l'eau d'un lagon souterrain, bien à l'abri des regards indiscrets.

– Où c'est-y que sont tombées nos fesses ? pesta Long Sabre avec deux grimaces à la bouche. La première, c'était à cause de ses fesses justement : elles avaient heurté le fond de l'eau un peu trop brutalement. La seconde venait de son allergie pour les bains et la propreté…

Mais pour répondre à sa question : ses fesses faisaient trempette dans l'Œil de Neptune.

Rond, bleu, luisant : l'endroit portait bien son nom. Et quelle lumière ! En se faufilant par une large fissure dans le plafond, *pif*, les rayons du soleil rebondissaient sur la surface de ce miroir, et *paf* ils éclaboussaient les parois rocheuses de jolis reflets topaze.

– D'après ma carte, la Rubis est là, quelque part ! rugit un Tortoga aussi excité qu'un gamin au matin de Noël.

Content d'être si près du but, tout le monde frétilla d'impatience. Presque tout le monde. Emporté par les singes, La Teigne manquait à l'appel.

L’Œil de Neptune

– Là ! cria Long Sabre, croyant voir quelque chose briller, mais ce n’étaient que des cristaux de sel.

– Ici ! s’exclama plusieurs fois Big Flint, son bras enfoncé jusqu’à l’épaule dans des fissures. Hélas, il n’y trouva que nids abandonnés, tas de cailloux et toiles d’araignée.

Debout, pliés, à quatre pattes sur les rives du lagon ou un peu plus loin, on fouilla partout pendant trois heures, mais pour rien.

– C’est pourtant *là* ! s’agaça Rudyard Tortoga, ses yeux de dragon accrochés à la carte comme des puces aux poils d’un cabot.

Là, en effet. Tout près. Sa carte le disait : « L’Œil de Neptune te montrera où regarder ».

La Rubis était donc à portée de main, mais où au juste ?

– D'habitude, y a toujours une croix ou un signe quelconque pour dire *où* piocher ! grommela Long Sabre. Par tous les gueux de la mer, rien ne vaut les bonnes vieilles cartes !

Ses joues étaient rouges, ses babines retroussées. Visiblement, cette partie de cache-cache lui courait sur le haricot.

À bout de patience, il apostropha Tom.

– Hé, Vice-versa. Demande donc à notre invité si sa boussole n'a rien à nous dire !

Non, rien. Depuis l'arrivée dans ce lagon, la boussole était, disons, muette. Son aiguille tournait à une vitesse dingue, mais elle ne s'arrêtait plus. Quelque chose clochait…

À bout de nerfs également, Long Sabre bondit vers Tibotie.

– Fais-la donc parler, sinon…

Craignant un bourre-pif, Tibotie recula de plusieurs pas.

– Adibao, je t'en prie… murmura-t-il à sa boussole.

Mais l'aiguille tournait toujours, incapable de se fixer.

– C'môme, y sert à que dalle ! grogna Big Flint.

– Vu comment c'est parti, on aura de la chance si on trouve la Rubis dans c'te grotte ! pesta Long Sabre.

De la chance ! réagit alors Tibotie. *J'en ai, moi, de la chance. J'en ai* une *goutte !*

Une goutte qu'il but en cachette. Une goutte qui avait un bon goût de fraise, de lilas en fleur et d'herbe fraîchement coupée. Une goutte apparemment en panne : aucun événement « chanceux » à signaler.

Loin de se désespérer, Tibotie attendit qu'il se passe quelque chose, mais il ne se passa rien. Il attendit un peu plus. Toujours rien.

– J'sais pas ce qui me retient de t'égratigner la face, morveux ! grogna Long Sabre.

Prudent, Tibotie fit un grand pas en arrière, trébucha contre une pierre et tomba sur le dos.

Il ne le savait pas encore, mais la goutte de chance venait d'agir.

Toujours dans la main de son propriétaire, la boussole était à présent à la verticale, et son aiguille cessa bientôt de tourbillonner. Après un dernier tour de cadran, elle s'immobilisa net, sa pointe orientée vers le plafond.

– Le plafond ? marmonna-t-il pour lui-même. Mais oui, bien sûr…

Si le lagon symbolisait un œil bleu, il suffisait de suivre son regard depuis le début : vers le plafond.

– Bien raisonné, fiston ! le félicita Tortoga avec, à la bouche, une expression qui ressemblait autant à une grimace qu'à un sourire.

Un sourire ! Au milieu de sa barbichette ! De mémoire de boucanier, on n'avait jamais vu ça.

Apparemment sur la même longueur d'onde, lui et Tibotie levèrent le museau ensemble.

Moins malins qu'eux, Long Sabre et Big Flint les imitèrent avec un siècle de retard, c'est-à-dire quand leur cerveau ramollo comprit que la Rubis se cachait là-haut.

Muni de sa longue-vue dépliable, Tortoga fouilla donc le plafond rocheux. Pas longtemps. Trente secondes en tout.

– Une boîte à bâbord ! clama-t-il avec, cette fois, blotti dans sa barbichette, aucun doute possible : un large sourire de gagnant du Loto. Elle est attachée par une corde à un gros anneau de métal.

– Je la vois ! triompha Long Sabre, les mains en visière et les pieds qui gigotaient de joie.

Un triomphe de courte durée.

– Misère de ma vie, y a bien quarante mètres d'ici à ce plafond, estima-t-il en faisant la tête du pirate assoiffé qui tombe par hasard sur un beau gros tonneau de rhum, mais un tonneau vide.

– C'est plus haut que notre grand mât, ajouta Big Flint, l'air d'insinuer : comptez pas sur moi pour grimper !

Car les parois étaient humides, glissantes à souhait.

– Un vrai casse-binette ! estima Tom.

Mais à bien y regarder, il y avait, à l'autre bout de la grotte, un petit coin de roche qui semblait avoir été taillé en vulgaires marches d'escalier. À condition de pouvoir monter au sommet des marches, muni d'une grande perche, peut-être bien qu'on pourrait atteindre la boîte. L'espoir revint…

… puis s'envola aussitôt.

– Ces marches sont à peine plus larges que des biscuits ! explosa Long Sabre. Un funambule y réfléchirait à deux fois avant de s'aventurer là-dessus.

– En se ratatinant un peu beaucoup, y a peut-être de la place pour quelques bouts d'orteil… supposa Big Flint.

Il voulut s'en assurer. Mauvaise idée. En posant un centimètre de pied sur la première marche, celle-ci s'abaissa comme une pédale de frein, puis une fléchette jaillit d'un minuscule trou non loin de là, fusa jusqu'à lui, *fzzz*, et lui transperça le front. Big Flint tomba en arrière, raide mort.

On l'a déjà dit : les pirates ont le cœur plus sec que du foin. Ils ne connaissent qu'un sentiment ou deux : l'envie et la colère. Tristesse et respect ? Jamais entendu parler ! Au lieu de verser une larme pour son copain, Long Sabre songea à sa part du butin qui venait encore d'augmenter, à condition bien sûr d'atteindre un jour la boîte.

– C'est mission impossible ! considéra Tortoga de sa voix la plus lugubre. Chaque marche doit être piégée…

– Ouais, déplora Long Sabre. Parole de vieux loup de mer, faudrait avoir du sang de goéland pour pouvoir décrocher ce trésor.

Du sang de goéland, ou bien une simple pièce. Mais ça, pour l'instant, personne ne s'en doutait.

Tibotie commença à le comprendre en tombant par le plus fabuleux hasard sur une minuscule flèche gravée dans la roche. C'est comme si la prédiction de Carole-Anne lui sautait aux yeux : « dans une grotte, il suffit parfois de suivre les flèches ».

– Y a forcément un chemin, un moyen, n'importe quoi! venait d'aboyer Tortoga. Dispersez-vous dans toute la grotte et cherchez mieux!

Chacun était parti de son côté, sauf Tom qui suivait Tibotie comme son ombre.

– Tu as trouvé quelque chose? lui demanda-t-il, tandis que Tibotie caressait la flèche du bout de l'index.

– P't'être bien… répondit-il, énigmatique.

Le fait est que cette flèche en montrait une deuxième, qui en désignait une troisième et ainsi de suite, jusqu'à ce que la dernière pointe une fente, quelque part entre deux fissures. Une fente pareille à celle où l'on met la monnaie dans les distributeurs de boissons.

Presque pareille. Dans les distributeurs, cette fente est parfaitement rectangulaire, ses bords parfaitement droits. Là, non. Elle était déformée ici et là par des creux et des crêtes, comme à l'intérieur d'une serrure. Aucune pièce «normale» ne rentrerait là-dedans. Une pièce spéciale, en revanche…

Tibotie sourit. Tom ouvrit de grands yeux de merlan.

– Me dis pas que t'as le Jeton?

À sa façon de prononcer le mot Jeton, Tibotie comprit que c'était là chose rare.

Tout en faisant si de la tête, il tâtonna dans sa poche pour en sortir la pièce de Fénimore Barrie. Dans sa main, ce petit soleil lança un éclair jaune: on aurait dit qu'il lui adressait un clin d'œil.

– T'attends quoi ? le brusqua Tom. Les autres sont à l'autre bout de la grotte. C'est le moment idéal pour essayer le Jeton.

– D'accord.

Les formes de la pièce s'adaptèrent précisément à celles de la fente : le Jeton fut vite avalé par la roche. Tout de suite après, un drôle de mécanisme se mit en mouvement dans les entrailles de la grotte. À condition de bien tendre l'oreille, on pouvait entendre, quelque part derrière la paroi, la mélodie d'un rouage. Une dizaine de cliquetis plus tard, l'anneau au plafond s'ouvrit, et la boîte tomba en silence dans un monticule de sable.

Le cœur cognant comme un tambour, Tom et Tibotie rejoignirent la boîte en quatre bonds de chèvre.

– On a réussi, jubila le premier.

– Dingue ! s'exclama le second.

C'était la réplique miniature du coffre de son grand-père : même forme, bois sombre, poignée d'argent de chaque côté et deux, trois étincelles qui tourbillonnent autour. Tibotie nota seulement deux différences. D'abord, le nombre *55* gravé au couteau sur le couvercle de la boîte. Ensuite, l'absence de gros cadenas. La boîte était en effet fermée par un simple crochet.

– Ouvrons-la ! le brusqua Tom.

– Prudence, répondit Tibotie avec, en tête, ces quelques mots de la règle du Jeu : *La Rubis ne se laissera pas facilement attraper. Elle préférera t'assassiner.* Méfiance, dit-il encore en auscultant la boîte sous tous les angles, à la recherche de n'importe quoi qui pique, qui tranche, qui blesse.

Ne trouvant rien, il souleva bientôt le couvercle. Doucement. À l'aide d'un bâton. Avec mille précautions.

Rien de dangereux ne se manifesta.

– Zéro piège ? s'étonna-t-il à voix basse.

Dans ce cas… songea de son côté Tom, qui en profita pour exercer ses talents de pickpocket.

Avec ses doigts qui filent à cent à l'heure, il dégaina son poignard et cracha cette menace :

– Je te tuerai si tu te mets en travers de mon chemin.

Il n'hésiterait pas un instant. Ça se voyait.

– Mais… protesta Tibotie, complètement abasourdi. Pétrifié.

– La Rubis est à moi ! siffla Tom. J'ai gagné. T'as perdu. Maintenant, recule !

Son visage avait changé en une seconde. Adieu, le sourire complice. Bonjour, l'air malicieux. Les bulles de champagne recommençaient à pétiller dans ses yeux de coquin, et de sa gorge jaillissait maintenant la voix d'une crapule.

– Pourquoi ? demanda simplement Tibotie.

Il avait besoin de comprendre.

– J'ai jamais promis de te laisser la Rubis ! répondit Tom sans un gramme de remords.

En vérité, il avait compris depuis le début d'où venait Tibotie, et pourquoi il était ici : pour la Rubis. En un regard affûté, il avait tout saisi. En un battement de cils, il avait conçu son plan.

– Après notre rencontre à la gare, j'ai vite deviné que tu avais une piste sérieuse, des indices, une vraie chance de réussir. Je possède pas grand-chose, mais j'ai un flair terrible ! Une chance dont je voulais profiter. J'en ai plus qu'assez de mes vies de moussaillon et de tire-laine. Avec le trésor, je pourrai me la couler douce le restant de ma vie, et manger des rôtis chaque jour si ça me chante, et m'habiller à la dernière mode, et personne m'en empêchera, camarade.

– « Camarade », répéta Tibotie avec dégoût, je croyais que tu en étais vraiment un.

– J'ai *joué* à être ton ami, avoua Tom. Où est le mal ? Après tout, la vie est un jeu, surtout ici. Tu es bien placé pour le savoir.

– En effet. Mais jouer ne veut pas dire : tricher.

Tom ricana.

– Tous les coups sont bons pour arriver premier.

Tibotie chercha désespérément des arguments pour convaincre Tom.

– Je t'ai sauvé à la gare. Ça ne compte pas pour toi ?

– Je t'ai sauvé dans la ruelle Pique-Noisette, répliqua Tom. Tu te souviens ? On est quittes, amigo.

Il prononça ce dernier mot avec tant d'ironie que Tibotie aurait adoré lui bondir dessus pour lui clouer le museau. Il ne fit rien. Au moindre mouvement suspect, Tom userait de son poignard.

– Recule encore, ordonna-t-il, plus mauvais que jamais.

Tibotie obéit. Pas le choix. Tom arracha la fameuse Rubis de la boîte. Aussi chaude qu'une baguette de pain, elle était auréolée d'une lueur fantastique, elle était ensorcelante.

– Elle est à moi, triompha Tom en ouvrant de grands yeux fous. À moi !

À lui, en effet. Pendant environ vingt secondes, pas une de plus.

– Y m'arrive quoi ? paniqua-t-il, le visage soudain tordu par une grimace, les joues tomate, des frissons plein le dos et, oh ! ses mains... Elles étaient comme brûlées, avec d'horribles cloques blanchâtres causées par le contact avec l'enveloppe.

Tibotie comprit que oui, en effet, la Rubis ne se laissait vraiment pas attraper facilement.

Et Tom comprit qu'il n'en avait plus pour longtemps. Ses mains étaient de plus en plus abîmées (sa peau semblait fondre), ses tremblements de plus en plus intenses, la douleur insupportable. Pendant un instant, son cœur battit la chamade. L'instant d'après, il ne battait plus du tout. Dans l'intervalle, Tom n'avait exprimé aucun regret, formulé aucune excuse. À la place, il avait murmuré dans un dernier souffle :

– Je voulais juste une vie meilleure...

La seconde suivante, son cœur coupait le contact.

– Tout ça pour ça, résuma Tibotie, triste, déçu, furieux, tout cela à la fois. Tout ça pour ça...

Il tomba à genoux dans le sable, l'œil sec et les poings serrés. Il se sentait vide tout à coup, sans force. Digérer la mort de Tom, ainsi que sa trahison, cela exigerait sans doute du temps. Mais du temps, il n'en avait justement pas. D'un instant à l'autre, Tortoga reviendrait en piste. Il fallait donc remplacer dare-dare la Rubis par sa copie moins chaude et moins brillante. Pour cela, il devait d'abord la débarrasser de son poison, mais comment ?

Il trouva la réponse dans un souvenir de lecture.

Dans un livre intitulé *Plus ou moins mille aventures*, le héros avait besoin d'une clef pour accéder à une crypte pleine de jolis cailloux : émeraudes, diamants, etc. Hélas, cette clef était couverte d'un poison gras, gluant, capable de traverser un gant ou un mouchoir. Alors que fit-il ? Il la jeta par terre et la secoua jusqu'à ce que la poussière ait épongé tout le poison.

Tibotie s'inspira de cette idée. Il utilisa le poignard de Tom pour faire rouler l'enveloppe dans le sable. Il la retourna cinq, dix, quinze fois. Il frotta chaque centimètre de papier, chaque coin et recoin, chaque pli encore et encore. Cela fait, il releva la chemise de Tom, posa la Rubis sur son dos et attendit. Après quelques secondes, rien à signaler. Aucune rougeur, nulle cloque.

– Poison neutralisé…

Il se dépêcha donc de faire l'échange. Il dissimula la vraie Rubis entre deux couches de vêtements.

Pourvu que ça marche... songea-t-il, la Rubis factice entre les mains.

On allait bientôt le savoir, Tortoga ayant choisi ce moment pour réapparaître. Il dit deux choses. La première :

– N'ouvre surtout pas cette enveloppe !

La deuxième :

– Pourquoi Tom a le nez dans le sable ?

À ce sujet, Tibotie ne révéla qu'une partie de la vérité.

– Tué par la Rubis, expliqua-t-il. Apparemment, elle était imbibée de poison. Il aurait dû être moins pressé.

– Était ? s'étonna Tortoga. Elle ne l'est plus ?

– Je l'ai frottée avec du sable. Elle est inoffensive, maintenant.

Pour le prouver, il leva ses mains intactes, sans cloque ni brûlure.

– Dans ce cas... articula Tortoga.

En deux temps trois mouvements, il pointa le bout de sa lame vers Tibotie.

– Donne-moi tout de suite cette enveloppe, sinon...

Pile à ce moment-là, il y eut, dans l'ordre : une détonation, un petit éclair jaune puis un morceau de roche qui vole en éclats, à seulement dix centimètres des bottes de Tortoga.

– Sinon quoi ? ricana la plus rancunière des voix.

Parole de pirates

– Zalambra et sa bande de mutins ! grogna Tortoga après s'être tordu le cou vers eux.

Rapide comme un zigzag de mouche, il se mit en mode *Branle-bas de combat.* Arme au poing, il voulait en découdre. Un second coup de feu au ras de ses orteils le stoppa net.

– Bonjour, la compagnie ! chantonna le Zalambra en question, accompagné de Bardabuke et Jo l'Épouvantail.

Tibotie pesta en silence car Zalambra était un adversaire redoutable : menteur, tricheur, cupide, violent et tout et tout. S'il entrait dans la partie, la suite s'annonçait compliquée.

Bien sûr, Zalambra exigea aussitôt que le moussaillon lui cède la Rubis.

Évidemment, Tortoga le supplia de n'en rien faire.

Bardabuke et Jo l'Épouvantail ripostèrent, cela va de soi. Le premier pointa son mousquet sur le gros nez que Tortoga avait au milieu de la figure. Le second visa le front de Tibotie.

– Il suffit que je claque des doigts pour qu'ils vous logent une bille de plomb dans la calebasse ! gazouilla Zalambra avec un volumineux sourire. Vous serez percés comme des fûts !

Ricanement de Bardabuke. Grimace provocante de Jo l'Épouvantail. Soupir de Tortoga.

– Vous avez trouvé l'Œil de Neptune, tas de sangsues ! s'étonna le capitaine. Comment avez-vous fait, idiots comme vous êtes et sans la carte ?

En réalité, il s'en fichait. C'était juste pour gagner du temps.

– Par hasard, balança Zalambra, heureux d'avoir tant de chance pile au bon moment.

C'était vrai. Sur l'île, trois chemins menaient à cette grotte : le toboggan ; un puits creusé au milieu des Collines Sèches, là où la chaleur vous rôtissait un poulet en dix minutes ; et une porte taillée dans le tronc d'un baobab. Une porte par laquelle Zalambra entra de la plus bête des façons : en trébuchant contre une racine, il s'enfonça tête la première dans l'ouverture de ce tronc, et le tour était joué.

– Derrière cette porte, y a un long couloir aussi sombre et puant qu'un boyau de bestiau, raconta Zalambra. J'aurais vite fait demi-tour si je n'avais pas entendu des voix venues du fin fond de ce trou. *Vos* voix ! « C'est un signe du destin » que je me suis pensé, alors j'ai avancé. J'ai eu raison. Au bout de ce couloir, j'ai trouvé une large fissure avec la grotte juste derrière.

Content de sa bonne étoile, il rit comme quatre.

– On dirait que le dieu des forbans est de mon côté !

Furieux, Tortoga serra les poings.

– Où sont les autres ? demanda-t-il. Ils attendent dehors ?

Le rire de Zalambra cessa net.

– Sur le *Reine de Trèfle.*

C'était faux. Il mentait. En réalité, l'île avait réglé son compte à plus d'un pirate. Piqué par une espèce de mouche à sonnette, Sam la Fouine avait rendu son dernier soupir au milieu d'un tapis d'orchidées. Grizzly avait été gobé en trente secondes par un sable mouvant. Bil Galapagos avait été mordu par une plante carnivore et un certain Crocok dévoré par un varan affamé. Les autres étaient tombés dans des chausse-trappes ou sur des bestioles avec beaucoup de canines. Résultat des courses, il ne restait plus que ces trois-là. Mais ça, Zalambra évita de le hurler sur les toits. Il préféra faire les yeux doux à Tibotie.

– Donne-la-moi sans faire d'histoire et je te laisse la vie sauve, gamin. Tu pourras même remonter à bord avec nous et repartir pour de nouvelles aventures, parole de pirate.

– La parole d'un pirate, c'est du vent ! rétorqua Tibotie avec un aplomb sidérant.

Mais avait-il le choix, avec un fusil braqué sur lui ? Il avança donc à petits pas de lutin vers ce maudit Zalambra, en adoptant l'air le plus vaincu qui soit.

– Brave garçon... le félicita Zalambra.

Au moment de lui céder cette enveloppe en toc, Tibotie fit mille efforts pour ne pas sourire. En revanche, il ne put s'empêcher de pousser un cri quand Zalambra lui saisit le poignet. Il le serra si fort qu'un osselet craqua.

– Que disais-tu, bouffon, à propos de la parole des pirates ? Que du vent, c'est bien cela ?

Sa voix ricocha lugubrement sur les parois de la grotte. Une horrible expression traversa sa face pleine de cicatrices quand il tira l'un des pistolets coincés dans sa ceinture.

– Bien d'accord avec toi, ajouta-t-il en posant le canon de l'arme sous l'œil droit de Tibotie, puis son gros doigt de marin sur la détente.

– Non ! supplia Tibotie, ce qui n'étonna personne.

– Non ! supplia Tortoga, ce qui étonna tout le monde car on emploie ce ton-là uniquement quand l'on tient *vraiment* à quelqu'un.

Ce détail n'échappa à personne.

– Laisse le gamin et affronte-moi, ajouta le capitaine. Le vainqueur gagne la Rubis.

Zalambra contre Tortoga ? Zalambra était excellent à l'épée, mais Tortoga encore meilleur. L'autre déclina donc l'invitation.

– Recevoir la pointe de ton sabre dans la bedaine est le cadet de mes soucis ! dit-il.

Si proche de la victoire, il préférait zigouiller le garçon et empocher la Rubis dans la foulée. Pourquoi prendre des risques ?

– Les jeux sont faits, ricana-t-il. On se battra dans une autre vie. Adieu !

Mais le destin étant volontiers blagueur, *rien* n'est jamais gagné ou perdu d'avance.

Cette grotte était un nid à pièges. Mieux valait y réfléchir à deux fois avant de poser la semelle quelque part. Bardabuke s'en aperçut bientôt.

Il n'aurait jamais dû s'adosser à cette grosse pierre plantée dans la paroi. À sa grande surprise, la pierre recula dans la roche. Déséquilibré, Bardabuke ne prêta pas attention au discret ronronnement d'un mécanisme. Un battement de cils plus tard, une fléchette s'enfonçait entre ses deux yeux.

Bardabuke tomba raide mort.

Estimant la zone dangereuse, Jo l'Épouvantail fila à l'autre bout de la grotte.

N'ayant pas prévu ce coup, Zalambra recula, plus que jamais sur ses gardes. Son sourire triomphant fondit de moitié.

– On met les voiles ! lança-t-il à Jo.

Jo avait eu deux idées. La première, s'éloigner le plus possible des parois, était pleine de bon sens. La seconde, se rapprocher du lagon, le précipita vers sa fin.

Près de l'eau, il s'estimait en sécurité. Il se trompait. Comme surgi d'un cauchemar, un crocodile à la gueule énorme bondit sur lui, le saisit par la cuisse et l'entraîna au fond de l'eau. En tout, l'attaque avait duré trois secondes.

Désormais seul, Zalambra vira au vert.

– Ça en fera plus pour moi ! dit-il néanmoins pour garder contenance, mais son trouble était flagrant, sa voix tremblait. Maintenant, je vais partir, ajouta-t-il en se forçant à ricaner.

D'un mouvement de tête, Tortoga désapprouva.

– Tout seul sur cette île, tu n'as aucune chance.

Il fit un pas en avant. Zalambra recula d'autant.

– N'essayez pas de me rattraper ! ordonna-t-il.

Son œil de fripouille des mers se posa sur Tortoga, puis sur Tibotie, puis sur cette enveloppe qui valait pour lui tous les trésors des pharaons, des Incas et des empereurs de Chine réunis. *Non, pas question de la partager avec eux !*

– Je n'hésiterai pas à m'en servir, ajouta-t-il en parlant de son mousquet.

Tortoga osa un autre pas vers lui.

– Pourquoi ne pas t'en servir maintenant, maudit traître ?

Tout en multipliant les pas en arrière, Zalambra mit la Rubis en sécurité sous sa chemise, sourit, pointa son arme vers Tortoga.

– Avance encore et je t'explose la tête !

La menace fit effet : Tortoga stoppa net.

– Au fond, expliqua Zalambra, je veux que tu croupisses ici en ruminant ta défaite pendant que moi je serai loin et riche. Immensément riche. Rien ne me ferait plus plaisir.

Il fit ensuite un autre pas en arrière, un pas de trop. Pressé de rejoindre la sortie, son pied appuya sur une sorte de dalle recouverte de sable. Zalambra ôta aussitôt ce pied maladroit et s'éloigna, mais c'était trop tard. Il y eut aussitôt des cliquetis, des grincements de chaînes, quelques secondes de suspense et puis…

… le ciel lui tomba sur la tête. Ou plutôt, un énorme bloc de roche détaché du plafond. De la taille d'une voiture, il transforma Zalambra en crêpe.

Les gens ont parfois des réactions inattendues, c'est ce qui les rend intéressants.

Au lieu de s'emporter, de jurer par tous les diables, de déverser sa rage, Rudyard Tortoga fixa tristement le rocher, puis Tibotie. Ses lèvres frétillèrent en silence, son regard se voila. Toute sa fureur s'envola, remplacée par une sorte de douleur.

– Pardon, soupira-t-il en baissant les yeux, tel un petit garçon pris en faute.

Tortoga qui demande pardon ? Bizarre. Tibotie s'attendait tellement à voir ses yeux rougir, ses mains cogner et sa cervelle se remplir d'envies de meurtre.

Adieu, le trésor.

Il n'en fut rien. Loup changé en caniche, Tortoga chancela, lui qui ne chancelait jamais, ni dans les pires tempêtes, ni au cœur d'un tourbillon géant. Blafard, il dénoua lentement son écharpe. En dessous, sur sa peau nue, surprise : nul tatouage.

Il cracha ensuite son dentier ; un dentier composé uniquement de canines, et qu'il ne portait qu'en public tellement c'était inconfortable, et donc le moins souvent possible. Puis il jeta sabre, bicorne et cette maudite voix rauque qui lui brûlait la gorge depuis trop longtemps. Il la remplaça par celle, forte et douce à la fois, qu'ont certains hommes quand ils s'adressent à leur enfant.

– Tibotie Drimme… dit-il simplement, ses yeux humides plantés dans ceux de son fils. Je suis désolé : nous voilà bloqués ici pour de bon.

Tibotie examina ce visage nouveau sous toutes les coutures. Un visage sympathique, très différent de celui qu'il était cinq secondes plus tôt, et pourtant vaguement familier. Il l'avait déjà vu, mais où ? Il réfléchit. Ah ! oui : dans le nuage d'Emélius Nimbes, le visage de Timothé Drimme…

Et là, bien sûr, quel choc !

Une fois, il avait bu en cachette deux gouttes de rhum appartenant à son grand-père. C'était fort. Son estomac tordu et sa tête en compote s'en souvenaient encore. Là, il était dans le même état, mais sans avoir bu de rhum. Dans sa gorge, une pelote d'épingles le privait de parole ; dans son crâne, un épais brouillard l'empêchait de penser. Il avait chaud, il avait froid, il ne savait plus quel jour on était. C'était trop d'un coup. Il n'avait pas l'habitude d'être un fils…

Et quand « Tortoga » fit sauter deux boutons de sa chemise, découvrit son épaule et montra sa tache de naissance, une sorte d'étoile à huit branches couleur café-au-lait, Tibotie tomba dans les pommes.

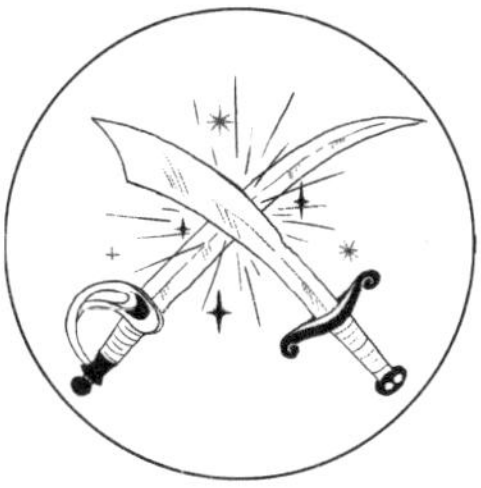

Le récit de Mousquetaire Tim

À son réveil, Tibotie sentit une larme ronde comme une groseille rouler sur sa joue. Ce n'était pas la sienne, mais celle de son père penché au-dessus de lui.

– Alors tu es venu ? s'émerveilla celui qu'on appellerait désormais Timothé Drimme. Tu as reçu mes messages ?

Il avait un léger trémolo dans la voix et, dans l'œil, cette minuscule étoile qui annonce les grands bonheurs.

Oui, Tibotie les avait reçus. Il se demandait d'ailleurs par quelle magie ils étaient arrivés jusqu'à lui.

– Il existe donc un… passage entre ici et là-bas ?

– Plusieurs, en vérité. Moi, j'en connais deux. Le plus facile à trouver, c'est le Puits à Sens Unique. Il n'est pas plus large qu'un tuyau de gouttière. Un jour, un troubadour de passage m'a affirmé que le courrier jeté dedans arrivait on ne savait comment à son destinataire, de *l'autre côté*. Je n'y croyais pas tellement au début, et puis, tu sais ce qu'on dit : qu'est-ce que je risque à essayer ?

Une façon comme une autre de garder espoir…

– Pendant que tu te reposes, si je te racontais mon histoire ? proposa Timothé.

Et c'est ce qu'il fit.

J'ai joué ma première partie de Jeux et Merveilles *vers mes vingt ans, après avoir découvert cette boîte par hasard au fin fond d'une brocante, sous une pile d'autres boîtes. J'avais une chance sur dix mille de mettre le nez dessus, et pourtant…*

Ce Jeu m'appelait, je crois. Très fort. J'aurais mieux fait de me boucher les oreilles et de passer mon chemin, mais…

Le vendeur (un monsieur très grand, très maigre, avec un horrible sourire de clown) ne semblait pas mécontent de s'en séparer. J'ai vite compris pourquoi.

Je l'ai acheté. Ce n'était même pas très cher. Une fois rentré chez moi, sans trop savoir ce que je faisais (j'étais dans un état second), j'ai coché la case Cap sur la piraterie, un thème que j'affectionnais particulièrement : les voiliers qui rebondissent d'île en île, les trésors qui jouent à cache-cache dans le vaste monde, les combats sabre contre sabre… L'aventure salée, quoi !

J'ai été servi ! J'ai posté la Saphir et la partie a commencé, et tout a changé pour toujours.

Après plusieurs jours à devenir fou, à me demander ce que je faisais là, dans un autre lieu (un port tropical), à une autre époque (celle de la route des Indes, des galions et des tricornes), j'ai rencontré le diable des sept mers : Rudyard Tortoga. Dans une taverne, bien entendu. Devant des pichets de rhum, évidemment.

Il m'a vite enrôlé dans son équipage, comme jeune mousse. Je le regrette énormément aujourd'hui, mais à l'époque je ne me doutais de rien. Le bonhomme promettait fortune et gloire, ça faisait envie. J'avais l'impression qu'un rêve devenait réalité.

Quatre nuits plus tard, nous avons attaqué à minuit pile le Vent de Phileas, *un superbe trois-mâts plein de poudre à canon, de pierres précieuses et de solides marins. Le combat fut terrible : des hyènes contre des loups. Coups d'épées à bâbord, coups de feu à tribord, des cris, le sifflement des boulets tout autour… Et la mort, partout, qui fauchait quinze vies à la minute.*

L'équipage du Vent de Phileas *résista bravement, jusqu'à la fin. Mais cette nuit-là, comme beaucoup d'autres nuits avant et beaucoup d'autres après, Tortoga remporta la bataille. Son drapeau, une tête de mort aux dents pointues, dansait au vent pour fêter cette énième victoire.*

Après avoir fait vider les soutes (dix caisses d'émeraudes, trois caisses de diamants, de l'or à la pelle, des cascades de rhum et des montagnes d'épices rares), il fit enchaîner les survivants sur le pont. Au lieu de s'en aller gentiment avec le butin, il les a tous enchaînés. Cruel jusqu'au bout de ses ongles sales, il a ensuite mis le feu aux poudres. Les hurlements, les pleurs, les « pitié ! », il ne les entendait pas, trop occupé à rire.

Quand le Vent de Phileas *a explosé, il a plu des bras, des jambes, des têtes partout dans l'eau. Les prisonniers rôtissaient comme des cochons, de hautes flammes les léchaient. Ce fut une longue nuit d'agonie. Et Tortoga riait toujours.*

Moi, j'ai vomi. Et j'ai fui au prochain port. Obsédé par l'envie de rentrer, j'ai cherché la Rubis partout. Je l'ai retrouvée au bout de cinq mois. Cinq horribles mois. Elle était cachée dans une statuette du peuple mangkouzi. Ce ne fut pas de la tarte pour la récupérer, mais enfin bon, j'ai réussi, et je suis revenu. Et les années ont passé. J'ai rencontré ta mère. Le Jeu est sorti de ma tête. Du moins, je le croyais.

Quand tu es arrivé, ta mère est… partie. Elle était fragile. Elle n'a pas supporté l'accouchement. Du jour au lendemain, je me suis retrouvé seul avec un bébé, avec du chagrin à ne plus savoir qu'en faire. Du chagrin et de la colère. Beaucoup de colère. J'en voulais au monde entier, je voulais tout casser, tout oublier…

Une idée, lentement, a fait son chemin. C'est venu petit à petit, sans que je m'en aperçoive, un peu comme une mauvaise herbe qui pousse dans un jardin : un beau jour elle est là, bien installée, et c'est trop tard. Cette idée, c'était de rejouer à Jeux et Merveilles*. De retrouver Tortoga. De l'affronter en duel. Pourquoi ? Parce que, partout où il passait, il laissait derrière lui souffrance et désolation, deux mots que je ne connaissais que trop bien.*

Contre lui, j'avais mes chances. Sais-tu que je suis l'as des as de l'escrime ? Quatorze championnats, treize victoires. Mon maître d'armes me surnommait Mousquetaire Tim. « Tu pourrais vaincre Zorro et d'Artagnan les yeux bandés ! » qu'il me disait.

Alors je l'ai fait. J'ai posté l'enveloppe bleue pour aller affronter Tortoga. Avant de partir, j'ai engagé la meilleure des nounous pour veiller sur toi, la délicieuse Mme Lilitte. Une perle. Je pouvais m'en aller tranquille.

Le combat a eu lieu sur son Reine de Trèfle, *sous la pleine lune. Cette face de morue venait de trouver la Rubis. Pour l'obtenir, il avait inutilement massacré tous les habitants d'une île au nord de Petite Tortue. Les vagues sur le sable étaient rouges de leur sang.*

Sous la pleine lune, donc. Tandis que soufflait le vent du sud, mon épée cognait son sabre, son sabre harponnait mon épée... Nos lames se heurtaient avec une telle violence que des étincelles jaillissaient dans la nuit. Un sacré duel !

Souple, rapide, puissant et bondissant, j'étais en grande forme. Capable de déjouer chacun de ses assauts sans trop de mal. Tortoga aussi se défendait bien, au début. Il esquivait coup sur coup, il frappait fort, mais je lui imposais une telle cadence qu'il transpirait comme une éponge, haletait comme un poisson hors de l'eau, vomissait tous les jurons qu'il avait en lui. Rudyard Tortoga, prince des flibustiers, ruffian sans foi ni loi, cauchemar des océans, avait rendez-vous avec la défaite. Il le savait. Il a donc triché. Comment ? En tranchant discrètement un cordage, il a permis à une bôme de m'assommer.

Je me suis réveillé sur une plage non loin de Petite Tortue, du sable dans les oreilles et des algues dans les cheveux. Tortoga avait disparu. Je n'ai jamais compris pourquoi il ne m'avait pas achevé. Quoi qu'il en soit, je l'ai cherché aux quatre coins du globe, depuis les contrées vikings jusqu'au cap africain, des Caraïbes au pays du Soleil-Levant. Pour rien. Personne ne l'avait aperçu depuis belle lurette. Il avait bel et bien disparu.

Avec la Rubis.

J'étais désespéré. J'avais un fils, et j'étais bloqué ici. C'est là que j'ai compris à quel point je tenais à toi, et que je donnerais tout pour pouvoir sentir à nouveau ta peau de bébé.

Alors j'ai fait une chose folle : j'ai emprunté l'identité de Tortoga et j'ai retrouvé son bateau. J'ai fait faire ce dentier, j'ai imité sa voix, j'ai coupé la main de tous ceux qui doutaient de moi. Pourquoi ai-je fait cela ? Parce qu'il était tout-puissant. Parce qu'on le redoutait. Parce qu'avec son nom sur mes épaules, et son équipage à mes ordres, j'avais peut-être une chance de retrouver la Rubis, un jour…

Le temps coula lentement, trop lentement à mon goût. La Rubis ne voulait pas de moi, apparemment. Retrouver ma vie d'avant, je n'y croyais plus trop. L'espoir, c'est comme les allumettes : ça se consume vite. Et puis, un matin, je n'ai plus reconnu Mousquetaire Tim dans le miroir. Je ne voyais plus que la silhouette de Tortoga. Je ne me supportais plus. Je n'avais plus aucun plaisir à vivre.

Et puis il y a eu la découverte de ce Puits à Sens Unique.

Et ensuite tu es arrivé…

À la fin de son récit, deux sentiments de force égale habitaient Timothé Drimme : joie et tristesse. Joie d'avoir retrouvé son fils. Tristesse de ne plus pouvoir « rentrer » avec lui. La seconde prit bientôt le dessus.

– Cette enveloppe, c'était notre ticket retour pour la maison, murmura un Timothé plein de regrets. Sans elle, c'est foutu.

– Celle-ci ? triompha Tibotie en faisant pirouetter en l'air la Rubis, la vraie.

Cette apparition surprise laissa Timothé sans voix et sans jambes. Il tomba à genoux, terrassé par l'émotion.

– Explique-moi !

– Je te passe les détails, dit Tibotie avec un sourire plein de malice. Disons que l'autre était une vulgaire copie…

Ensuite, tout alla à la vitesse d'un express. En deux minutes, décision fut prise de retourner tous ensemble sur le *Reine de Trèfle*, de mettre les voiles jusqu'au prochain port, n'importe lequel, pourvu qu'on y trouve une boîte aux lettres.

En temps normal, la traversée de l'île en sens inverse prendrait des heures. Avec la boussole de Tibotie, ce temps fut divisé par quatre, les dangers aussi.

Grâce à elle, l'on évita prudemment les fleurs qui endorment, les lianes « langues de caméléons », les marécages boueux…

Avec son sabre, Timothé chassa un ours de trois mètres de haut et quantité de rats pourvus de canines.

Tout se passa plutôt bien jusqu'à ce que le temps change. Un Himalaya de nuages mornes obscurcit soudain le ciel, accompagné de son lot d'éclairs et de vents giflants. Il ne fit pas nuit, mais presque. Et la température chuta de plusieurs degrés en un claquement de doigts.

Timothé souffla très fort, comme si son nez était rempli de gaz brûlant.

– La tempête qui dure mille jours et mille nuits ! paniqua-t-il. Si elle nous tombe dessus…

Le reste, il préféra ne pas y penser.

Vite, on courut jusqu'à la plage. Vite, on sauta dans le premier canot venu. Vite, on rama jusqu'au navire.

– Souquons ferme ! lança Timothé, lequel reprit pour l'occasion sa grosse voix de capitaine de navire.

Il craignait non seulement l'arrivée de la tempête, mais aussi les sirènes. *Si elles décident de nous prendre en chasse…*

Ce qu'elles ne firent pas. En revanche, les premières gouttes froides tombèrent déjà, mélangées à des grêlons gros comme des noyaux de cerise. Et le ciel sortit de ses poches ses plus puissants éclairs, tandis que le vent distribuait ses gifles à tout va.

Très calme cinq minutes plus tôt, l'océan se hérissait maintenant de vagues tranchantes.

Les noyaux devinrent des raisins. Là où ils cognaient, un bleu apparaissait.

– Levons l'ancre ! Hissons les voiles ! Du nerf ! Si cette tempête nous attrape dans ses filets, on est perdus !

Timothé s'occupa de l'ancre, Tibotie des voiles. Il savait comment faire pour avoir beaucoup observé Tom. Il était plutôt doué. Il fallait le voir grimper aux mâts comme un ouistiti!

Et les raisins devinrent des abricots...

– En avant! clama Timothé, debout à la barre. Deux minutes de plus ici et ce sera le déluge à bord!

Les abricots enflèrent...

Les voiles dépliées imitèrent aussitôt les couleurs du ciel, un mélange de gris (gris souris, gris ardoise, gris argenté) labouré d'éclairs aux grondements monstrueux. Quand elles se gonflèrent comme des baudruches, le *Reine de Trèfle* vibra sur l'eau, et le voyage du retour commença enfin.

En temps normal, rejoindre le port le plus proche avec un équipage réduit prendrait presque deux semaines, voire trois. Avec Timothé aux manettes, les bonnes brises dans les voiles, le bon tourbillon et les meilleurs courants sous la coque, le retour dura seulement douze jours. Douze jours à ne rien faire d'autre que lutter contre les éléments, scruter la boussole et l'horizon, et bien sûr espérer.

– Terre en vue! brailla un beau matin Tibotie.

Petit morceau de continent entouré de bleu, la baie apparut enfin.

Le *Reine de Trèfle* longea le triste château de Brûle-Soif, dépassa le rocher aux Sept Mille Macareux et frôla le phare de Stevenson. En quelques cris, mouettes et goélands lui souhaitèrent la bienvenue.

Les flots poussèrent tranquillement le navire vers Petite

Tortue, ce célèbre port assis entre une charmante crique et quelques dunes. Le voilier retrouva vite ses frères, le *Cirrus*, le *Prince Zéphyr*, le *Golden Goonies*... On attacha les amarres, on replia les voiles, puis l'on partit à la recherche d'une boîte aux lettres.

Ils en trouvèrent une à l'entrée d'une ruelle pavée, près d'un réverbère au garde-à-vous. Une boîte marquée du nombre *60*.

– Enfin ! soupira Timothé Drimme, ému comme deux, comme trois, comme dix.

Il tenait la Rubis dans une main et serrait celle de son fils dans l'autre. Combien de fois avait-il rêvé ce moment ? Mille fois ? Deux mille ? Plus ? À cause de l'émotion, sa gorge brûlait, ses yeux piquaient. Il tremblait. Ça fait toujours un choc quand un vieux rêve se réalise...

Pirate et magicien

La boîte aux lettres avala la Rubis. Trois petites étincelles grenadine s'en échappèrent, et puis plus rien. Pendant cinq minutes, rien à signaler. Mais alors, *rien*! Ah, si… À un moment, une diligence du Pony Express déboula à vive allure. Tibotie et Timothé l'évitèrent de justesse: d'un bond en arrière, ils accostèrent l'impasse des Malandrins, le pire coupe-gorge de la ville, au moins dix fois plus dangereux que la rue Pique-Noisette. Cambrioleurs, pickpockets et canailles en tout genre s'y cachaient, attendant le pauvre pèlerin qui ferait leur fortune.

« C'est jour de paie ! » jubila d'ailleurs un certain Croque-Larsouille quand ils posèrent le talon sur son territoire.

Détrousseur professionnel, Croque-Larsouille ne ratait jamais une occasion de se remplir les poches en vidant celles des autres. Tout ce qu'il voyait, il tentait de le rapiner. Surtout ce qui brille. Il aurait volé les rayons du soleil si c'était possible. Ce jour-là, il se contenta de lorgner sur ces deux visiteurs, avec l'espoir de trouver un joli portefeuille sur eux, et dans le portefeuille quelques gros billets.

Matraque en mains, il eut vite fait de les assommer. Timothé d'abord, Tibotie ensuite. Ce fut rapide et efficace. Du grand art. *Jeux et Merveilles* faisait toujours bien les choses.

À son réveil, Tibotie entendit cinquante cloches bourdonner à l'intérieur de son crâne : c'était le bruit de la migraine du siècle.

– Saleté de Jeu ! grogna-t-il, une main sur sa nouvelle bosse, à côté de l'autre qui n'avait pas encore dégonflé.

Il tâtonna ensuite autour de lui, à la recherche de Mousquetaire Tim, son père.

Personne.

Il se redressa d'un coup, la boule au ventre, avec l'angoisse d'avoir tout rêvé, d'avoir perdu son père une deuxième fois.

Mais il n'avait pas rêvé.

– Où sommes-nous ? demanda Mousquetaire Tim en entendant remuer Tibotie.

Un peu à l'écart, Timothé étudiait ce paysage nouveau pour lui mais si familier pour son fils.

Petite Tortue avait en effet disparu. À la place de l'impasse des Malandrins, c'était la cabane à outils de M. Grandersen, un voisin. Les nombreux mâts du port étaient remplacés par des cerisiers roses et de grands sapins bleus. Les bicoques du bord de mer étaient devenues de solides maisons en pierre, et les vieilles lanternes d'autrefois changées en réverbères d'aujourd'hui.

– Je ne reconnais rien, soupira Timothé. Plus rien n'est pareil.

– C'est notre rue, l'informa Tibotie. Le manoir de grand-père Drimme se trouve un peu plus loin, deuxième à gauche et…

Timothé sursauta et frissonna.

– Grand-père Drimme ? s'étonna-t-il, les sourcils froncés et le nez plissé comme un accordéon.

– Eh oui ! il est toujours vivant ! certifia joyeusement Tibotie.

Il pensait lui annoncer une bonne nouvelle. Ce n'était pas le cas. Là, tout de suite, Timothé semblait aussi heureux qu'un bonhomme à qui l'on vient de couper la jambe.

– Tibotie… commença-t-il.

Il cherchait ses mots.

– Comment te dire ?

Il posa ses mains sur les épaules de son fils. Il prit une grande inspiration. Il dit :

– C'est impossible : il n'y a pas de grand-père Drimme. Tu n'as plus de grand-père depuis longtemps.

– Mais… bien sûr que si… marmonna Tibotie avec un sourire maladroit et une perte d'équilibre.

– Et Mme Lilitte ? se renseigna Timothé avec une toute petite voix ; le genre de voix qui formule ces questions dont on redoute tant les réponses. Où est-elle ?

Tibotie fronça les sourcils.

– Il n'y a jamais eu de Mme Lilitte. C'est grand-père tout seul qui m'a élevé…

Timothé chancela à son tour, comme fouetté par un vent glacial.

– Où se perche ce fameux manoir ? demanda-t-il, mâchoires crispées, angoisse au ventre, bien décidé à éclaircir les choses.

Cent mètres plus loin, au *63*, au bout d'une allée tranquille, avec fleurs et buissons à profusion. Un bel endroit.

Un bel endroit que Timothé n'avait jamais vu, pas même en photo.

– Tu vis *ici* ? Vraiment ?

Oui, ici. Vraiment. Dans ce petit château piquant de partout : tourelles pointues, rosiers grimpants, grille hérissée de fers de lance… Un cambrioleur n'y poserait pas un orteil de peur de se blesser.

– Depuis longtemps ?

– Depuis toujours, répondit Tibotie en poussant le portail.

Grinçant, le portail. Peu accueillant. Il était tout à fait du genre je-ne-veux-pas-de-vous-ici-et-je-vous-le-fais-comprendre. Juste derrière, un chemin de cailloux serpentait jusqu'au perron du manoir où trois marches s'envolaient vers la porte. Une porte à l'ancienne, lourde, couleur caramel, avec un énorme heurtoir en forme d'ancre. L'on entra sans frapper.

– Je passe le premier, insista Timothé.

Son flair de pirate n'ayant pas encore disparu, il renifla le danger…

… et le danger n'attendit pas cent sept ans pour lui tomber dessus. Timothé fit à peine un demi-pas dans l'entrée qu'une épée tenta de le couper en deux.

Au bout de cette épée, il y avait…

– Grand-père !

Tibotie l'appela ainsi par habitude, le regretta aussitôt, se promit de ne plus jamais recommencer.

Heureusement que Timothé était sur ses gardes. Il évita ainsi d'un cheveu le tranchant de la lame. Un peu plus et il lui manquait une oreille ! D'une rapide galipette sur le tapis moelleux, il esquiva de justesse un second coup.

– Encore raté ! claironna-t-il, avec une bonne dose de moquerie dans chaque syllabe. Ton épée a drôlement vieilli…

Épée qui se planta bientôt dans la porte dont Tibotie se servait comme bouclier.

– Alors tu es revenu, maudite face de traître ! siffla le capitaine entre ses dents. Après tant d'années…

– Le combat n'était pas fini, tricheur !

– Tu veux donc mourir aujourd'hui ? ricana le vieil homme. Compte sur moi pour t'aider, promit-il avec sa voix de meilleur ennemi.

Il trotta vers Timothé pour, dit-il, « te fendre comme une bûche, maudit renégat ! » Et *tchic* et *tchac*, son épée assoiffée de sang fendit l'air. Tantôt elle effleurait Timothé ici, tantôt elle le griffait là, et un serpent rouge se mettait aussitôt à couler. Pour lui, c'était mal parti. La situation changea peu après. Tel un courant d'air, Timothé se faufila dans la troisième pièce à droite : le Petit Salon. Là, coup de chance, il aperçut le sabre accroché au-dessus de la cheminée, l'empoigna sans attendre, et le vrai duel commença.

– Le vent tourne ! clama-t-il avec malice.

– Misérable vermine ! beugla l'autre qui n'avait plus rien de ce capitaine Drimme que Tibotie avait toujours connu.

Sa barbe salée avait repris des couleurs. Un feu ardent allumait ses prunelles. L'orage habitait sa voix. Et quand il cracha le dentier recouvrant ses dents limées comme des pieux, le doute ne fut plus possible.

– Tortoga ! s'exclama Tibotie, le regard gavé d'effroi.

Tortoga... le vrai... ici... depuis le début. Tibotie eut un drôle de vertige. L'atterrissage d'une soucoupe volante dans le jardin l'aurait moitié moins déboussolé.

Du côté de Tortoga, un fou rire tout vilain tout cruel lui monta à la gorge ; du côté de Tibotie, c'était plutôt la nausée. Le ventre en bouillie, les jambes en guimauve, il se blottit dans un coin de la pièce, à l'abri des lames en furie. Celle de Tortoga frappait aussi fort que le solide marteau d'un maréchal-ferrant. Si fort que Timothé finit par poser un genou à terre.

– Moi qui t'ai accueilli sur *mon* bateau, tu oses venir me chercher querelle dans *mes* quartiers !

Son épée tenue à deux mains, il tenta de trancher la tête de son adversaire. Il faillit réussir.

– Par Barbe-Noire et tous ses affreux, je vais te peler comme un oignon ! promit-il ensuite. Et quand j'en aurai fini avec toi, je recommencerai avec ta demi-portion !

– Vieux fou ! rétorqua Timothé.

Tel un jeune chat souple, il se remit vite sur ses pattes et fit danser son sabre sous le nez de Tortoga, lequel contre-attaqua illico. La pointe argentée de son épée frappa deux coups puissants mais deux coups dans le vide : Timothé les évita facilement, en pirouettant sur le côté comme une ballerine. En réaction, le capitaine mit tout son poids, toute sa rage, toute sa force dans le coup suivant. Il fit mouche. Ébranlé par la violence du choc, Timothé vacilla comme une quille près de tomber. Un peu sonné, il oublia de réagir. Tortoga en profita : d'un violent coup de botte dans les reins, il le mit à terre. Timothé poussa un gros râle de douleur, et Tortoga un long rire de satisfaction.

– Je vais t'embrocher ! tonna celui-ci d'une voix plus froide qu'un bout d'iceberg, ce qui mit Tibotie vraiment en rogne.

Rouge de rage, il lança un vase dans le dos du pirate. Un Ming hors de prix. Le vase explosa en mille morceaux blanc et bleu. Pour Tortoga, ce n'était rien, juste une piqûre d'insecte.

– Toi, le mouflet, j'aurais dû te jeter à fond de cale depuis belle lurette ! rugit-il néanmoins. Au lieu de te nourrir de légendes pirates…

Il pivota vers lui avec l'idée d'enfoncer sa chère épée entre les côtes du mouflet en question. Cette idée fit toutefois long feu. Elle vacilla : Tortoga hésita au dernier moment à trouer l'enfant qui lui tenait compagnie depuis belle lurette ; ce garçon qui dévorait goulûment toutes ses histoires hantées par des pirates hargneux, des bateaux courageux et des trésors timides. Certes, Tibotie n'était pas son petit-fils, mais le temps sait comme personne tricoter ou détricoter les liens. Bref, Tortoga ne lui voulait aucun mal.

Tibotie en profita pour détaler comme une chèvre. En deux zigzags d'abeille, il s'abrita derrière une large table en bon bois solide.

– Tes vieilles fesses sont pas près de me rattraper, le nargua-t-il.

Son effarement s'était changé en colère, et la colère en insolence.

Allergique aux effrontés autant qu'aux bonnes manières, le capitaine se fâcha, ou du moins fit semblant.

Il gueula ceci :

– P'tit insolent, j'vais arracher ta langue bien pendue !

Puis il grogna cela :

– J'vais te découper en confettis. Quand j'en aurai fini avec toi, nabot, je te disperserai aux quatre vents !

Cet ours ronchon fit un pas vers lui, un seul. Son épée

se refusait à couper ne serait-ce qu'un cheveu du gamin. Décidément, le costume de grand-père Drimme était bien difficile à quitter…

– Le grand Tortoga qui s'attaque à un môme, quelle blague ! s'étonna Timothé d'un ton moqueur. Par les quarantièmes rugissants, tu deviens la honte de la piraterie, vieux macaque.

Humilié, le pirate se figea net.

– Comment ? gronda-t-il comme gronde un gros nuage noir, avant la foudre.

Il se détourna de Tibotie, l'écume aux lèvres.

– Toi, je vais te désosser ! lança-t-il en louchant sur son ennemi de longue date. Parole, ton petit aura droit à un beau spectacle.

L'œil rouge sang de colère, il allait frapper. Le sabre de Timothé fut deux fois plus rapide. Virevoltant comme une guêpe, son dard piqua et griffa Tortoga à plusieurs reprises, et Tortoga commença à reculer.

Mousquetaire Tim était de retour.

– Tu m'as volé mon fils ! rugit-il entre deux va-et-vient de sa tourbillonnante lame.

– Un fils que tu as laissé derrière toi sans te retourner ! riposta le pirate. Bel exemple !

Touché en plein cœur, Timothé s'arrêta au milieu d'une attaque. Il adressa à Tibotie un regard chaud et désolé. « Ce qu'il dit est vrai, mais comme je le regrette ! affirmait ce regard. Je regrette *tellement*, si tu savais… »

C'était un regard franc, puissant, qui ne laissait pas place à une miette de doute.

– Je te demande pardon, dit ensuite Timothé, mais pas avec les yeux, avec sa voix toute désolée.

D'un sourire chamboulé, Tibotie lui pardonna.

Ragaillardi, Timothé retrouva son adversaire.

– Pas une raison pour me le voler, statua-t-il, plus rancunier que jamais.

Il enchaîna sans temps mort dix coups de maître ; dix coups rapides, précis, musclés. Du grand art. L'autre ouvrit d'immenses yeux surpris, l'air de se demander comment il avait réussi à les éviter.

– Pourquoi me l'avoir pris ? s'époumona Timothé.

Et hop, le sabre qui pirouette à gauche. Et hop, l'épée qui cabriole à droite. La lame argentée de l'un tentait de briser la lame argentée de l'autre, et vice versa. Elles s'entrechoquaient si fort que tout frissonnait : les murs, le lustre, les nerfs de Tibotie... Mais à force d'esquiver un coup par-ci, deux coups ailleurs, Tortoga fatigua. La lumière dans ses yeux faiblit, la force dans ses bras aussi. Il tangua, le souffle court, la sueur au front. Sa bouche en dents de scie n'impressionnait plus personne.

– POURQUOI ? insista un Mousquetaire Tim endurant.

Tout de suite après, il toucha Tortoga au menton. Une belle coupure ! Sa barbe rougit rapidement.

Impressionné de voir tant de sang, le sien, Tortoga

recula de trois pas. Jusqu'à présent, personne n'avait jamais réussi à le blesser.

– Question stupide ! répondit-il, vexé d'être blessé. Je suis pirate, ne l'oublie pas. Cela signifie : ne respecter aucune règle et gagner à la fin.

– Gagner *quoi* dans ce cas précis ?

La réponse qui suivit laissa Timothé songeur.

– La tranquillité, articula le capitaine forban avec, dans son intonation, une lichette de regret, un soupçon de tristesse, une bonne rasade de lassitude.

Il avala une goulée d'air puis s'expliqua :

– Le monde a beau être vaste, difficile d'y planquer un trésor de belle taille pendant toute une vie. Et le mien était devenu considérable, mes agneaux ! Des brouettes remplies des pierres les plus précieuses et des chariots de lingots à ne plus savoir qu'en foutre ! Même enterrée à six pieds sous terre, dans le coin le plus reculé d'une île sauvage posée au milieu de l'océan le plus déchaîné, l'odeur de l'or et des jolis cailloux finit *toujours* par chatouiller les narines poilues d'un flibustier.

Pendant un instant, il songea à toutes les fois où le parfum d'un magot avait chatouillé les siennes.

– Bombarder les navires, d'accord ! clama-t-il en souvenir du bon vieux temps où ses canons faisaient trembler les océans. Les piller, les brûler, les voir sombrer avec leur équipage, y a rien de meilleur au monde, camarades ! Je m'en régalais de bon cœur, avoua-t-il, jusqu'à ce que…

Jusqu'à ce qu'il passe de l'autre côté : le chassé plutôt que le chasseur.

– Obligé de me battre chaque jour pour défendre *mon* butin ! gueula-t-il en tapant du pied, comme s'il voulait écraser un gros cafard. Misère de ma vie, tout le monde s'est mis à convoiter ma fortune : corsaires de l'Est, forbans du Nord, pirates venus des mers orientales, mon propre équipage, tout le monde ! Je voyais des conspirations partout, je passais des nuits blanches, toujours sur le qui-vive. Dès que je fermais l'œil, c'était pour me plonger dans un cauchemar où les tentacules d'une pieuvre géante s'enroulaient autour de mes coffres. Je devenais fou !

À bout de nerfs, il avait un jour fini par prendre une décision radicale : fuir une bonne fois pour toutes avec ses richesses. Tout quitter. Pour aller où ? Sur une île déserte, à l'autre bout du monde ? Non. Il se cacha encore plus loin que ça : dans un autre monde. Celui de Timothé et Tibotie. Là où personne ne le connaissait.

– La suite, bonhomme, tu la connais ! railla Tortoga, un brin provocateur. Notre bataille, ta défaite…

– Ta *tricherie* ! corrigea Timothé.

– J'ai ça dans le sang, s'excusa le pirate.

– Pourquoi m'avoir laissé la vie sauve ?

– Ce n'était pas prévu, tu penses bien. En te percutant, la bôme t'a jeté dans les flots. J'allais quand même pas plonger pour te trouer la peau ! « Les requins s'en chargeront », que j'ai pensé. Quoi qu'il en soit, à ton réveil, j'étais loin. Disparu de la surface des flots pour renaître ici, riche comme un empereur ! Une vie nouvelle, tranquille et luxueuse, s'offrait à moi.

Roublard, il avait même réussi à se faire passer pour le grand-père millionnaire de Tibotie.

– Un inoffensif pépé qui revient d'un long, long voyage... avec des diamants plein les poches... et qui crèche dans un manoir... Personne ne s'est méfié, pas même cette Mme... comment déjà ? Louloutte ?

– Lilitte, corrigea Timothé.

– C'était presque trop facile ! se félicita le capitaine.

Content de sa ruse, Tortoga poussa un rire plein de salive et de tabac à chiquer. Le même qu'il avait autrefois en regardant sombrer un navire.

– Pourquoi être resté près de mon fils ? continua Timothé. Tu aurais pu bourlinguer, t'installer n'importe où...

– J'ai un gentil petit défaut, répondit Tortoga, implacable. Je suis rancunier. Tu t'es attaqué à mon bateau, à mon honneur de capitaine, alors je me suis vengé sur ta famille. Ça s'appelle rendre coup pour coup, et je suis très fort à ce jeu-là, gloussa-t-il. Ce mioche, *ton* trésor, j'avais décidé de le garder sous la main pour m'en servir comme monnaie d'échange si un jour tu refaisais surface. Pendant toutes ces années, je l'ai traité comme le dernier de ces mousses obligés de trimer à bord pour gagner une maigre pitance. Me suis arrangé pour que son existence soit grise. Ah çà ! il n'a pas rigolé tous les jours avec moi...

D'un pénible geste de la tête, Tibotie confirma.

Tortoga poursuivit :

– Pour être franc avec toi, y a une chose que j'avais pas prévue.

Là, il prit le temps de mettre en ordre ses pensées et ses mots.

– Moi qui ne connaissais l'affection ni de près ni de loin, j'ai pris plaisir à avoir ce mioche à mes côtés. Ce mioche qui raffolait de mes histoires de pirates. Grâce à lui, je me sentais important, mais d'une façon différente. Je sais pas comment l'expliquer, mais c'était bien agréable. Et tu sais quoi, mon cher Timothé ? Ma plus belle vengeance, c'est encore de lui avoir fait aimer le cruel Tortoga. Chaque fois que ton marmot réclamait l'une de *mes* aventures, le frisson de la victoire me parcourait.

À travers ses dents pointues s'éleva l'un de ces gros rires qui fleurissent d'habitude dans les tavernes des ports.

D'un côté, Timothé digéra l'information ; de l'autre, Tibotie vomit sa colère.

– Tortoga, je te maudis !

Attrapant ce qui lui tombait sous la main, livres, bougeoir, tableau, cendrier, bouteille, lampe…, il balança le tout sur Tortoga à la vitesse d'une rafale de mitraillette. Celui-ci évita de justesse un ouvrage intitulé *La légende du navire volant*, mais pas le serre-livres qui lui écrasa le nez, ni la boussole en bronze reçue en pleine poire. Quant au quatrième volume des *Encyclopédies des mers d'ici et d'ailleurs*, il faillit l'assommer. Finalement, il y avait peu de différences entre Tibotie qui catapultait ces objets et un boxeur qui multipliait les uppercuts ; si peu de différences que Tortoga resta K.-O. quelques secondes.

– Cette fois, c'est toi ou moi ! l'avertit Timothé.

Le duel reprit. Son épée virevolta telle une fée imprévisible : elle glissait ici, tournicotait là, changeait brutalement de direction puis attaquait par surprise.

Planté sur ses grosses bottes, Tortoga se défendit très bien pendant cinq minutes, puis un peu moins bien au bout de dix, puis plus du tout après un quart d'heure de combat acharné. Mousquetaire Tim en profita pour le toucher à la cuisse, au poignet et à l'oreille.

Il y avait, dans un coin de la pièce, une vieille armure en exposition. Titubant et ahanant, Tortoga la heurta du coude. L'armure s'écroula. Dans sa chute, elle explosa en dix morceaux. Une rivière d'or et de pierres précieuses se répandit alors sur le sol.

– Ma fortune ! paniqua le pirate.

Des armures comme celle-ci, il y en avait au moins une demi-douzaine dans le manoir, sans doute toutes farcies de jolis cailloux.

L'esprit moqueur, Tibotie entonna un couplet :

Yo ho, yo ho,
L'roi des pirates est essoufflé,
Tic-tac, tic-tac,
Ses minutes sont comptées.

Boiteux et tailladé de partout, Tortoga n'était en effet pas loin de capituler. Mais les pirates ont toujours une dernière carte à jouer.

– Je manque d'entraînement, reconnut-il en regardant la porte comme il regarderait une bonne bouteille de rhum : son noir cerveau préparait une sortie à la mode forban.

Méfiance, songea Tibotie.

– Connais-tu Nicholas Gazame ? demanda peu après Tortoga d'une voix douce et caressante – trop douce au goût de Timothé.

– Oui, répondit-il.

Il aimait bien ce vieux magicien capable de cracher des gerbes d'étincelles de ses oreilles et des feux d'artifice de fumée de sa drôle de pipe.

– Alors tu connais ses boîtes magiques ? Tu sais de quoi sont capables ces petites merveilles ?

Le temps d'un silence, il laissa planer le suspense.

– Et si je te disais que je lui en ai volé une, autrefois...

Ensuite, tout alla à grande vitesse. Tortoga quitta la pièce comme une flèche, claqua la porte, donna deux tours de clef et dit :

– C'est toujours un plaisir délectable de tricher avec toi, Mousquetaire Tim !

Fier de son mauvais coup, il grimpa les escaliers aussi vite que possible. C'était douloureux. Il perdait du sang sur chaque marche. Du sang et de la force.

Tout là-haut, il claudiqua jusqu'à la malle de Nicholas

Gazame. Elle scintillait dans la poussière grise et les toiles d'argent d'au moins trente araignées.

– Comme on se retrouve ! lui dit-il avec l'air de s'adresser à une vieille copine.

Une vieille copine qui dormait depuis plus de dix ans. À son réveil, elle scintilla un peu plus fort.

– Faut que tu me transportes loin d'ici, ma belle.

Pressé de fuir, Tortoga ouvrit le couvercle – un papillon enfermé là depuis longtemps en profita pour se sauver – puis se jeta à l'intérieur de la malle tout comme il se jetterait dans une de ces tavernes qui sentent bon le lard grillé, la suie et la bagarre.

– Adieu ! gueula-t-il avec amertume, en caressant son domaine d'un dernier regard.

Avant de mettre le cap vers l'inconnu, il poussa un rire pirate, un rire censé être taquin et victorieux, mais ça sonnait faux. En vérité, Tortoga enrageait de perdre d'un coup manoir, richesse et vie paisible.

Quand le couvercle se rabattit avec fracas, chaque objet dans le grenier sursauta, comme giflé par un esprit frappeur.

Pendant ce temps, Timothé avait pris la table d'un côté, Tibotie l'avait prise de l'autre, et à la une, à la deux, à la trois, ce bélier improvisé avait explosé la porte d'un coup d'un seul.

– Rattrapons-le !

Père et fils avaient monté les marches quatre à quatre,

bump bump bump, direction la caverne d'Ali Baba, mais c'était déjà trop tard.

À droite, il y avait une authentique pirogue indienne ; à gauche, un meuble rempli de boussoles anciennes, d'astrolabes compliqués, de curieux sextants et de longues-vues cuivrées. Entre les deux brillait la belle malle de l'illusionniste, un bijou découpé, semblait-il, dans un ciel étoilé. Tibotie la reconnut tout de suite : Nicholas Gazame avait la même dans son chariot.

– Si elle n'a rien perdu de son pouvoir, Tortoga est déjà loin… regretta-t-il.

Loin, en effet. Volatilisé. Pour Timothé, quelle déception ! Cette fuite surprise lui laissa un sentiment d'échec et d'injustice.

– On a peut-être encore une chance de le rattraper, réagit-il, à nouveau plein d'espoir. Utilisons à notre tour cette boîte ensorcelée : elle nous conduira forcément à lui.

Il avait déjà un pied dedans.

– Viens ! dit-il, prêt à escalader les montagnes, traverser les déserts et braver mille dangers pour mater ce Tortoga de malheur.

Tibotie ne bougea pas.

– Non, répondit celui-ci d'une voix inflexible.

Une voix qui n'était pas encore celle d'un adulte, mais qui n'était plus tout à fait celle d'un enfant.

– Tortoga est seul, blessé, sans trésor, sans bateau, sans rien. Où qu'il soit, qu'il y reste.

Pour qu'il y reste longtemps, Tibotie trouva des planches, des clous, un marteau et la force de condamner l'entrée de cette boîte. Cela fait, lui et son père la coincèrent entre deux armoires, tout au fond du fond du grenier.

Jusqu'à aujourd'hui, Tibotie n'avait jamais fait toutes ces choses que font les garçons de son âge. Il ne s'était jamais caché dans une cabane de branches, au fond du jardin, pour manger des gâteaux chipés dans le placard de la cuisine. Il n'avait jamais enfourché son vélo (il n'avait pas de vélo) pour pédaler aussi vite que possible en s'imaginant monter un pur-sang. Il n'avait jamais enfoncé son doigt dans un pot de confiture, car Tortoga détestait la confiture. Et jamais il n'avait construit une épée avec deux bouts de bois, improvisé une tente avec une vieille couverture, ou lu des livres en cachette, la nuit, avec une lampe torche sous les draps. En revanche, il venait de vivre plus ou moins mille aventures, et avait bravé une montagne de dangers pour retrouver son père, et c'était bien suffisant pour le moment.

Ce jour-là, planté devant son Mousquetaire Tim de papa, les mains sur les hanches façon Peter Pan, il clama :

– Voilà une bonne chose de faite. Maintenant, nous allons devoir apprendre à nous connaître. Et ça, papa, c'est une autre sacrée belle aventure qui nous attend…

Épilogue

Une semaine plus tard

Une fois la partie achevée, tu recevras
une nouvelle Saphir dans les plus brefs délais.
(Extrait de la règle du Jeu.)

C'était un vendredi, pendant la nuit la plus chaude de l'année. Un bel orage d'été se préparait. On entendait les premiers grondements au loin, mais il ne pleuvait pas encore. Bientôt.

Vers minuit, un vent tropical, tiède et puissant, déboula en ville. Il souleva quelques tuiles, plia plusieurs arbres, arracha les feuilles des branches. Ces feuilles dansaient comme des gangs de sorcières venues envahir la ville. L'une d'elles fit pirouette sur pirouette jusqu'au manoir Drimme. Silencieux, le manoir. Endormi. La feuille aurait déjà rebroussé chemin si le vent ne l'avait pas propulsée d'un violent coup de pied vers l'une des fenêtres ouvertes, la troisième à gauche, au deuxième étage. Celle qui s'ouvrait sur la chambre de Tibotie.

Mais à bien y regarder, non, ce n'était pas une feuille d'arbre ordinaire. Il s'agissait d'une enveloppe d'un bleu puissant, avec « L'aventure commence » noté dessus, bien au centre, à la plume, et qui se posa sur l'oreiller de Tibotie, tout contre sa joue…